KB268713

"레피, 야……?"
그쪽을 돌아본 순간,
대식당은 정적에 잠겼다.
던전에서 만남을 추구하면 안 되는 걸까 외전
소드 오라토리아
Sword Oratoria
13
오모리 후지노
OMORI FUJINO
일러스트 하이무라 키요타카
KIYOTAKA HAIMURA
캐릭터 원안 야스다 스즈히토
SUZUHITO YASUDA
곽민재 옮김
© Kiyotaka Haimura

CONTENTS

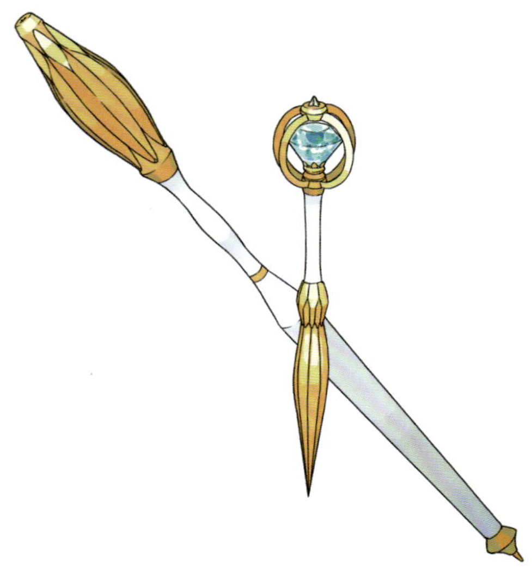

"적당히 해주세요……."
"내가 LFC 회장이야!"
아리사 라가스트
레피야의 옛 급우이자 『학구』의
감독생.
레피야 비리디스
달라지기를 바라는 엘프 마도사.
[로키 파밀리아]의 단원.
© Kiyotaka Haimura

좌우의
몬스터를
붙잡아봐
아이아아아아아!"

밀리리아 솔츠
『제7소대』 소속·엘프아처.

루크 파울
『제7소대』 리더. Lv.3의 실력을 가졌다.
"너희가……
모험자들이
그 모양이니까!!"
나탈리노에 크러드필드
『제7소대』 소속. 휴먼마도사.

"방원진형! 3분,
콜 쿠스터
『제7소대』소속. 웨어울프 스카우트.
© Kiyotaka Haim

"밀리! 콜!
아니,
1분만
버텨주세요!"

"3년 만에 오는 『학구』는 어떠냐, 레피야."
레온 바덴베르크
『학구』의 교사 필두이며
『발두르 클래스』의 단장.

소드 오라토리아 13

Sword Oratoria

오모리 후지노 지음 | 하이무라 키요타카 일러스트
야스다 스즈히토 캐릭터 원안 | 김민재 옮김

커버 그림, 본문 일러스트 | **하이무라 키요타카**

프롤로그

상실과 각오의 SEQUEL

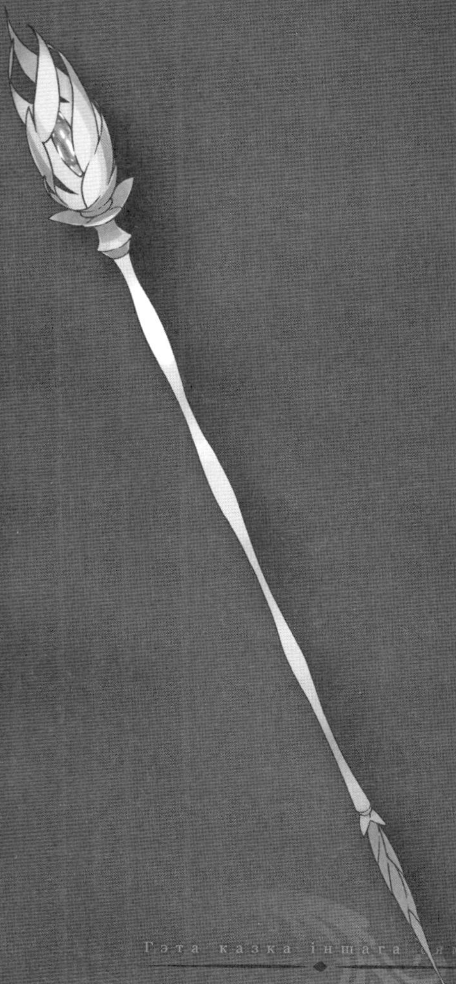

Гэта казка іншага [illegible]ям'і.

Апошняя сцэна, якую ўбачыла дзяўчына

어느 용자가 말했듯.

미궁도시의 존망이 걸린 일련의 싸움은 사람들의 입에 오르내리지 않을 이야기다.

스스로를 도시의 파괴자 『에뉘오』라 칭하던 신의 암약은 물론, 『데미 스피리트』의 존재조차 세상에는 전해지지 않는다.

길드의 기록에는 『지하조직의 소탕』이라는 한 구절만이 남아있을 것이다.

【로키 파밀리아】를 중심으로 한 파벌연합이 『인조미궁 크노소스』의 완전제압을 이룬 지 사흘.

그 사이의 하루하루는 눈이 아찔해질 정도로 바빴다.

우선 도시의 복구와 시민에 대한 설명.

오르기아(광란)의 사자와도 같이 지상에 출현했던 무수한 식인꽃은 도시 전역에 걸쳐 피해를 냈다. 헤파이스토스를 비롯한 각 파벌, 리빌라의 모험자들, 그리고 멜렌에서 달려온 【뇨르드 파밀리아】의 헌신 덕에 희생자는 나오지 않았지만, 대로와 건물에 파괴의 흔적을 남긴 것이다. 복구 작업은 길드가 중심이 되어 신속하게 진행되었으며 ──건축까지 관장하는 대장장이 신 고브뉴나 다른 【파밀리아】가 협력했던 것도 한몫 거들어── 사건 전과 같은 오라리오의 경치를 되찾아가고 있다.

시민들에 대한 대응도 밤낮으로 이어졌다. 몬스터의 출현은 물론이고『정령의 육원환』에 의한 지진, 온 도시를 에워쌌던 붉은 마력광까지는 은폐할 방법이 없었다. 오라리오의 밖에서도 관측되었던 이런 현상은 많은 불안을 낳았고, 설명을 요구하는 시민들의 목소리가 잇따랐다.

여기에는 길드장 로이먼이 직접 대응해『정보조작』을 시행했다.

그의 말을 인용하자면.

"얼마 전 오라리오를 위협했던『무장한 몬스터』의 사건을 아직 많은 분들이 기억할 겁니다. 도시에서 추방된 신 이켈로스의 사건도 마찬가지입니다. 우리는 마침내 그 신의 아지트를 밝혀내 지하조직을 박멸했습니다. 몬스터의 지상 출현을 포함한 일련의 소동은 모두 여기에 얽혀 있었던 것입니다."

말하자면『거짓과 진실』을 뒤섞어 발표한 셈이다.

『제노스』지상 진출의 발단이 되었던【이켈로스 파밀리아】── 이미 도시에서 자취를 감춘 파벌에게 원인이 있는 것으로 하고,『다이달로스 거리』지하에 존재하는 아지트를 급습해, 여전히 **대량으로 존재했던** 몬스터를 섬멸하는 데 애를 먹었다고, 그렇게 주장한 것이다.

"【이켈로스 파밀리아】는 신종 몬스터를 다수 보유했으며, 모험자들도 대응할 수 없어, 이것이 이번 사태로 발전하고 말았습니다.『무장한 몬스터』사건도 포함해 도시에

사는 많은 이에게 불안을 드린 점은 참괴의 심정을 금할 수 없습니다. 이 자리를 빌려 사죄드립니다."

모든 것은 예상치 못했던『이상사태』때문.

지진은 어디까지나 우연이 겹쳐졌던 것뿐.

도시를 에워쌌던 붉은 빛은 신종 몬스터인 식인꽃이 발산했던 마력의 잔재.

【로키 파밀리아】와【프레이야 파밀리아】에게 협조를 요청해, **생각보다** 성가셨던 사태도 진압했다.

시민들이 모인 본부 앞에서,『길드의 돼지』라 불리는 그는 뻔뻔하게도 이런 내용을 발표한 것이다.

로이먼을 비롯한 길드 상부의 입장에서『진실』은 절대 말할 수 없었다.

던전의 두 번째 출입구인 크노소스의 존재는 공공연히 드러내선 안 되는 것이었다. 수많은【파밀리아】가 다이달로스 거리에『무언가가 있다』고 눈치를 채기는 했지만, 인정해버리면 혼란의 씨앗이 될 것이며, 악용하려는 자도 틀림없이 나타난다.

무엇보다도『자칫하면 미궁도시가 멸망할 뻔했다』는 정보는 바깥세상을 자극할 뿐이다. 그야말로 제우스와 헤라가 사라지고 이블스가『암흑기』를 가져왔던 때처럼,『세계의 중심』인 오라리오의 혼란은 온 하계로 파급될 것이다.

동시에『이블스』라는 단어는 겨우 5년 전까지도 혼돈의 시대가 이어졌던 미궁도시에게는 공포의 상징이다. 많은 시민은 당시의 무질서 상태와 격렬한 대항쟁을 기억한다. 필요 이상의 공황을 가져와봤자 의미는 없다.

그렇기에 로이먼은 결코 이블스라는 말을 꺼내지 않았다.

그의 설명에 수긍하지 못하는 자들도 물론 있었으나,

"멜렌에서도 같은 일이 일어났거든. 아마 그 아지트란 것에서 지하수로를 통해 롤로그 호수로 나왔던 게 아닐까?"

"요즘 내 권속들이 보이지 않는다고 걱정해준 아이들이 많았지? 사실은 우리도 사건에 말려든 거였어."

뇨르드, 그리고 데메테르의 말이 신빙성을 높여주는 데 한몫을 했다.

몬스터 필리아 당시의 추태를 비롯해 『무장한 몬스터의 지상진출』 등 사건이 연속으로 일어나 길드의 신용은 현저히 떨어졌으나, 그들의 말이라면 이야기는 다르다.

도시의 식량 사정에 크게 관여한 파벌, 특히 자애의 여신으로서 많은 오라리오 시민에게 사랑받는 데메테르의 신용도는 높아 대부분의 시민이 연민과 이해를 보였다.

"너무 많은 폐를 끼쳐버렸으니까……. 하다못해 시민들에게서 혼란을 없애는 일이라도 하지 않으면, 하늘로 돌아가 버린 아이들에게 낯을 들 수가 없는걸……."

이것은 데메테르가 한 말이지만, 실제로 그녀는 자신의 책임이란 말을 꺼내버릴 것 같은 분위기였다.

아무튼 길드는 안도의 한숨을 내쉬었다. 특히 로이먼이.

핀을 비롯한 제1급 모험자와 유력 파벌이 뒤에서 말을

맞춰준 것도 사태의 수습에 한몫했다.

"아지트에는 신 이켈로스의 공범 신도 있었습니다. 이곳의 조사를 맡았던 【디오니소스 파밀리아】가 주신과 함께 희생되고, 『다이달로스 거리』의 신 페니아도 말려들었습니다. 얼마 전에 나타난 송환의 기둥은 그 항쟁에서 비롯된 것입니다. 두 신께는 저희의 무력함을 사죄하며, 또한 도시의 평화를 위한 존엄한 희생에 감사하고 싶습니다."

하늘로 솟아오른 송환의 기둥까지 언급한 로이먼은 그야말로 교묘했다.

조용히 눈물을 흘리며 그들에게 애도의 뜻을 보이고, 이를 시작으로 도시의 분위기를 동정의 무드로 바꿔버린 것이다. 막대한 스트레스 때문에 늘 위통에 시달리는 로이먼의 명연기였으며 혼신의 화술이었다.

주신 우라노스도, 이번만큼은 로이먼이 위장약의 막대한 비용을 경비로 신청해도 나무라지 않았다.

"——도시에서 위험은 사라졌습니다. 오라리오의 평화는 앞으로도 흔들림이 없을 것입니다."

고개를 든 로이먼은 확실하게 선언했다.

의문을 품었던 이들조차, 그 목소리와 그의 눈빛에 거짓이 없음을 인정했다.

이렇게 오라리오는 때를 털어버렸던 것이다.

"아빠, 디오니소스 님 이젠 못 만나?"

"……응, 그래. 슬프지, 그치……. 나도 이젠 새로운 술을 마시지 못하게 되겠구나……."

"그런 건 싫어……!"

"……괜찮아. 그분은 하늘에서 우리를 지켜보고 계실 거야. 언제나…… 언제나."

진정한 흑막이었던 디오니소스의 소행은 끝까지 거론되지 않았다.

로이먼의 설명에 모순이 생기는 것, 그리고 **신에 대한 공포**와 권속들의 존엄을 고려한 결과였다. 얄궂게도 그는 【파밀리아】와 함께 전사한 정의의 신이 된 것이다. 시내에서 그들과 교류하던 이들, 그리고 어떤 가족이 남신의 송환을 슬퍼했던 것은 다행이었을까, 혹은 불행이었을까. 그것은 아무도 모른다.

마지막으로, 사망자들의 장례.

말할 것도 없이 크노소스에서 스러져간 모험자들의 추도였다.

『데미 스피리트』가 가져온 『초포격전』은 【가네샤 파밀리아】를 비롯해 【헤파이스토스 파밀리아】의 하이 스미스, 【디안 케흐트 파밀리아】의 힐러, 그리고 【로키 파밀리아】의 단원들에 이르기까지 적지 않은 목숨을 앗아갔다. 『제2공략』의 선봉부대는 말 그대로 목숨을 바쳐 크노소스 공략의 초석이 되었던 것이다. 죽은 이들 가운데에는 인질로 『에뉘오』에게 사로잡혔던 【데메테르 파밀리아】의 권속들도 있었다. 그들의 장례는 각 파벌 사람들이 조용히 치렀다. 『제1

공략』에서 전멸했던 【디오니소스 파밀리아】의 장례는 【로키 파밀리아】가 맡았다.

포격에 소멸해버린 이도, 『제단』의 녹색 살점에 사로잡혔던 주검도 최대한 회수했다. 그래도 텅 빈 관이 많았다. 그러므로 될 수 있는 한 유품을 모아왔다. 하지만 대부분의 모험자들은 놀라울 정도로 물건 간수를 못해 동료들을 진저리치게 만들고, 웃음을 자아냈다.

하루만 사는 것처럼 구는 너희답다고, 그들은 하늘을 올려다보며 실컷 웃었다. 하늘은 맑았으며 약간 비가 내렸다.

떠나간 이들의 자리를 느끼고, 각각의 【파밀리아】와 면식이 있었던 이들은 물을 것이다.

"그 사람은 어떻게 됐어?"

──라고.

질문을 받을 때마다, 단원들은 쓸쓸함을 숨기며 웃을 것이다.

"던전에서 뒈졌어."

──라고.

미궁도시의 주민은, 익숙해진 듯, 그것만으로도 이해해줄 것이다.

그러냐고 중얼거릴지도 모른다.

눈물을 흘려줄지도 모른다.

무뚝뚝하게, 관심을 잃은 척할지도 모른다.

그러나 이 도시에 살아가는 무고한 시민이, 아무것도 아닌 일상 속에서 웃어준다면, 남모르는 곳에서 싸웠던 이들은 보답받을 수 있다.

그러므로 모험자들은 평소와 같이 바보처럼 떠들어대며 웃는 것이다.

자신들만은 장송의 행렬이 되어 하늘로 올라간 자들을——『이름 없는 영웅들』을 결코 잊지 않은 채.

사람들의 입에 오르내리지 않을 이야기, 에뉘오의 소란——『오르기아스 사가(광란의 전투담)』는 이렇게 막을 내렸다.

이 싸움은, 아무리 말을 꾸미더라도, 어떤 미사여구를 늘어놓더라도, 많은 이들에게 상처를 남겼다.

사람들에게도, 신들에게도.

그리고 한 소녀에게도.

시간의 감각은 없었다.

하염없이, 마를 줄 모르는 눈물을 흘리고 통곡의 노래를 연주한 후, 자신의 다리는 조용히 일어났다.

빛의 원환이 사라지려 하는 공간에 등을 돌린 채 앞으로 걸음을 내디뎠다.

그 후로는 해야 할 일을 하고, 마쳤다.

리베리아와 핀, 동료들에게 자신이 보았던 것을 모두 보고했다. 사태의 전말을 들려주었다. 동정도 연민도 없이, 그렇구나, 수고했어, 그런 짧은 말만을 건네준 그들에게 감사했다.

얼마 안 되기는 했지만 희생당한 파벌 동료들을 애도했다.

그리고 결코 많은 이들이 용서하지 않을 미추(美醜)의 소녀를—— 자신에게는 평생의 벗인 소녀를, 혼자 애도했다.

많은 모험자가 잠든 『제1묘지』에 묻는다면 틀림없이 낯을 찌푸릴 이가 있을 것이다.

자신에게 작별을 고했던 그녀 자신도 바라지 않을 것이다.

그렇기에 주신에게 부탁해, 도시 밖으로 나가, 엘프의 영봉(靈峯)인 『알브 산맥』으로 향했다. 아무리 긁어모아도 이상하게 조금밖에 없었던 그녀의 재를 든 채.

맑고 싸늘한 하늘에 에워싸인 높은 산꼭대기에서, 재를 바람에 실었다.

묘는 만들지 않았다.

어쩌면 만들 수 없었던 것인지도 모른다.

말 없는 일족의 영봉에서, 그저 고즈넉이, 한동안 시간을 보냈다.

해가 저물고, 달이 뜨고, 다시 해가 지평선 너머에서 나타났다.

찬란한 아침 햇살을 눈에 새기며, 밤새 그렇게 서 있었음을 겨우 깨달았다. 산을 내려와 서둘러 도시로 돌아갔다.

도시의 복구와 뒤처리에 힘을 보태지 않아, 【파밀리아】 동료들에게 미안한 마음이 들었다.

하지만 휴먼 선배는 "신경 쓰지 않아도 됨다"라는 말과 함께 아무렇지도 않다는 듯 손을 휘휘 저었다.

소중한 룸메이트는 "안 돌아오는 줄 알았어!"라는 말과 함께 울면서 부둥켜안았다.

동경하던 소녀는 "어서 와"라는 말과 함께 살며시 웃어주었다.

시간의 감각은 없었다.

그저 해야 할 일을 하자고, 몸은 움직임을 멈추지 않았다.

새로운 마도사복을 만들었다.

그때까지의 자신과 결별하듯.

새로운 지팡이를 만들었다.

자신의 로드와 그녀의 완드를 합쳐서.

그녀의 검을 쥐었다.

그녀에게 돌려주지 않은 채, 추억으로 바꾸지도 못한 채, 미련스럽다는 소리를 듣더라도 함께 있기로 맹세하며.

그리고.

해가 아직 보이지 않는 여명.

어스름한 방 안에서, 홀로.

마도사복을 입고, 지팡이를 허리에 꽂고, 그녀의 검을
들고.
그 긴 선황색 머리카락을, 잘랐다.

1장

소녀혁명

【로키 파밀리아】의 홈, 『황혼관』.

아침의 대식당은 시끌벅적했다.

많은 단원이 인사를 나누고, 의자를 끌고, 식기 울리는 소리를 냈다.

『에뉘오의 소란』으로부터 시간이 지나, 【로키 파밀리아】도 일상의 풍경을 되찾으려 하고 있었다. 줄어든 자리의 수를 떠올리면서도, 언제까지고 발을 멈추고 있는 것은 하늘로 돌아간 전우들을 위한 일이 아니라는 것을 모험자인 단원들은 잘 안다. 모두가 아직 아물지 않은 상처를 보듬으면서도 밝게 웃으며 식사를 하고 있었다.

그런 때였다.

"늦어서 죄송합니다."

쌍여닫이문이 열리는 소리를 낸 것은.

일동이 그쪽을 돌아본 순간, 대식당은 경악과 함께 정적에 잠겼다.

문을 열고 지금 막 모습을 나타낸 것은 엘프 소녀였다.

"레피, 야……?"

그것은 중얼거리는 듯한 아이즈의 목소리였다. 하지만 그녀 또한 자신의 눈을 의심하고 있었다.

가녀린 몸을 감싼 옷은, 소녀의 트레이드마크이기도 한 분홍색 배틀클로스가 아니었다.

흰색과 붉은색을 기조로 한 마도사복.

엮은 실 한 가닥 한 가닥에『마력』을 흘려 넣어 작성한, 메이거스 뺨치는 의상이었으며, 그 덕분에 뛰어난 마법내성과 경량성을 자랑했다. 리베리아가 입은《요정왕의 성의》도 소재는 다르지만 같은 마도사복이었을 터. 그밖에도, 매직 아이템인지, 오른팔에는 팔찌를 끼고 있었으며, 가느다란 두 다리에는 허벅지 가운데쯤까지 올라오는 순백색 부츠를 신었다.

허리에는 두 자루의 지팡이.

마치 검사처럼, 새로 만든 완드와 로드를 벨트에 차고 있었다.

그리고 허리 뒤춤에 꽂은 것은 한 자루의 단검.

그 모습을 보고 아이즈가 가장 먼저 떠올린 말은『마법검사』.

하얀 무녀 피르비스 셜리아의 유지와, 레피야의 조용한 격정이 섞인 흰색과 붉은색. 그것을 상징하는 마도사복.

아이즈는 그런 생각이 들었다.

다만—— 단원들은, 레피야가 장비를 새로 맞추었기에 놀란 것이 아니었다.

아이즈도 아니었다. 티오나도 티오네도, 라울과 아나키티를 비롯한 제2군 멤버들도, 오직 한 곳을 보고 아연실색했다.

레피야가, 머리를 짧게 잘랐던 것이다.

같은 또래 단원들이 부러워하던 아름다운 선황색 머리카락은 소녀의 은근한 자랑거리였을 텐데.

몸단장이란 것을 모르는 아이즈조차 눈길을 빼앗긴 적이 있을 정도였다.

머리 장식으로 한데 묶었던 선황색 머리카락이, 이제는 목덜미가 드러날 정도의 쇼트헤어로 바뀌었다.

"………………………."

모두가 벌어진 입을 다물지 못했다.

마치 다른 사람 같았다.

장비와 헤어스타일만이 아니라 몸에서 풍기는 분위기까지도 이제까지의 온화함과는 다른, 맑고 차가운 샘물 같은 분위기를 띠었다. 테이블 사이를 걸어 나가는 그녀에게 말을 거는 이는 없었으며, 로키만이 재미있다는 듯 휘파람을 불었다.

"레피야."

그렇게 움직이지 못하는 단원들 사이에서, 리베리아가 일어났다.

다가와 정면에 멈춰 서자, 레피야도 발을 멈추었다.

"유사시가 아니라면 단원이 모두 함께 아침을 먹는 것이 로키가 정한【파밀리아】의 규칙이다. 연락도 없이 어딜 다녀왔나?"

어떤 때에도 리베리아는 리베리아였다.

모습과 분위기가 완전히 바뀌었다 해도, 규율을 어기는

자를 꾸짖는 태세는 변함이 없었다.

이에 레피야는—— 조금 당황하는 표정을 지었다.

"엘피 앞으로 편지를 써서, 방에 남겨놨는데요…….

"에?! 어라?!"

이름이 언급된 엘피가 음정이 엇나간 목소리로 외쳤다.

"그러고 보니 편지가 책상 위에 있었던 것 같기도…….

단원들의 시선이 집중되는 가운데 어색한 웃음을 지으며 어물어물 대답한다.

"아이, 참…….

그런 룸메이트에게 가녀린 눈썹을 치켜세웠던 레피야는 리베리아를 향해 순순히 허리를 숙였다.

"메이거스 레노아 씨에게 의뢰했던 장비가 완성됐다는 종마의 전갈이 와서 아침 일찍 받으러 다녀왔습니다. 개인 행동을 해서 죄송합니다.

잘못을 인정하며 예의바르게 고개를 숙이면 화를 낼 수도 없다.

"앞으로 주의하도록.

리베리아는 탄식하며 자리로 돌아갔다.

무의식중에 마른침을 삼키며 지켜보던 단원들의 분위기도 느슨해졌다.

그것을 시작으로, 조용해졌던 대식당이 겨우 소란을 되찾았다.

"레피야가 저렇게 머리를 확 자르다니…….

"놀랐지. 데미휴먼 중에서도 엘프는 머리를 소중히 한다는 말을 들은 적이 있는데."

"신들이 말하는, 이미지 체인지? 라는 걸까?"

흘끔흘끔 시선을 보내며, 같은 식탁에서 밥을 먹던 아나키티, 티오네, 티오나가 입을 모아 말했다. 빵과 베이컨을 아구아구 욱여넣던 티오나를 제외하면 다들 자기도 모르게 목소리를 낮추었던 것은, 소녀가 머리를 자를 만한 이유가 짐작이 갔기 때문이다. 티오나의 옆에 앉은 아이즈도 걱정스러운 시선을 보내고 말았다.

반면 레피야는 낯빛 하나 바꾸지 않은 채 다시 걸어나갔다.

아침 시간은 이미 거의 끝났다. 대부분의 단원이 식사를 마치고 접시를 비운 가운데, 그녀는 자리를 찾으려고 하지는 않았다.

호기심 어린 시선, 걱정하는 속삭임, 그런 모든 것들을 무시하고 ——혹은 미리 결정했던 것처럼—— 한 인물에게 다가갔다.

"베이트 씨."

"……아앙?"

회색 머리카락이 흔들리며 웨어울프의 귀가 쫑긋 섰다.

매너와는 거리가 먼 자세로 의자에 앉아있던 베이트는 바로 곁에 선 소녀를 귀찮다는 듯 올려다보았다.

아침 식사 자리에서는 절대 함께 있는 법이 없는 조합.

레피야는 대개 아이즈네 아니면 엘피네가 있는 테이블에서 식사를 하고, 베이트는 베이트대로 시끄러운 티오나를 싫어해 식당 구석에 자리를 잡는다.

베이트 자신도 그녀가 말을 걸 줄은 몰랐는지 의아해하는 시선을 보냈다.

그와 같은 테이블에 있던 라울과 크루스도 명확한 곤혹의 표정을 보였다.

그런 그들의 내심을 아는지 모르는지, 소녀가 입을 열었다.

"저에게 싸우는 법을 가르쳐주세요."

그리고 그 부탁이 다시 모든 소리를 앗아갔다.

"……………………에?"

그것은 아이즈의 목소리였다. 아이즈 자신은 자신의 목소리인지도 모르고 있었다.

대식당이 깊은 침묵에 잠겼다.

시간을 되감듯, 모든 시선이 레피야에게 집중되었다.

움직임을 멈춘 사람, 환청이었나 의심하는 사람, 입을 딱 벌린 사람.

단원들이 각양각색의 표정을 짓는 가운데, 이번만은 핀과 리베리아, 가레스, 로키까지도 놀라움을 보였다.

다음 순간.

"에에에에에에에에에에에에에에에에에에에에에에
에에에에에에에에에에에에에엑?!"

침묵을 깨뜨렸던 것은 티오나였다.

대식당을 뒤흔드는 대음성을 터뜨리며, 그때까지 먹던 아침 식사를 전부 치워버리고, 후다닥 테이블을 돌아 레피야와 베이트에게 달려왔다.

"왜?! 왜?! 어째서?! 왜 이 바보 늑대야 레피야?! 싸우는 법을 가르쳐달란 건, 그러니까 스승이란 소리잖아?! 내가 잘못 들었어?!"

티오나는 극심한 혼란을 일으켜 주워섬겨댔지만, 그것은 거의 모든 단원의 마음 속 목소리를 대변하는 것이었다.

레피야는 노기등등해 바짝 달라붙는 티오나에게 조금 당황하는 표정을 보였다.

"스승이라고 할 것까지는……. 저에게는 리베리아 님이 있는걸요. 다만 베이트 씨한테 근접전투의 방법을 배우고 싶어서……."

"그럼 왜 하필이면 베이트야?! 나나 티오네나 아이즈도 있잖아~!"

"안 해. 귀찮아."

"넌 또 왜 레피야의 부탁을 거절해 바보늑대—!! 아니 거절했으면 좋겠지만, 그렇게 거만하게 거절하지 마—!"

동요도 한몫해 이리저리 바쁘게 튀는 티오나의 외침이 레피야와 베이트 사이를 오갔다.

대부분의 단원들도 티오나의 말에 연신 고개를 끄덕였다.

제2군 이하의 남성 단원들은『제정신이야?!』『왜 하필이면 그 사람이야?!』라는 두려움과 공포와 전율의 시선을 집중시켰다. 옆자리에 앉아있던 라울과 크루스도 필사적으로 고개를 가로저으며 그만두라고 호소했다.

"레피야! 티오나 말마따나 무술이라면 우리한테도 배울 수 있어. 실전도 얼마든지 해줄게. 이 난폭하고 거만하고 성질 더러운 늑대한테 의지할 필요는 없어!"

자리에서 일어난 티오네도 달려와 참전했다.

그 심경은 그야말로 귀여워하던 여동생을 빼앗기고 싶지 않은 언니의 심경이었다.

그렇다기보다 베이트인 게 싫다는 개인적인 감정이 다분히 담겨 있었다.

"작작 해라, 썩을 아마조네스들……."

제멋대로 떠들어대는 소리에 베이트가 이마에 퍼런 핏줄을 세웠다.

아무튼 자매가 나란히 이해하지 못하겠다는 표정으로 바짝 다가왔지만,

"오랫동안 고민하고, 베이트 씨에게 배우는 게 제일 좋겠다고 생각했어요. 티오나 씨와 티오네 씨가 나쁘다는 게 아니라, 지금의 저에게는 그게 필요하다는 것뿐이에요."

레피야는 냉정함 그 자체였다.

그녀의 검푸른 눈동자는 티오나와 티오네의 호소에도

동요하지 않고 조용히 말을 이었다.

"게다가…… 베이트 씨가 아마 제일 봐주지 않고 해줄 테니까요."

""으.""

티오나와 티오네는 동시에 말문이 막혔다.

레피야의 말대로, 설령 훈련이라 해도 티오나와 티오네는 분명 어디선가 브레이크를 걸어버릴 것이다. 그것은 어디까지나 레피야를 걱정해서다.

하지만 베이트는 절대 그러지 않는다. 내기해도 좋다. 훈련이든 뭐든, 얼굴이며 배며 가리지 않고 가차 없이 발길질과 주먹질을 해댈 것이다. 그것이야말로 티오나와 티오네가 말하는 난폭하고 거만하고 성질 더러운 늑대, 베이트 로가다.

반대로 말하자면, 그렇기에 티오나와 티오네는 베이트에게 사사하는 것만은 말리려 했던 것이다.

레피야는 티오나와 티오네에게 고개를 숙였다.

"티오나 씨, 티오네 씨, 죄송해요. 지금 달라지지 않으면…… 다시는 달라지지 못할 것 같아요."

티오나와 티오네의 상냥함에 응석을 부릴 수는 없다.

레피야는 자신의 속내를 숨김없이 토로했다.

그렇게까지 나오면 티오나와 티오네는 이제 아무 말도 할 수 없었다.

동포의 각오를 보고, 아리시아를 비롯한 엘프들이 눈을

크게 뜨는 가운데, 고개를 든 레피야는 이번에야말로 베이트를 정면으로 마주했다.

"베이트 씨, 부탁드려요."

"말했잖아. 귀찮아. 저 바보 아마조네스들 말마따나 아이즈한테나 빌어보든가."

베이트의 대답은 달라지지 않았다.

그도 자신의 강함을 추구하는 자다. 『잔챙이』에게 신경 쓸 시간은 없다고, 외톨이 늑대처럼 굴며 ——『마법』의 사용자도 아닌 자신에게는 가르칠 것이 없다고 처음부터 단정하며—— 레피야의 청을 걷어찼다. 그녀에게는 눈길도 주지 않은 채, 남은 빵을 물어뜯었다.

이제까지의 레피야라면 터덜터덜 물러났을 것이다.

하지만 지금, 이 자리에 서 있는 요정은 겁먹지도 않고 말했다.

"잔챙이는 싫다면서요? **약간만 돌봐주면** 그런 잔챙이가 한 마리 줄어드는데요?"

대화에 귀를 기울이던 엘피와 동료들이 숨을 멈추었다.

평소에 보지 못했던 호전적인 말씨.

레피야답지 않은 발언.

그 말에, 처음으로 웨어울프의 호박색 눈이 그녀를 바라보았다.

"베이트 씨도 『마법』 있죠? 『병행영창』이나 『고속영창』까지는 아니더라도, 전열에서 쓸 수 있는 영창의 운용이라면 저도 가르쳐 드릴 수 있을 거예요.”

“난 『마법』 안 써.”

“그렇군요. 그럼 포격 훈련은 어떨까요? 새로 맞춘 프로 스빌트의 출력 한계도 확인할 필요가 있지 않을까요? 전 리베리아 님 다음 가는 정도로 마력 바보라던데요.”

“…….”

“제가 갚아드릴 만한 것도, 있어요.”

감정이 평탄한 표정으로, 자신의 편리함을 담담히 말하며 어필한다.

어느샌가 아무도 말을 꺼내지 못하게 된 가운데, 레피야는 다음 말을 입에 담았다.

“『쓸모 있는』 존재가 될 거예요, 저는.”

잠시간의 침묵.

각오가 담긴 그 말에, 웨어울프는—— 입가를 크게 틀어올렸다.

양쪽으로 쭉 찢어져 올라간 입술을 웃음의 형태로 바꾸고, 앉아있던 의자에서 일어났다.

“재미있구만. 그렇게까지 말한다면 같이 놀아주지.”

“네. 부탁드려요.”

“노는 거 아니다. 후회하지 마.”

“그럴 리가 있나요.”

엘프 소녀는 자신을 내려다보는 늑대의 웃음을 마주 올려다보았다.

그 모습을 처음부터 끝까지 지켜보던 단원들은 도저히 상황을 따라잡을 수 없었으나, 베이트를 움직이기에 충분할 만큼 레피야가 진심이라는 것은 이해할 수 있었다.

"정신이 돌아오질 않네. 레피야가 설마 베이트한테……어라, 아이즈? 저기, 아이즈?! 너 상태가 이상해!!"

"………………………………………………………………………………………."

레피야와 베이트를 빤히 바라보던 아나키티가 옆에 앉은 아이즈의 상태를 알아차리고 당황해 목소리를 높였다.

금발금안의 소녀는 시간이 얼어붙은 채, 이제는 새하얀 존재로 전락했다.

예전에는 자신이 훈련을 시켜주었던 후배를, 빼앗겼다.

하얗게 불타버린 아이즈의 마음을 차지한 것은 그런 말이었다.

【파밀리아】 동료들에게 큰 충격을 주면서, 레피야와 베이트의 공동단련이 결정된 순간이었다.

시간을 아까워한다.

『달라지겠다』고 결심한 레피야는 우선 그런 버릇을 들이기로 했다.

이론 공부, 단련, 미궁, 잡무, 개인적인 용무. 여러 가지 생각과 행동에 의식을 돌리려면 시간은 아무리 많아도 부족하다. 레피야는 그 사실을 깨달았다. 깨달을 수 있었다.

시간은 유한하다. 그리고 시간의 가치는 장수하는 엘프라 해도 달라지지 않는다.

만약 미래에 시련이 기다리고 있다면, 이대로는 반드시 『희생』을 치르게 되어 있다면, 순수한 노력을 쌓아나갈 수밖에 없다. 순수한 노력으로 무언가가 『변화』한다면, 레피야는 여기에 망설임 없이 노력을 쏟을 것이다. 결연한 목표를 세우고 이를 역산한 결과, 쓸데없는 것들을 잘라내고 자신을 몰아붙이게 되었다.

모든 것을 다 이루고 나서 후회한다면 그나마 **체념할 수 있다.**

그러나 나태의 결과에서 오는 후회는 절대 **용납할 수 없다. 분명 용납할 수 없을 것이다.**

후회란 대개 시간의 총량과 비례한다. 받아들이기 힘든 결과가 생겨난 후, 과정을 돌이켜보는 가운데 나태한 자신을 발견해버렸을 때, 레피야는 틀림없이 자신을 저주하리라.

희생, 비창, 통곡, 눈물.

결코 두 번 다시 있어서는 안 될 일이다. 용납해서는 안 될 일이다.

그렇기에 달라진다고 한다면, 지금 달라져야 하는 것이다.

동료들에게 말했듯, 지금을 놓치면 레피야는 레피야 비리디스인 채로 남을 뿐이다.

그렇기에『아등바등』살기로 결심했다.

시간을 아까워한다는 과제를 스스로에게 부과했다.

지금 이 순간부터 달라지는 데에 몰두해, 일상부터 바꿔 나가겠다고.

"느려!"

"어윽?!"

그렇기에 베이트와의 단련은, 부탁한 **당일부터** 시작되었다.

『황혼관』의 안뜰. 중앙탑을 에워싸듯 생겨난 공간에서 레피야는 조금도 힘이 가감되지 않은 웨어울프의 발차기를 맞았다.

"커헉, 커흑, 콜록……?!"

"몇 번 말해야 알아먹냐, 굼벵이! 영창에 정신 팔리지 말라고!"

첫 단련이 시작된 지 이미 **일주일**.

아침을 먹은 다음부터 시작되는 실전 훈련은, 길면 점심 시간이 지나 저녁을 먹을 시간대까지 계속되기도 했다. 이른 아침부터 시작하지 않는 이유는 '아침 먹느라 중단하고 다시 시작하는 거 귀찮아'라나.

지금도 태양은 중천을 넘어 기울어져 가고 있었다.

"막지도 못하고, 피하지도 못하고! 그럼 처음부터 서툰 노래 따위 흥얼거리지 마!"

"콜록…… 아으윽……?!"

"네 병행영창은 벼락치기라고! 자각을 좀 해! 멍청한 게 재주라곤 하나밖에 없는 것처럼 노래만 하고 앉았어!"

복부에 일격이 꽂혀 옆으로 굴러가다 엎어진 채 허덕거리던 레피야에게 베이트가 욕설을 퍼부었다.

추가타를 꽂으러 오지는 않지만, 성별도 체격도 종족도 상관하지 않고, 봐주는 법도 없다.

고통이라는 이름의 학대에 레피야의 손에서 단검과 완드가 떨어졌다.

"하! 먼저 뒈져버린 여자 흉내나 내는 주제에 그 여자보다 영창이 느려터져서 어쩌겠다는 거야!"

"크윽……!!"

레피야의 두 눈꼬리가 위로 치켜 올라갔다.

분노로 두 눈에 불꽃이 피어났다.

하지만 베이트의 말이 옳다. 반론의 여지는 없었다.

레피야는 베이트에게 접근전——단검 한 자루로 싸우는 방법——을 배우는 것과 동시에, 단련 속에서『병행영창』을 적극적으로 도입하고 있었다.

죽은 친구의 단검을 오른손에 들고, 친구가 들었던 것과 비슷한 완드를 왼손에 들고『마법검사』의 전투형을 익히려 했다.

——뒈져버린 여자 흉내냐? 못 봐주겠구만.

베이트가 그런 식으로 아무리 조롱해도, 이것만은 양보하지 않았다.

지금의 레피야가 원하는 것은 혼자서도 싸울 수 있는 수단이었다.

이제까지의 자신—— 순수한 『후열 마도사』를 멸시하는 것도, 경시하는 것도 아니다. 필요하다면 얼마든지 고정포대 역할을 맡을 생각이었다.

하지만 그것은 『마법검사』의 움직임을 체득한 후에도 전부 할 수 있을 것이다. 오히려 전열과 중견의 움직임을 이해하면 더 적확한 지원이 가능하다. 『마법검사』란 매직 서클을 가진 『마도사』의 파생형. 플러스는 있을지언정 마이너스는 없다.

누군가에게 보호받기만 하는 역할은 이제 싫었다.

전열은 후열을 지키고, 후열은 전열을 구하는 것이 일.

그렇다면 레피야는 자신도 지키고 다른 사람들도 구할 수 있는 존재가 되고 싶었다.

레피야 혼자서도 싸울 수 있는 힘을 원했다.

그러나.

"『혼자서도 싸울 수 있도록』은 개뿔이! 지금 네놈은 없는 걸 투정하느라 어디로도 날아가지 못하는 날벌레라고!! 잔챙이도 못 돼!"

악의의 덩어리인 늑대는 레피야의 『목표』에 침을 뱉었다.

한 발짝만 잘못 디뎌도 이루어지 지 못할 『낙관적 전망』

에 불과하다고 매도했다.

베이트는 여기서도 가차 없었다.

레피야의 얄팍한 생각 따위 짓밟고, 현실을 들이대는 것으로도 모자라 모멸까지 퍼부었다.

그리고 그 이상으로 발과 주먹을 날려댔다.

그의 실력은 백 마디의 매도보다도 훨씬 큰 설득력으로 레피야를 괴롭혔다. 레피야의 바람이 얼마나 어려운 것인지를 깨닫게 해주었다.

베이트 로가는 역시 누구보다도 가혹했다.

레피야의 생각대로였다. 아니, 그 이상이었다.

'——역시 이 사람에게 부탁하길 **잘했어**.'

그러므로 레피야는 기뻐했다.

눈꼬리에 눈물을 머금고, 입가에서 침을 실처럼 늘어뜨리고, 몇 번이나 기침을 하고, 웃음을 머금지 못할 정도의 고통에 지배당하면서도, 그래도 마음속으로 웃었다.

베이트는 현실을 들이댄다.

그는 레피야의 선택이 가혹하다는 것을 가르쳐준다.

늑대는 『약육강식』의 섭리를 가장 잘 안다.

애초에 드러낼 추태 따위 없었다.

굴욕도 없었다.

처음부터 잃어버릴 자존심 따위 어디에도 없는 것이다.

왜냐하면, 레피야는 이미 소중한 것을 잃어버렸으니까.

그렇기에 이제 와서 느낄 부끄러움 따위 있지도 않았다.

이 정도의 치욕으로 한 걸음이라도 나아갈 수 있다면 바라던 바다.

지불할 대가는 있다. 아낀 시간을 모두 여기에 쏟는다.

이 가혹한 베이트의 가학을 감내하고 받아들이고 넘어섰을 때, 분명 내일의 레피야는 지금의 레피야보다 강해질 것이다.

"……다음…… 부탁, 드려요……!"

"……."

지면에서 무릎을 떼어내고 일어나려 하는 소녀에게, 베이트는 한 마디의 침묵을 둘렀다.

없는 것투성이인 지금의 레피야에게, 베이트가 유일하게 인정해주는 것.

그것은 『각오』였다.

집념이라 해도 좋다.

아무리 너덜너덜해져도, 가혹한 말에 얻어맞아도, 지금의 레피야는 금방 일어난다. 주먹을 부르쥐고, 떨리는 무릎을 때려 일어나고, 눈꼬리에 맺힌 눈물 따위 거칠게 닦아내며, 베이트의 가학을 향해 뛰어든다.

보는 이에 따라서는 위태롭다고까지 느껴지는 모습. 그러나 베이트는 말리지 않는다.

오히려 입가를 틀어 올리고 싶어지는 충동을 견디며 환영했다.

그가 말하는 『잔챙이』가 『달라지려 하는』 이 순간을, 그 누구도 방해하게 놔두지 않겠다는 것처럼.

베이트는 두 눈을 가늘게 뜨고, 그때까지의 격렬했던 어조를 다른 것으로 바꾸었다.

"잘 들어. **생각을 해**. 전열과 중견의 인식 차이를, 네놈의 위치를. 마도사라고 하는 성가신 역직을."

"……! 네!"

이제까지 제대로 조언 따위 해주지 않았던 베이트의 지적에 레피야는 놀라면서도 고개를 끄덕였다.

"난 싸울 때 마법검사가 제일『상대하기 편해』. 호구로밖에 안 보여. 왠지 알겠냐?"

"……아뇨."

"영창도 반격도, 전부 다 **어중간하거든**. 반푼이들이 제일 아무것도 못 하는 거야. 지금의 네놈처럼."

"!!"

자신이『마법검사』의 나쁜 상징이 되어가고 있다는 것을 행간으로 전해들은 레피야는 군청색 두 눈을 크게 떴다.

"나보다 육박전을 못한다는 걸 뻔히 아는 상대한테는 그냥 정면에서 덤벼들면 되는 거야. 조금이라도 우위를 뺏기면 이그니스 파투스에 겁을 먹고 알아서 갈팡질팡하지. 그럼 역시 그냥 호구야."

"그, 그건……."

"마법검사의『병행영창』은 하나도 안 무서워."

레피야에게도 짚이는 구석이 있는 혹평이 날아들었다.

오늘까지 베이트와 단련하며 레피야는『마력』의 제어에 휘둘리는 상황이 몇 번이나 있었다. 베이트의『마법검사』에 대한 신랄한 견해를, 다른 누구도 아닌 레피야 자신이 긍정하고 말았다.

자신의 각오가, 친구의 존재가 부정당한 것 같아 레피야는 손에 쥔 단검과 완드를 꼭 쥐었다.

하지만.

"제일 무서운 건『병행영창』이 아니야. 마법검사가, 아니, 마도사가 제일 무서운 건『눈』이지."

"……눈?"

베이트의 말은 아직 끝나지 않았다.

"자폭을 각오하고 영창하는 놈의『눈』…… 뭐가 어떻게 되든『마법』을 꽂아주고 말겠다는 놈의, 짐승 같은『안광』이라고."

레피야는 흠칫 놀랐다.

베이트가 무슨 말을 하려는지 제대로 이해한 것이다.

"최악의 경우, 이그니스 파투스로 길동무를 삼겠다는 마도사가, 제일 성가신 존재……?"

"방법은 뭐든 상관없어. 마도사란 건『폭탄』이나 마찬가지야. 뭐가 어떻게 되든 화력을 작렬시키려는 놈은 그것만으로도 성가셔. 할망구 수준이 되면 그『폭탄』까지도 허허실실에 쓰고 앉았고 말이지."

영창으로 적의 동요를 유발해, 무턱대고 접근하도록 유

인한다.

그것은 리베리아에게 이전에 배웠던 『미끼 공격』과 통하는 부분이 있었다.

그녀는 핀이나 가레스와의 연계에서 이 『미끼 공격』을 사용해 괴인 레비스에게 한 방을 먹여줄 정도의 『허허실실』을 구사했다.

도시 최강 마도사를 예로 들어주니 레피야는 한층 구체적으로 이해할 수 있었다.

"쫄면 지는 거야. 겁먹어도 지는 거야. 난 『마법』은 모르지만 그건 알아."

——적어도 그 여자는 그러지 않았냐.

이어지는 그 말을 들은 순간, 레피야의 의지가 불타올랐다.

"네놈한테는 『죽을 각오』가 부족해."

간결한 결론이었다.

너무나도 간결해 레피야는 자신의 자만심을 부끄러워했다.

각오하고 있다고 생각했지만, 레피야에게는 아직도 각오가 부족했던 것이다.

말 그대로 『죽을 작정으로』 노래와 검을 연주해나갈 기개가.

"할 말은 다 했다. 이러고도 달라지지 않으면 더는 네놈하고 놀아주지 않을 거야. 시간 낭비니까."

"——네!!"

다시 험악한 안광을 띤 베이트에게 레피야는 고개를 끄덕였다.

단검과 완드를 다시 들고, 스스로 뛰어들었다.

"【해방될 한 줄기 빛, 성스러운 나무로 지은 활대】——!!"

노랫소리와 함께 몇 번이나 충돌하고, 몇 번이나 얻어맞아 날아가면서도, 흙먼지를 닦아내고 다시 싸웠다.

⊞

"레피야 엄청 노력하고 있어~."

"노력하는 건 알겠지만…… 진짜로 하나도 봐주질 않네, 저 썩을 늑대."

저택에 수없이 세워진 기둥 사이, 그곳에 걸쳐진 다리——석조 구름다리에서, 티오나와 티오네는 안뜰의 정경을 내려다보고 있었다.

지금도 이어지고 있는 레피야와 베이트의 훈련이 마음에 걸려 점심도 먹지 않은 채 지켜보고 있었다.

"마법을 쓰지 않는 전열과 마도사가 무슨 훈련을 하려나 생각했는데 말이죠……."

"실제로 보니, 예상보다도 훨씬 제대로 된 내용이었네요. 적어도 레피야의 움직임이 처음 무렵보다는 좋아졌어요. ……검사로서도, 마도사로서도."

불만스럽게 입술을 비죽거리며 난간에 매달린 티오나의 옆에서, 제2군 멤버인 나르비와 아리시아가 말을 이어받았다.

지금도 부루퉁하게 입술을 내밀고 있는 티오나와 마찬가지로, 두 사람도 처음에는 레피야와 베이트의 훈련에 반대했다. 하지만 막상 뚜껑을 열고 보니 레피야의 몸놀림이나 영창에는 확실하게 변화가 보였다.

그것이 언젠가 레피야에게 『기술』과 『허허실실』에 이르는 씨앗이 되리란 것을, 같은 엘프인 아리시아는 똑똑히 알 수 있었다.

"베이트 나름대로 훈련 내용을 생각했나 보네."

"안 그렇다구 아키~! 분명 되는 대로 하고 있을걸!"

아리시아와 나르비의 반대편에 있던 아나키티의 말에 대든 것은 역시 티오나였다.

베이트가 레피야에게 명령한 훈련의 과제는 매우 간단했다.

베이트에게 검의 일격을 꽂거나, 마법의 일격을 명중시키거나.

만약 레피야의 『마법』이 발동해도 베이트의 《프로스빌트》는 마법 효과를 흡수한다. 추적 능력이 있는 【아르크스 레이】라 해도 영창을 한정하면 홈에 피해가 미칠 가능성은 거의 없다.

이그니스 파투스가 발생할 경우에도 같은 방법으로 억

제할 생각이리라.

거칠기는 하지만, 베이트의 훈련은 합리적이었다.

"아니 티오나 씨, 베이트 씨는 전에 【비다르 파밀리아】의 단장이기도 했고 말임다, 기본 머리는 나쁘지 않슴다…… 아니, 진짜로."

"그 통솔력을 평소에도 좀 발휘하면 좋을 텐데……."

감싸주는 건지 아닌지 알 수 없는 라울의 말에, 크루스가 팔짱을 끼며 애매한 표정을 지었다.

긴 구름다리에는 이제 쇼를 구경하는 관객들처럼 수많은 단원들이 모여 있었다.

티오나와 티오네, 아리시아와 나르비, 아나키티와 라울, 크루스.

그리고.

"레피야가…… 레피야도…… 베이트 씨한테……. 벨도, 같이……? 벨도, 레피야도, 전부 베이트 씨………… 시대는 베이트 씨……?"

"아이즈 씨, 아이즈 씨~?! 왜 그러세요 정말로~?!"

디잉~ 디이잉~ 디이이잉~ 하고 새하얗게 질려버린 채 충격을 받고 있는 아이즈에게 엘피가 필사적으로 말을 걸고 있었다.

뜻 모를 소리를 중얼거리기만 하는 금발금안의 소녀는 레피야와 베이트의 훈련이 결정된 후로 줄곧 이 모양이었다.

훈련을 시켜주었던 소년 벨 크라넬의 목표가 베이트라

고 착각한 이 천연산 얼빵이의 심경은 아끼던 제자들을 베이트 도장에 빼앗겨버린 사범이었다. 마음속에서 극동의 도복을 입고 주저앉아버린 어린 아이즈와 함께 허탈감에 빠진 아이즈를 보며, "내버려 둬 엘피. 감자돌이라도 사주면 돌아올 거야" 하고 티오네는 대수롭지 않다는 듯 대응책을 말해주었다.

"이 훈련, 언제까지 계속되는 거지 말임까……?"

"레피야가 만족할 때까지 아니겠어?"

격렬하게 땅바닥을 구르는 레피야를 보며 으악 하는 표정을 짓는 라울에게 아나키티가 탄식했다. 그런 그녀의 얼굴에도 걱정의 빛이 어른거렸다.

이 자리에서 훈련을 지켜보는 단원들의 수는 레피야의 교우 관계와 붙임성이 얼마나 좋은지를 말해주는 것이었다. 그들이 있는 구름다리 이외의 장소에서도 다른 단원들이 레피야와 베이트를 보고 있었다.

레피야 비리디스는 좋은 의미에서도 나쁜 의미에서도 우등생이었다.

누구에게나 친근하고, 많은 이들에게 귀여움을 받았다.

결벽성이 있는 엘프답지 않은, 사랑받는 엘프였다.

하지만 이제는 그것도 '옛날의 레피야 비리디스'라는 전제가 붙을지 모른다.

"지금의 레피야, 엄청 노력하고 있어서, 말릴 수는 없지만…… 전, 무서워요."

그때 문득, 소녀의 룸메이트인 엘피가 중얼거렸다.

"레피야가 달라져버릴 것 같아서…… 아니, 먼 곳으로 가버릴 것 같아서……."

눈을 내리깐 그녀의 말에, 무언가를 대답할 수 있는 사람은 아무도 없었다.

티오나도 티오네도, 라울과 아나키티도 일제히 입을 다물었다.

그런 의미에서는 훈련 상대인 베이트는 누구보다도 적임자였으며, 누구보다도 최악이었다.

베이트는 엘피나 다른 이들이 느꼈던 레피야의 『위험함』을 긍정해버린다.

저 두 사람의 조합은 갈 데까지 갈 것이다. 가버릴 것이다.

그리고 분명 그것은 레피야가 바라는 일이기도 했다.

허탈 상태에서 회복된 아이즈 또한 눈 아래에서 훈련에 애쓰는 레피야를── **매우 눈에 익은** 그 옆얼굴을 바라보고 있을 수밖에 없었다.

레피야 비리디스

Lv.4

힘: I0→I97 내구: I0→G212 기교: I0→H187 민첩: I0→G204 마력: I0→E401

마도: H 내성: I 마방: I

　로키가 제출한【스테이터스】갱신 용지를 보고, 비취색 장발을 찰랑이던 리베리아는 맹렬한 두통을 견뎌야만 했다.
　"이 수치에 이르기까지 걸린 기간은?"
　"크노소스 전투 전에 했던 기 마지막이니께, 2주하고 쪼꼼 더 아이겠나?"
　"말도 안 돼."
　로키의 태연한 대답에 리베리아는 그렇게 내뱉었다.
　전 어빌리티 숙련도 상승치 합계 1100 이상.
　크노소스 공략전이라는, 유례를 찾아보기 힘든『대전』이 있었다고는 하지만 Lv.4의 마도사가 겨우 보름 만에 기록할 만한 수치가 아니었다. 심층 영역의『원정』이라 해도 이 정도의 상승폭을 기록할 수는 없을 것이다.
　저택의 집무실에서, 리베리아는 자기도 모르게 갱신 용지를 노려보고 말았다.
　"【엑세리아】대부분이 크노소스 공략전에서 나온 것이기는 하겠지만……."
　"훈련 방법에서도 성과가 나오고 있을 걸세. 베이트 녀석, 정말 **아슬아슬할** 정도까지 힘 조절을 안 하는구먼. 우다이오스 같은 심층의 몬스터렉스와 매일 맞붙는 거나 마찬가지……라고까진 못하겠지만, 레피야의 입장에선 비슷할 걸세."

기품 있게 눈살을 찌푸리는 리베리아와는 대조적으로, 핀과 가레스는 침착하게 견해를 밝혔다.

반복하지만, 크노소스 공략전은 전에 없을 정도의 사투라 해도 과언이 아니었다. 살아남은 자들이 얻은 【엑세리아】는 헤아리기 힘들 것이다.

하지만 레피야의 경우, 여기에 베이트라는 제1급 모험자와의 훈련이 더해졌다.

매일 실전과 다를 바 없는 훈련에 시달리는 그녀의 가산치가 누구보다도 월등하다 해도 수긍이 간다.

"이해는 한다. 하지만 그래도 지나치다."

그러나 리베리아의 미간에서는 험악한 기운이 떨어져나갈 줄 몰랐다.

이제 막 【랭크 업】을 해서 앞으로는 어빌리티의 상승폭이 현저히 떨어질 거라고는 하지만, 이래서는 어느 『레코드 홀더』를 보고 있는 기분이었다.

"역시 우리 레피야데이! 건방진 땅꼬마네 얼라 같은 거 확 추월해삐라!"

지껄이는 주신의 머리에 즉각 리베리아의 지팡이가 꽂혔다.

"우오오~?!" 하고 비명을 지르며 로키가 바닥을 나뒹굴거나 말거나 무시한 채, 명실공히 레피야의 스승인 하이엘프는 깊은 한숨을 쉬었다.

무시무시할 정도의 성장력.

손톱이 깨지든 부러지든, 험준한 산꼭대기에 손을 걸친 채 뛰어오르려 하는 오기.

지금의 레피야는 그야말로 『고삐가 풀린』 상태였다.

"【파밀리아】의 입장에서는 기쁜 일이기는 해. 레피야 이외에도 많은 단원이 성장했고."

"샤론과 오르바, 아크스가 Lv.4…… 심지어 아키는 Lv.5일세. 『데미 스피리트』와 직접 싸웠던 자들은 모조리 【랭크 업】했네."

핀과 가레스의 말대로, 이번 모험의 결과는 【로키 파밀리아】 전체를 크게 약진시켰다.

Lv.2였던 단원들은 대부분 Lv.3으로, 그리고 Lv.3의 반이상은 Lv.4으로 성장했다.

그 중에서도 아나키티의 Lv.5 도달은 큰 성과였다.

염원하던 【로키 파밀리아】의 8번째 제1급 모험자다.

하급 모험자와 상급 모험자 사이에 높은 벽이 있듯, 제2급과 제1급 사이에도 넘기 어려운 벽이 존재한다. 오라리오 내에서도 제1급 모험자의 수는 40명이 되지 않는다고 하면, 그것이 얼마나 좁은 문인지 실감이 날 것이다.

평소에는 늠름한 미녀인 아나키티도 이번만은 주먹을 꽉 쥐었으며, 새침한 얼굴과는 달리 꼬리가 하늘하늘 흔들렸다는 흐뭇한 보고가 있었다.

얼마 전에는 이런 대화도 있었다.

『핀. 니 아키 간부 삼을 생각 있나?』

『아냐…… 한동안은 보류할래. 제노스 사건 이후 아키의 활약을 보고 확신했어. 전부터 알고 있었다고 생각했지만 그녀는 아주 **밸런스가 좋아.**』

아나키티가 Lv.5에 도달한 것을 알고 로키가 묻자, 핀은 이렇게 대답했던 것이다.

크노소스 공략 당시『제노스와 결탁한다』고 단원들에게 밝혔을 때의 일이다.

규탄의 목소리까지 있었던 그 자리에서, 아나키티는 당당히 핀에게 질문을 던지고, 결과적으로는 그것이【파밀리아】를 일치단결시키기에 이르는 계기가 되었다.

『우리 간부진과 하급 단원들 사이에 있으면서 양쪽을 유연하게 이어주지. 아나키티는 강자와 약자 양쪽의 시점을 가지고 있어. 그녀가 불만을 제기하지 않는 한은 라울 같은 단원들과 함께【파밀리아】의 중간층을 짊어지게 하고 싶어.』

다른 제1급 모험자들은 물론이고 자신에게도 없는 아나키티의 자질을── 빈틈없는【아르샤】의 행동을 재평가하는 단장의 말에 파벌 운영을 거의 핀과 간부진에게 맡기고 있는 로키는『오케이데이~』라고 가볍게 승낙했다.

이와는 달리, 크노소스 공략의『제2공략』중에 예비대──【데메테르 파밀리아】의 구조대를 맡았던 라울과 아리시아, 크루스와 나르비를 비롯한 다른 Lv.4 제2군 멤버의【랭크 업】은 미뤄지게 되었다. 특히 아나키티와 동기인 라울은 허흐흐 탄식하며 어깨를 늘어뜨려 단원들의 웃음을 유발했다고 한다.

"——너네들『축하』도 성대한 걸로 생각해둬야 쓰겠구마~."

그때까지 바닥을 굴러다니던 로키가 먼지를 털고 일어나 씨익 웃었다.

핀이 쓴웃음으로 대답하고 있을 때,

"그보다도 레피야가 문제다."

옆길로 새려는 이야기에 눈살을 찌푸리며 리베리아가 화제를 되돌렸다.

우려가 되살아나 핀과 가레스도 서로를 쳐다보았다.

"베이트와의 훈련만이 아니다. 해가 뜨기 전에는『마력』의 방출, 밤에는 명상 훈련까지 하고 있다."

"그리고 빈 시간에는 던전까지, 말이지……."

"탐색 쪽은 엘피랑 아리시아네가 같이 간다고 들었지만서도…… 진짜 스케줄 넘 꽉꽉 들어찬 거 아이가~?"

"눈에 뜨일 정도로『막무가내』가 아니라서 더 문제일세. 표면도 내면도 냉정함을 유지하고 있으니 설득하기도 어렵고. 생각한 끝에 행동하고 있는 게야."

리베리아, 핀, 로키, 가레스가 순서대로 말했다.

라울을 비롯한 단원들이 넌지시 타이르려 했지만, 레피야는 구체적인 스케줄과 수치, 그리고 이에 따른 논거를 제시해 반대로 논파해버렸다고 한다. 그 바람에 라울은 울먹이기까지 했다나.

"신들이 말하는 『브레이크』가 망가져버린 것이다."

"우리가 오라리오에 와서 『세례』를 받았던 후에도 비슷한 일이 있었던 것 같은데 말이야."

"그렇다 해도 지나치게 극단적이다."

핀의 말에 고개를 가로저으며 리베리아는 눈을 내리깔고 말했다.

"……가장 위험한 건, 지금의 레피야는 **지속할 수 있게 되고 말았다는 것이다.**"

그것은 확신이 담긴 목소리였다.

찌푸린 눈살에 침통의 감정을 숨기며 말을 이었다.

"한번 좌절을 맛보고 일어난 자는 고난을 받아들이고 지속할 수 있게 되고 만다. 심신이 닳아 해지더라도 달리게 되고 만다. 뜻을 이루지 못하고 쓰러지는 것보다 고통스럽고 괴로운 것이 있다는 걸 이미 알아버렸으니까."

"……그렇구먼. 지금의 레피야에게는 도중에 내팽개치지 않는다는 안도감 ──아니, 이렇게 말하면 안 되겠군──『각오』가 있네. 그야말로 후회 그 자체가 녀석의 원동력이 되었지."

리베리아의 말에 가레스가 고개를 끄덕였다.

엘프도 드워프도, 먼 곳을 바라보는 듯한 눈으로 지금의 상황과 『과거의 정경』을 비춰보고 있었다.

"그래서는…… 어린 시절 아이즈의 전철을 밟게 된다."

레피야의 모습은 리베리아가 잘 아는 소녀의 모습과 겹쳐 보이고 있었다.

지금의 아이즈는 아이즈대로 『발작』을 일으키는 경우가 있지만, 그래도 많이 나아진 편이었다.

『아이즈와 같다』가 아니라 『아이즈의 전철』이라고 표현한 점에서 리베리아의 우려가 엿보였다.

"아이즈만이 아이라 레피야네 엄마로도 관록이 붙기 시작했구마, 리베리아~."

"장난치지 마라, 로키. 나는 심각하게 이야기하고 있다."

리베리아는 주신의 농담도 받아주지 않았다.

그것은 레피야에 대한 마음의 반증이기도 했다.

어린 아이즈와 몇 번이나 충돌하며 몇 번이나 사고를 겪을 뻔했던 리베리아에게 지금의 레피야가 너무나도 위험해 보였다.

다른 관점에서, 다른 입장에서 의견을 제시하고 다각적으로 의논해보려 하는 핀과 가레스도, 본심으로는 레피야의 동족인 리베리아와 같은 의견이었다.

"마, 실제로 지금 레피야는 쫌 그렇제. ……예전 아이즈보다 **위태로운 면도 있고.**"

로키는 흠흠 팔짱을 끼었다.

평소에는 간부진에게 잡무를 떠넘기고 아무 것도 하지 않는 주신도 조금은 일을 해보겠다고 머리를 굴리다……입가를 틀어올렸다.

"좋았으. 레피야 쪽은 맡겨 보그라. 내 생각이 있데이."

"……정말인가?"

"진짜루 진짜루. 내도 레피야는 마음에 걸렸고, 게다가 **마침 타이밍이 좋았데이.**"

정말로 맡겨도 좋을지 망설이는 리베리아의 시선에, 로키는 손가락으로 동그라미를 만들었다.

"좀 기다리긴 해야 하지만 내한테 비책이 있데이. 사실은 그『멍청이』가 있는 데는 보내고 싶지 않지만서도······ 최대한 이용해주꾸마."

그렇게 큰소리를 치며, 그들의 주신은 신탁을 기다리라고 떠벌였다.

"한 달 후에 올『학구』의『리크루터』로 레피야를 임명할 기라."

그리운 배움터

레피야는 매진하고 또 매진했다.

베이트의 예정이나 자기 수련이 있는 날을 제외하고, 그와의 훈련은 매일 빼놓지 않았다. 몇 번이나 고개를 숙이고, 한번은 그의 던전 탐색에도 따라가기까지 했지만, 어디선가 갑자기 아마조네스 레나 탈리가 나타나선,

"생각지도 못한 데에서 내 새로운 라이벌이 나타났어~?! 이, 이런 곳에도 복병이?! 근데 뭐야 머리도 복장도 바꾸고! 베이트 로가를 함락시킬 생각이 그득하잖아! 우~ 내 수컷은 안 줄 거야~!!"

라며 엄청난 기세로 주워섬겨댔다. 깜짝 놀랐다.

그리고 레나는 걷어차여 날아갔다. 비명을 지르며 기뻐하는 듯했다.

자신의 경솔한 행동을 반성하고 "두 분만의 시간을 방해해 죄송합니다"라고 고분고분 사과하자 베이트가 상당히 진심을 담아 주먹을 날렸다. 아팠다.

베이트와의 훈련이 없는 날은 하염없이 『마법』 훈련에 몰두했다.

원래의 스승인 리베리아에게 탐욕스럽게 가르침을 청하자, 그녀는 탄식을 참으려는 것처럼 눈을 감고는 "지금은 쉬어라" "마인드를 지나치게 혹사하지 마라" "Lv.4의【스테이터스】라면 무리가 통하지만 너무 과신하지 마라"라고 몇 번이나 훈련의 자숙을 요청했다.

물론 가르쳐주어야 할 부분은 가르쳐주었다. 그녀의 경

험에 기초한 가르침은 역시 황금과도 같은 말이었다. 그러나 예전에는 그렇게나 엄격했는데, 지금은 전향적이라고는 할 수 없는 방침에 당혹감이 들었다. 자신은 무리를 하는 것이 아니라고 필사적으로 호소하고, 쉬어야 할 때는 쉬고 있다고 매일 쓰는 일기까지 제출했다. 그것은 하이엘프인 리베리아에 대한 첫 반항이었는지도 모른다.

그런 레피야에게 리베리아는 타이르듯 말했다.

"레피야. 너는『너』다. 다른 그 누구도 네가 될 수 없듯, 너 또한 다른 누군가가 될 수는 없다."

레피야는 리베리아의 말에 담긴 의미를 잘 이해하지 못했다.

스승이자 하이엘프인 그녀의 지시를 무시할 수는 없다. 레피야는 포기하고 휴식을 늘리면서, 그에 비례하듯 훈련의 밀도를 올렸다. 리베리아는 장탄식을 했다.

시간은 흘러갔다.

크노소스 공략전이 먼 과거의 일처럼 여겨질 정도로 농밀한 시간을 보내고 있으려니, 미궁도시에『2대 축제』의 계절이 찾아왔다.

레피야는『엘레지아』에서 도망치듯『소원정』을 계획해 던전에 칩거했다. 무엇과도 바꿀 수 없는『미추의 소녀』에게는 이미 작별을 고했다. 그래서는 아니지만 도저히 지금의 자신은 추모를 할 수 있을 것 같지가 않았다. 어쩌면 걸음을 멈추지 않기 위해서라도 감상에 젖는 것을 무의식중에 피했던 것은 아닐까.

혼자 갈 생각이었지만 엘피와 아리시아를 중심으로 한 여성 단원들이 따라와 주었다. 그녀들에게는 미안한 마음이 들었다. 1년에 한 번 있는 추모의 기회를 빼앗고 말았다. 송구스러워하는 레피야에게 엘피는 "다음에 감자돌이 그레이프 크림맛 사줘!"라며 웃어주었다.

아리시아도 "리베리아 님께 의논하지 못하는 일이 있으면 얼마든지 말해"라며 동족의 연장자로서 다가와 주었다. 레피야의 죄책감은 더욱 커졌다.

"레피야."

"……네."

"얼마든지 틀려도 괜찮아요."

"……?"

"당신이 정말로 길을 잘못 들 것 같으면 우리가 당신을 바로잡아줄 테니까."

그것이 【파밀리아】니까요.

아리시아는 그런 말도 해주었다. 눈을 크게 뜬 레피야는 그녀의 곁에 앉아 말없이 어깨를 빌렸다. 왜 그렇게 했는지 자신도 알 수 없었다. 언니처럼 흠모하는 동포는 짧아진 레피야의 머리를 부드럽게 쓰다듬어주었다.

『여신제』 때도 비슷했다.

아무리 그래도 하루는 쉬었지만, 그 후에는 던전에서 다시 원정이라는 이름의 실전훈련에 매진했다.

그리고 정신을 차리고 보니 【헤스티아 파밀리아】가 또 워 게임을 하고 있었다.

그것도 【프레이야 파밀리아】와.

심지어, 놀랍게도 승리한 벨 크라넬 일당에게 레피야는 별로 아무런 생각도 들지 않았다.

"흐응~."

하는 정도였다.

아니, 거짓말이다.

"하?"

"어떻게 된 거죠?"

"뭐 나도 별로 지고 있었던 건 아니지만요?"

"지고 있었던 건 아니지만 던전에 가는 횟수를 늘려야지…….."

"Lv.5 ···
····································."

그렇게 투쟁심을 불태우며 훈련의 양도 질도 올렸다(소년의 승리를 축하하던 아이즈와 동료들도 이때만큼은 벨을 원망했다).

라이벌에 대한 감정이 예전에는 붉은 폭염이었다면, 이제는 조용하지만 더욱 고온인 푸른 불꽃으로 바뀌었다. 레피야는 그런 기분이 들었다.

레피야는 스스로 약속했듯 결코 게으름을 용납하지 않았다.

목표로 삼은 자신에게 하루하루 다가선다는 자각이 있

었다. 베이트와의 훈련에서 이미지로 삼은 자신에게 다가간다는 감각. 그리고 이미지를 따라잡으면 레피야는 즉시 목표를 바꾸었다. 『방어』와 『회피』에만 전념했던 『병행영창』에 『공격』과 『반격』의 요소도 더했다. 베이트에게 과감하게 단검을 휘두르게 되었다. "100년은 멀었다"라는 비웃음과 함께 몇 번이나 반격을 당해 나가떨어지기는 했지만.

그래도 공격, 방어, 이동, 회피 4가지를 조합한 『병행영창』을 어떻게든 체득해야만 했다. 레피야는 『마법 위주의 마법검사』에서 『검 위주의 마법검사』로 바뀌어가고 있었다. 마법의 출력과 백병전의 실력은 하늘과 땅 정도의 거리가 있었다. 그녀의 종족은 매직 유저. 하루하루의 과제만 게을리하지 않는다면 『마력』의 소양은 저절로 늘어난다. 그러니 이렇게 하는 것이 낫다고, 이래야 한다고 레피야는 생각했다. 자기 스스로를 지키며 누군가를 구하기 위해서는.

체중은 조금 줄었다. 그래서 식사에는 신경을 썼다. 그래도 더 줄었다. 그래서 종족적으로 별로 좋아하지 않는 고기를 적극적으로 섭취했다. 그랬더니 가슴이 커졌다. 왜지.

아이즈와 다른 단원들이 걱정하는 것은 알고 있었다. 그들과의 접점이 전에 비해 줄어들었다. 사이가 나빠진 것은 아니고, 식사도 같이 하지만, 그래도 그들에게 『어리광』을 부리는 일 자체가 줄었다. 어쩌면 과거의 그것은 『의존』이라 바꿔 말해도 좋을지 모른다.

아무튼 『독립』의 시기라고, 레피야 스스로는 그렇게 생각하고 있었다.

하지만 동료들은 그렇게 생각하지 않는지,

"레피야…… 요즘, 너무 애쓰는 거…… 아닐, 까……?"

아이즈가 결심한 듯 그렇게 말을 걸었지만,

"아이즈 씨도 남의 말이라곤 못 할걸요."

그렇게 받아치고 말았다.

아이즈는 충격을 받은 얼굴로 굳어버렸다. 하지만 아이즈 씨도 아침 일찍 일어나 검을 휘두르잖아요. 티오나와 티오네도 응응 연신 고개를 끄덕였다. 아이즈는 더욱 좌절했다.

조금 심했나 싶어 반성하면서도 레피야는 계속 노력했다.

그리고 친구와의 작별로부터 2개월이 흘렀다.

겨울의 기척이 물씬 느껴지게 된 계절.

로키에게 불려간 것은 그런 때였다.

✦

"저를 『학구』의 리크루터로?"

저택의 집무실에 불려간 레피야는 눈을 동그랗게 뜨고 말았다.

핀, 리베리아, 가레스도 동석한 가운데 눈앞에 있던 로키는 "하모!"라며 웃음과 함께 말했다.

"레피야 니는 『학구』 졸업생 아이가! 늘 으스대 쌌는 그 교육기관에서 우수한 학생을 몽땅 긁어올라믄 니 말고는 적임자가 없데이! 그짝 사정도 이짝 사정도 젤루 잘 아는 건 니 아이가!"

"그건, 그럴지도 모르지만요……."

이동교육기관이라 불리는 『학구』의 오라리오 귀환은 이미 3일 후로 다가왔다.

그리고 『학구』가 귀환한다는 것은, 장래가 유망한 학생을 노리는 각 【파밀리아】가 움직이기 시작하는 시기가 다가왔다는 뜻이기도 하다.

이 시기를 오라리오 측은 『리크루트』라 부른다.

『학구』 측에도 협력을 요청해, 각 【파밀리아】의 대표가 파벌 설명회를 열고 선전을 하는 것이다.

오라리오 측은 우수한 인재를 확보할 수 있고, 『학구』 측은 학생들에게 많은 진로를 제공할 수 있다. 양측에게 이점이 있는 이 이벤트는 『학구』 창립 당시로부터 이어져 오는 것——이라기보다는 『학구』의 원래 설립 이유 그 자체 중에는 **세계의 인재를 미궁도시에 모은다는 배경이 있다**——.

그 중에서도 『학구』 측에게 요청을 받은 【파밀리아】는 장기적인 단원의 출장——『리크루터』의 파견이 가능하다. 학생들과 깊이 관여하며, 자기 파벌의 활동을 한층 강하게 홍보할 수 있다. 그것은 대개 '해당【파밀리아】입단을 희망하는 학생이 많아서'라는『학구』측의 이유가 있기 때문이지만. 이 제도는 대형【파밀리아】일수록 적용될 가능성이 높다.

그리고 오라리오의 도시 최대 파벌인【로키 파밀리아】에 입단을 희망하는 학생들의 수는 당연히 톱클래스.

"로이먼네도 막 채근한데이.『유능한 학구 학생을 오라리오에 끌어오기 위해서라도~!』라믄서."

학생들의 흥미와 관심을 산다면,【파밀리아】소속은 각자 다르더라도 오라리오의 전력은 늘어난다.

우수한 인재, 나아가서는 상급 모험자 후보의 증원은 길드가 바라는 것이므로.

'그야『학구』학생들은 우수하지만요…… 애초에【로키 파밀리아】는 별로 적극적이지 않았잖아요? 지난번 리크루트도 로키는 별로 좋아하지 않았다고 들은 것 같은데…….'

레피야는 당혹감을 느꼈다.

【로키 파밀리아】가『학구』에서 채용한 학생은 레피야가 처음.

당시의 성적 우수자로서 추천을 쟁취해 경쟁률『800대 1』이라던 도시 최대 파벌에 입단했던 레피야는『학구』창립 이래의 쾌거라고 추앙받았을 정도였다.

"하지만【파밀리아】의 대표로 출장을 나간다면 저보다도

아키 씨나 아리시아 씨가 나을 거라고 생각해요."

"지난번 리크루트는 바로 걔들 둘이 했다 아이가. 또 똑같이 했다간 잔소리 들을 거 같고, 다른 애들도 경험을 안 해보믄 걔들 없을 때 곤란하지 않겠나?"

솔직히 사양하고 싶어서 의견을 제시해봤지만 로키는 휙휙 피해버렸다.

핀을 비롯한 수뇌진은 파벌 증강을 위해서라고 해도 장기 출장은 불가능하다. 그들이 없으면【파밀리아】가 돌아가질 않으니까.

다른 간부는…… 미안하지만 적합하다고는 할 수 없다.

아이즈는 말이 서툴고, 티오나와 티오네는 뭔가 피해를 낼 거 같고, 베이트는 애초에 논외다.

따라서 이 경우 화살받이가 되었던 것은 제2군 멤버 중에서도 능력이 뛰어난 아나키티나 아리시아였다.

하지만 로키의 말대로, 4년쯤 전에 리크루터를 맡은 적이 있다. 다름 아닌 레피야가 학생 시절『학구』에 왔던 것이 그녀들이었다.

"그리고 그동안에는 베이트하고 훈련도 금지데이? 던전에도 가믄 안 된데이!"

──그 조건을 들은 순간 레피야의 눈썹이 치켜 올라갔다.

주신과 수뇌진의 의도를 알아차리고, 그 순간 어조에 가시가 돋쳤다.

"로키, 내 몸은 내가 제일 잘 알아요. 무리도 하지 않고 쉴 때는 쉬어요. 일을 떠넘기는 형태로 내 자유를 제한하지 마세요."

"내는 딱히 그런 소리 할 마음은 없다카~이. 그냥 리크루터에 전념해달라 카는 거 아이가~. 학구 학생을 델꾸 올라 카믄 100퍼센트 집중해줬으면 하는 거래이."

유들유들하게 대꾸하는 주신을 자신도 모르게 노려보고 말았다.

그 말이 너무나도 정론이기에 더더욱 속이 상했다.

【파밀리아】를 대표하는 리크루터── 파벌의『공인』으로서 출장을 나가는 이상 어중간한 자세는 용납되지 않는다. 아마도『학구』에서 먹고 자며 활동하게 될 것이다.

분명 로키는 전부터 획책하고 있었으리라.

레피야는 아무리 항의해봤자 도주로가 모두 차단되었음을 깨닫고 말았다.

"뭣보다! 때 묻지 않은 탱글탱글한 후배 학생들이 여자 졸업생을 보는 눈이라든가 최고 아이가!『언니~!』하고 부름시로 백합꽃 활짝 피어날지도 모른데이으헤헤!"

부르기는 무슨. 피어나기는 무슨.

흑심이라는 이름의 본심을 감추려고도 하지 않는 로키에게 어이없어하며 째릿 노려보았다.

그런 레피야에게, 로키는 조용한 웃음을 머금었다.

"불만이가?"

불만이다.

그런 짓을 하고 있을 시간은 없다.

더 강해지고 싶다.

기껏 바뀌어가고 있다는 실감이 나기 시작했는데.

낯빛을 바꾸지 않았어도, 신인 로키는 레피야의 감정을 정확히 꿰뚫어 보고 있을 것이다.

그렇기에 그녀는 생긋 웃었다.

"그래도 안 된데이~. 이거 주신 명령이다."

"큭…… 로키!"

강권을 발동한 로키에게 레피야는 몸을 내밀었지만,

"나도 부탁해, 레피야. 지난번 싸움에서도 【파밀리아】에서 희생자가 나오고 말았어. 전력을 메우기 위해서라도 『학구』의 인재는 확보하고 싶어. 너처럼 유망한 학생이 있으면 더더욱."

"단장님……."

"아무리 그래도 자네 같은 엘프가 아무 데서나 툭툭 튀어나올 것 같지는 않네만! 만약 있다면 『학구』는 어지간히 우리보다 사람 키우는 능력이 뛰어난 거겠지! 으하하하!"

핀이 애원하고, 가레스가 분위기를 누그러뜨리려는 것처럼 웃음을 터뜨렸다.

그들이 이렇게까지 말한다면 레피야도 거절할 수는 없었다.

한숨을 참고 포기했다.

자세를 바로잡으며 입을 열었다.

"알겠습니다…….『학구』의 리크루터, 맡겠습니다."

"고마워, 레피야."

핀이 감사를 하고, 그 옆에서.

마지막으로 리베리아가 그녀를 보며 말했다.

"이 기회에 자신을 다시 돌아보거라, 레피야. 너의 눈만이 아니라 **타인의 눈을 통해서도.****

그『배』의 크기는『세계 최대』라는 명성을 독차지하고 있다.

직경 700M.

『원』의 형태를 그려『선체』라 불리기에는 별로 어울리지 않는 그것은 정확하게는『부유함(浮游艦)』이라고 해야 한다. 선저에 달라붙은 500기의 대형 마석장치——『바벨』의 엘리베이터에도 쓰이는 부력 발생장치——로 해면에 스칠 듯이 부유하며 전 세계를 여행하는 웅대한 장관은 오라리오가 자랑하는 마석제품 기술의 결정체다.

선체를 구성하는 것은 3층의 거대한 원반. 컨트롤 레이어, 라이브 레이어, 그리고 아카데믹 레이어. 원기둥 형태를 띤 각 레이어는 20M 이상의 높이가 있으며, 해상 및 선상임에도 거대 생활권을 구축한다. 탑승 인원은 1만 명에 이르러 대도시에 필적하는 규모다.

창공 아래 햇살을 받는 최상부의 아카데믹 레이어에는 **학교 건물**을 비롯한 건축물이며 대형 경기장 등 여러 시설이 아름다운 좌우대칭을 이룬다. 중앙에 우뚝 솟은 것은 『바벨』과도 비슷한 탑이자 함교.

새의 머리 부분을 방불케 하는 선수는 360도로 가동하는 구조이며 추진장치의 역할을 한다.

이것 또한 마석제품이며, 세계에서 현재 1기밖에 존재하지 않는 추진력 발생기관이다.

『3단 팬케이크』.

『긴바늘이 튀어나온 시계』.

그리고『웅대한 용의 등』.

보는 이에 따라 여러 가지로 비유하는 위용은 온 하계의 선망을 산다.

세계를 여행하는 배이자 학문과 지식의 정원.

배우는 이를 맞이하고, 방황하는 이를 비춰주고, 세계로 날개를 펼치는 빛의 인도.

정식 명칭은 초거대선『흐링호르니』.

또 다른 이름은『해상학술기관특구』—— 통칭『학구』다.

"정말로 돌아왔네요……『학구』."

창밖으로 보이는 거대한 배.

지금은『모교』가 된 부유선을 바라보며 레피야는 중얼거

렸다.

『학구』의 정박 장소는『항구도시 멜렌』.

타원을 그리는 기수호『로로그 호수』의 형상을 따라 지어진 멜렌 항구 내에서도 중앙으로부터 동쪽이 교역항과 어항. 그리고 서쪽이 조선소화『거대선』을 정박시키는 **광대한 선착장**── 그야말로『학구』전용 항구가 되어 있었다.

"언제 봐도 등치만 크구마~. 하아~ 민폐데이~."

"전 세계를 여행하며 학생들을 받아들이고 있잖아요. 거대해지는 건 어쩔 수 없어요…… 아니 그보다, 권속을 보내야 하는 곳에다 트집 잡지 마세요."

작은 진동이 발생하는 마차 속에서 로키가 금방이라도 침을 뱉을 것 같은 표정을 지었다.

『학구』를 적대시하는 ──정확하게는『학구』의 교장을 사갈처럼 싫어하는── 주신의 태도에 레피야가 어이없다는 표정으로 나무라는 소리를 했다.

직경이 700M이나 되는 배를 정박시킬 항구는 세상이 넓다 해도 그렇게 딱 맞게 존재할 리가 없다.『학구』는 다른 나라나 도시를 찾아올 때는 항구에 접안하지 않고 연안에 머물며 보트로 오가는 것이 일반적이다.『학구』를 완전히 계류시키려면 그야말로 전용 항구를 만들 수밖에 없으며, 그 유일한 예가 멜렌이다.

『학구』의 설립 배경에는 오라리오가 크게 관여하고 있으며, 건조된 장소는 바로 이 멜렌의 조선소다. 따라서 항구

의 규모는 원래부터 확보되어 있었다——고는 하지만, 개
량과 증축이 거듭되면서, 이제는 태어난 고향의 항구도 비
명을 지를 지경이 되었다.

멜렌 항구 전역의 절반 이상을 차지하는 초거대선이 귀
환할 때마다 다른 선박에서 불평이 쇄도하는 것은 늘 있는
일이다. 보통은 개방되어 있는 서쪽 항구를 쓰지 못하게
되기 때문에, 이 시기는 늘 멜렌의 입항에 제한이 생기는
것이다.

"이번에도 꽤나『모험』을 하고 온 모양이네요…….”

고개가 아플 정도로 올려다봐야 하는 선체에는 크고 작
은 수많은 파손의 흔적이 있었다. 레피야는 그것을 Lv.4의
시력으로 알아보았다.

『학구』는 전 세계를 여행하는 과정에서 **이런저런 모험을
하며**, 바다에서는 해양 몬스터에게 공격을 당하기도 하고,
『국제분쟁』따위에 휘말리는 경우도 흔하다. 재학 중, 지금
보다 미숙했던 레피야도 깜짝 놀라며 곧잘 차출되어 달려
나가곤 했다. 그것이【로키 파밀리아】입단 전에【랭크 업】
했던 이유이기도 했지만.

3년 주기로『학구』가 돌아오는 것은 흠집이 난 배를 보수
하고 부유장치를 정비하기 위해서다.

오라리오가 보유한 마석제품 기술의 정수가 모였다고
는 하지만, 정기적인 점검과 보수는 필수다. 예비 부유장
치 교환도 포함해서 이렇게 3년마다 오버홀을 거행하는

것이다.

원래『학구』의 전신은『해상요새』.

3대 퀘스트 중 하나, 바다의 패왕『리바이어선』토벌을 위해 준비되었던『발판』이었다.

바다를 제압한 거대룡 토벌에 나섰던 제우스와 헤라는 이 거대한『발판』과【포세이돈 파밀리아】의 협조를 얻어 보기 좋게 고대의 몬스터 하나를 쓰러뜨렸다.

그 배경에서 말하자면, 어지간해서는 부서지지 않는 —— 물론 리바이어선을 상대로는 대파되었다고 하지만——『학구』가 모험에 나서는 것은 이상한 일이 아니다. 게다가 외부 부품 하나, 장려한『날개』처럼 보이는『조광기(調光器)』는 드롭 아이템『리바이어선의 푸른 지느러미』이기도 하다.

'3대 퀘스트 중 하나를 타도했던 상징…… 재학 중에는 신경 쓴 적이 없지만,『세계에서 가장 위대한 배』라고 불리는 것도 당연하네요.'

그런『학구』는 지금 끊임없이 구동하던 부유장치를 끄고 호면에 착수 중이다.

이윽고 거대선이 접안한 항구에 마차가 도착했다.

"그런데…… 왜 일부러 마차를 타고 온 건가요? 저라면 걸어서도 와도 힘들지 않았을 텐데. 쓸데없이 돈만 들이는 거 아닌가요?"

"내도 있다 아이가~! 오라리오에서 멜렌까정 애매하게 멀어가꼬 피곤하데이~. 글구 오랜만에 레피야랑 밀실에

서 단 둘이 맘껏 성희롱할 수 있겠구마 흐히히! 하는 사심
도 있었데이~.”

“그러네요. 전부 반격해드렸죠.”

로키는 영문 모를 텐션으로 떠들어대며 새빨개진 두 손
을 아프다는 듯 내저었다.

레피야가 가차 없이 때렸던 결과다. “레피야도 리베리아
랑 아이쭈처럼 쌀쌀맞아져서 내 슬프데이~!” 하고 가짜
울음을 터뜨리는 주신에게 레피야는 한숨을 쉬었다.

“글구 말이데이~.”

상대하는 것도 피곤해져 레피야가 문에 손을 대려 했
을 때.

“『유명인』은 나름대로 등장에 신경을 써야 하는기라.”

로키는 씨익 웃으며 그렇게 말했다.

그리고 화려한 마차에서 내려서자—— 희미한 바다 내
음과 『대함성』이 레피야의 온몸을 에워쌌다.

“【로키 파밀리아】다!”

“진짜? 저게 【사우전드 엘프】야?!”

“‘선배’를 붙여 멍청아!”

“레피야 선배에~~~~~~!”

정면에 우뚝 솟은 『학구』의 아카데믹 레이어 가장자리에
는 셀 수도 없는 학생들이 모여 있었다.

큰 목소리를 터뜨리는 사람.

난간에서 몸을 내미는 사람.

뺨을 붉히며 이쪽으로 손을 흔들어대는 사람.

생각지도 못했던 재학생들의 환대에, 항구에 발을 디뎠던 레피야는 아연실색했다.

"아리시아랑 아키 왔을 때도 이렇게 『열렬한 환영』이었다 아이가. 오라리오는 『세계의 중심』이고, 우린 【로키 파밀리아】란 거제."

로키의 그 말이 모든 것을 나타내고 있었다.

리크루트로 온 【파밀리아】 내에서 【로키 파밀리아】가 가장 인기가 있는 것은 틀림없었다. 그들의 용명은 『학구』가 여행을 하는 세계 곳곳에 널리 퍼져 있었으며, 재학생들에게도 동경의 표적이었다. 공적이 경신될 때마다 그들은 소란을 떨고, 다음 오라리오 귀환을 하루가 멀다 하고 기다렸다. 『학구』 학생들의 진로 중에서도 모험자는 역시 기본이며 인기 있는 직업 중 하나다.

"……저는 아이즈 씨 같은 분들이 아닌데요……."

실룩거리려는 뺨을 열심히 붙들며 중얼거렸다.

완전히 감각이 마비되어버리긴 했지만, 오라리오 최대 파벌의 이름은 헛것이 아니다.

이런 반응을 보면 자신들의 입장을 실감하게 된다.

그건 그렇다 쳐도 너무 떠들썩한 것 아닐까—— 생각했지만, 당시의 자신도 『저쪽』에 있었음을 떠올리고 레피야는 마음속으로 쓴웃음을 지었다.

원래 모험자 지망이 아니었던 옛날의 레피야는 그래도

저렇게까지 노골적으로 흥분하진 않았지만.

"꺅꺅거리는 여자아이들의 성원 몬 참겠구마~!! 올해 『학구』도 여자애들 레벨이 높데이, 크으~~~~~~~!"

"로키……."

"그렇게 노려보지 말그래이. 레피야 니도 기분 안 좋나?!"

"놀리지 마세요."

머리 위를 향해 손키스를 날려대는 로키를 어이없다는 표정으로 쳐다보는 레피야.

놀라기는 했지만, 그것이 전부였다.

지금의 레피야에게 학생들의 환호성은 결코 기분 좋은 것이 아니었다.

오히려 받아들이기 힘들었다.

자신은 이런 열띤 성원을 받을 만큼 화려한 존재가 아니라는 것을 알기에.

"레피야, 몬쓴데이. 그렇게 무뚝뚝한 표정 해싸믄 안된데이. 눈 부릅뜨고 평소에도 안 웃는 아는 진짜 진심으로 몬 웃는 아가 되는기라."

문득 로키가 목소리를 바꾸었다.

장난스러운 태도는 어디로 갔는지, 신의 표정으로 웃음을 지었다.

"지금 레피야 니가 여기 온 건 뭐 때문이고?"

"……『학구』의 인재 발굴을 위해."

"처음 만났을 때 아키랑 아리시아, 어땠는지 니 기억하나?"

"……예쁘고, 활짝 웃으면서, 자연스러운 태도였어요. 굉장히『어른』으로 보였어요."

"그럼 니가 해야 할 일은 머다?"

이번에는 장난을 좋아하는 언니처럼 어깨를 두드린다.

활처럼 구부러진 주홍색 눈동자를 마주 본 레피야는 잠시 후 짧게 숨을 토하고는 고개를 들어 위를 보았다.

그리고 웃음을 머금으며『학구』의 후배들에게 손을 흔들어주었다.

『꺄아아아아아아아아아아아아아아아아아아아아아아아아아아아아아아아아악～～!!』

환호성이 폭발했다.

멜렌 전체가 뒤흔들리는 듯한 착각을 느끼며, 레피야와 로키는『학구』를 향해 걸어나갔다.

성원은 끊이질 않았다. 학생들은 리크루트 중에서도 우선적으로, 제일 먼저 도착한【로키 파밀리아】를 환대했다.

자신은 아직 열다섯 살.『학구』에는 연상의 재학생도 있을 것이다.

이런 엘프 계집아이에게 이렇게까지 환호하지 않아도 될 텐데…… 하고 생각하면서도──【로키 파밀리아】의 일원으로서 책무를 다하자고, 어울리는 태도를 보이자고, 그렇게 맹세했지만…… 응.

딱히, 진짜로, 별 상관은 없지만…… 어째서인지 여학생의 환호성 쪽이 더 많은 것 같다는 기분이 드는데?

“레피야 선배 늠름해요~!”

“생각했던 것보다 훨씬 예뻐! 진짜 엘프!”

“언니라고 부르고 싶어어어!!”

“““*그거다!!*”””

……난 아무것도 못 들었어. 아무것도.

배로 들어가기 위해서는, 문지기처럼 항구에 대기하고 있던 직원에게 말을 걸기만 하면 됐다.

세 겹의 원반 중 첫 번째, 컨트롤 레이어에서 성문의 도개교처럼 내려온 다리를 따라『학구』로 발을 디뎠다.

“잘 오셨습니다, 신 로키, 그리고 레피야 비리디스 씨. 저는 안내를 맡게 된 아리사 라가스트라고 합니다.”

‘──아리사.’

자신들을 기다리던 휴먼 소녀──『옛 친구』를 본 레피야는 놀랐다.

트레이드마크인 안경과 뒷머리에서 한데 묶은 검은색 머리.

자신의 시선을 눈치챘겠지만, 그녀는 비서 같은 미소를 무너뜨리지 않았다.

“……마중을 와주셔서 감사합니다. 안내 잘 부탁드립니다.”

　철저히『학구』의 공인이고자 하는 그 모습에, 레피야 또한【로키 파밀리아】의 일원으로서 행동했다.

　그러나 그녀의 여신에게는 별로 상관없는 이야기였다.

　"오~! 니 기억한데이, 아리사! 레피야랑 자주 같이 있던 미인 안경소녀 아이가! 내 기억하나~?!"

　"물론입니다. 불변의 존재이신 신에게 드릴 말씀은 아니지만, 변함없으신 것 같아 다행입니다, 신 로키. 자, 이쪽으로 오시지요. 교장실에서 신 발두르께서 기다리십니다."

　분위기 파악할 생각이 없는 로키에게도 아무렇지 않게 대응하며, 아리사는 앞장서서 걸어갔다.

　"쿨한 반장 캐릭터는 변함없구마~! 우리 파벌에는 없는 타입이라 역시 좋데이~!"

　평소와 다를 바 없는 로키의 허리를 꼬집어 입을 막고, 레피야도 뒤를 따랐다.

　라이브 레이어, 아카데믹 레이어와는 달리 배관이 그대로 드러나 있는 금속벽, 그리고 윤활유와 레몬이 뒤섞인 듯한 시험약의 냄새. 흐링호르니의 제어구역 및『조합』, 『연금』, 『신비』의 실험실이 집중된『학구』의 심장부——— 재학 중에는 눈에 익었던 컨트롤 레이어의 기능적인 경관을 보며 레피야는 그리움에 눈을 가늘게 떴다.

　아카데믹 레이어에서 일부러 여기까지 내려온 학생들이 꺅꺅 비명을 질러대는 일은 없었지만, 복도에서 스쳐 지나가는 선원이나 메이거스들이 흘끔흘끔 쳐다보았다.

당시 『우등생』이었던 레피야도 이런 대접을 받은 적은 없었다.

이상한 이야기지만 『모교』에 돌아오면서 자신의 입장을 새삼 실감했다.

아리사의 안내로 컨트롤 레이어와 라이브 레이어를 빠져나가, 최상층의 아카데믹 레이어로 나갔다.

찬란한 햇살과 야외에서 활동하던 학생들의 주목을 받으며, 『학구』 중앙에 존재하는 함교――『브레이다블리크』에 도착했다.

"3년 만이군요, 레피야."

탑 최상층에 있는 넓은 신실에서 아름다운 남신과 재회했다.

과거 레피야의 주신이었던 그는 온화하게 미소를 지었다.

"오랜만입니다, 발두르 님. 또 이렇게 다시 만나게 되어 영광입니다."

"그렇게 조심스러워하지 않아도 괜찮아요, 레피야. 이곳에는 이제 우리밖에 없으니까요. 부디 예전처럼 대해주세요."

처음 만났을 때, 레피야는 발두르야말로 『신』이라고 생각했다.

그 정도로 눈앞의 신물은 현명하고 온화하고 아름다웠으며, 무엇보다도 인격자, 아니, 신격자였다.

항상 감긴 두 눈, 언제나 부드러운 미소를 그리는 입술.

아이즈보다도 진한 색조의 금색 장발에, 남신들 중에서도 한층 두드러지는 여리여리한 선. 하지만 그런 한편 키는 170C 후반으로 장신이다. 입은 옷은 옷자락이 길어 신성한 느낌을 주는 법의로, 오른쪽 어깻죽지에서는 팔이 노출되어 있었다. 뽀얀 피부는 여신들이 부러워할 정도다.

오해를 무릅쓰고 말하자면, 레피야는 발두르 이상으로 선한 신을 본 적이 없었다.

고대에 하계의 주민이 상상했을 신에 대한 심상의 구현. 신다운 신.

그것이 발두르라는 남신이었다.

"레피야는 니가 넘 징그럽다꼬 거리 두는 거 아이가, 문디야. 눈치 좀 챙기라카이 풋내기! 애는 이제 옛날 남자 따위 잊어삐고 완전히 내랑 커플이데이 바보야~~~!"

"당신은 전혀 달라진 게 없군요, 로키."

그런 빛의 신이기에, 소위 사도의 극에 달한 신—— 미증유라는 말을 응축한 듯한 로키와는 믿을 수 없을 정도로 상성이 좋지 않았다.

아니, 정확하게는 로키가 일방적으로 적대했다.

그들의 교류는 천계 시절부터 이어진다고 하며, 놀랍게도 로키는 『언제나 짓고 있는 그 새침한 미소가 짜증 난다』는 이유만으로 발두르를 살해하려 했던 적까지 있었다나. 참고로 발두르는 천계의 겨우살이와 동생 호드를 자기편으로 삼아『하하하하』웃으며 회피해버렸다고 한다.

경애하는 발두르에게 이렇게까지 생트집을 잡으니, 레피야는 로키를 처음 봤을 때는 당황했고, 【로키 파밀리아】 입단이 결정된 후에도 불안했을 정도였다.

그러나 발두르 쪽은 로키가 하는 말에 결코 화를 내지 않고, 오히려 자신에게 생트집을 잡는 극소수의 신이라는 점에서 받아들이는 면이 있었다.

그런 두 사람의 관계를 보고 레피야는 이렇게 생각했다.

『좋아하는 애를 괴롭히고 싶어진다는 그런 건가요?』

【로키 파밀리아】에 들어오기 직전, 그야말로 발두르 측으로부터 컨버전을 할 때 자기도 모르게 로키에게 물어봤더니.

『내가 침 발라놓은 미소녀 엘프라도 그 이상 말하면 용서 몬한데이~.』

로키는 조용히 웃었다.

시퍼런 불꽃의 환영을 볼 정도의『신위』를 뿜어내며.

아마 레피야가 로키를 초월적인 존재로서 두렵다고 생각했던 것은 그때가 처음이자 마지막이었을 것이다.

"이제 레피야하고 내는 1년 내내 꽁냥꽁냥 쪽쪽거리는 사이데이! 발육 도중인 찌찌를 이 손으로 몇 번이나 쪼물딱거렸는지 내 가르쳐 주까~!! 아앙?!"

"얘기가 진행이 안 되니까 입 좀 다물고 계세요."

"흐갹~?!"

이제는 이와 같이, 리베리아나 아이즈 같은 이들처럼 매운 한 방을 먹여줄 수 있게 되었다.

뒤통수에 지팡이를 퍽 얻어맞은 여신이 바닥을 나뒹굴었다. 지금도 잔잔한 웃음을 머금고 있는 남신과는 신격부터 천지 차이였다.

문 앞에서 대기하고 있던 아리사가 얼굴을 실룩거리는 것이 기척으로 전해졌다.

"로키는 역시 여전히 로키지만…… 당신은 달라졌는걸요, 레피야."

로키는 신경도 쓰지 않고 발두르가 말했다.

마호가니 소재의 커다란 책상 앞에 앉은 그는 조용히 미소를 머금었다.

"몰라보게 달라졌어요."

레피야는 모든 것을 내보이고만 듯한 느낌을 받았다.

눈을 감은 채, 아무것도 보이지 않아야 할 신의 눈에.

지난 3년 동안 무슨 일이 있었고, 무엇을 느꼈으며, 무엇을…… 잃었는지를.

"묻고 싶은 것, 듣고 싶은 것, 쌓인 이야기는 많지만…… 본론으로 들어갈까요? 로키가 불쾌한 기분을 느끼기 전에."

"……니 상판 본 시점에서 불쾌지수 120퍼센트 쳐버렸데이. 냉큼 얘기나 시작하그라."

바닥에서 일어난 로키가 내뱉는 가운데, 발두르가 고개를 끄덕였다.

그리고 감긴 눈 너머로 레피야를 바라보았다.

"레피야, 당신이 소대 하나를 맡아주었으면 합니다."

그 타진에 레피야는 눈을 의아함의 형태로 일그러뜨렸다.

"리크루트나 강연이 아니라, 소대를요?"

"물론 희망자를 모아 설명회도 열 생각이에요. 하지만 그와는 별도로 당신이 오라리오에서 보고 온 것, 느낀 것을 가르쳐줬으면 하는 학생들이 있답니다. ──던전 안에서요."

그 말에 레피야는 눈치를 챘다.

학생들과 함께 던전 탐색에 나가주었으면 한다.

그리고 몸도 마음도 단련시켜주었으면 한다── 발두르는 그렇게 말하는 것이다.

"그들은 모두 모험자 지망생입니다. 이 『학구』 내에서는 엄선된 정예라 할 수 있지요. 【로키 파밀리아】나 【프레이야 파밀리아】……는 지금은 없던가요. 아무튼 여러분의 눈에 들 만한 학생은 그들밖에 없다고, 우리는 그렇게 판단했어요."

──물론 『당장 쓸 수 있는 전력』이라는 의미에서요.

발두르는 그렇게 덧붙였다. 로키 쪽으로 슬쩍 고개를 향하며.

요컨대 재능이나 장래성의 의미에서 아직 발전의 여지가 있는 아이, 로키의 눈에 들 만한 미녀 미소녀는 그 소대 이외에 있을지도 모릅니다, 라는 뜻이다.

오랫동안 알고 지낸 사이처럼 생각을 읽힌 로키는 콧방귀를 뀌었다.

"일종의 파벌 체험……『인턴』이라고 보면 될까요?"

"이해가 빨라 다행이네요. 덧붙이자면 학생들을 인턴으로 보내는 것이 아니라, 당신에게 인스트럭터를 위탁하겠다고 말하는 편이 더 정확할 것 같네요."

"제가, 인스트럭터……."

발두르는 레피야의 말에 고개를 끄덕였다.

"올해는 예년과 약간『사정』이 다르답니다. 많은 학생이 **조바심을 내고 있죠.** 오라리오에서 거저『던전 실습』을 하기만 해서는『위험하겠다』고, 우리는 그렇게 판단했어요."

"……그중에서도, 해당 소대는 그런 경향이 더 현저하다는 말씀인가요?"

"예. 그들과는 별도로 신경을 써주셨으면 하는 아이들도 있었지만…… 그쪽은 **그가** 어떻게든 해줄 것 같으니까요."

"?"

마지막 말의 의미를 알지 못한 레피야는 고개를 갸웃거렸지만, 발두르는 아무 것도 아니라며 웃었다.

"던전의 가혹함은 우리도 나름대로 파악하고 있답니다. 이를 전제로, 레피야, 당신의 시점에서 그들을 이끌어주었으면 해요."

"……."

"꾸짖어도 좋고, 응원해주어도 좋아요. 그들을 보고, 당신의 마음속에서 떠오른 말을 그대로 들려주었으면 해요.”

　──그것이 당신에게도 도움이 될 테니.

　발두르는 조용한 웃음을 머금은 채 그렇게 말을 마무리했다.

　로키는 끼어들지 않았다.

　『학구』측이 그저 요구만 하고 있음에도 잠자코 레피야를 지켜볼 뿐이었다.

　자신에게 모여드는 시선.

　마지막 판단을 맡은 레피야는 천천히 입을 열었다.

　“……알겠습니다. 저는 『학구』에서 자라났고, 그 은혜를 잊은 적은 없어요. 결코 남을 이끌 만한 그릇은 아니지만 열심히 해보겠습니다.”

　“고마워요, 레피야.”

　『엘프』인 자신을 의식하며 정중한 말씨를 골라 받아들였다.

　발두르는 감사를 표했다.

　“그러면 이제부터 출장의 형식으로 레피야를 맡겠습니다. 로키도 괜찮겠나요?”

　“일일이 확인하지 말그라 문디야. 그기 이 아이를 위해서라 카믄 내는 뭐든 좋데이.”

　레피야는 오늘부터 약속된 기일 ──약 보름 정도── 동안 【로키 파밀리아】를 떠나 『학구』에서 지내게 된다. 분명 지난번 리크루터였던 아나키티와 아리시아도 짧은 기간이었지만 침식을 함께 했다. 학생 시절에는 기숙사에서 살았던 레피야에게는 전혀 불만이 없었다.

폭언이나 다를 바 없는 로키의 대답에도 발두르는 기뻐하는 모습이었다.

투명한 미소를 머금고, 다음으로는 레피야에게 시선을 돌렸다.

"오늘부터 다시 잘 부탁드려요, 레피야."

"네, 발두르 님."

"지금은 수업 중이라 여기에는 없지만, 나중에 레온에게 자세한 설명을 받으세요. 생활에 관해 무언가 모르는 것이 있을 때는…… 아리사, 당신이 가르쳐 주세요."

"맡겨만 주십시오."

아리사의 인사를 마지막으로 모임의 시간은 끝났다.

로키가 1초라도 오래 있고 싶지 않다고 밖으로 나가버렸으므로, 레피야도 어쩔 수 없이 발두르에게 고개를 숙이고 퇴실했다.

"하아~ 그 새침데기 미소 진짜 무리데이! 머고?! 선신오라 풀풀 풍기는 그 얼뜨기 신은! 후광이라도 뿜어내서 내 눈 멀게 할라카나?!"

"왜 발두르 님을 그렇게 싫어하는 거예요……?"

"이유 같은 건 초월했데이~! 생리적으로도 아이고 걍 존재 자체가 무리다!"

문 앞에서, 발두르도 들으라는 듯한 성량으로 꽥꽥 외친

로키는 레피야, 그리고 함께 따라온 아리사에게 엄지를
척! 들었다.

"그럼 내는 잠깐 『학구』의 귀여운 얼라들 좀 헌팅하고 올
란다!"

"리베리아 님 대신 확 때려눕혀버릴 거예요."

"아~ 농담이데이 농담! 인재 발굴 아이가 인재 발굴!
그래 무서븐 얼굴 하지 말그라 레피야! 이번 『학구』에는
미녀 미소녀들이 얼매나 있는지 내 사전조사하는 것뿐이
다으흐흐!"

"앗…… 로키!"

쌔앵! 하고 자신들의 앞에서 달려나가는 주신을 보고 레
피야는 어이없다는 표정을 지었다.

동시에, 그가 자신을 배려해주었다는 것도 깨달았다.

"……옛 친구랑 천천히 회포를 풀라는 거겠지?"

"응, 그런가 봐요. 정말, 이상한 데서 센스가 있다니
깐……."

딱딱한 어조를 친근하게 바꾼 아리사와 시선을 나누었다.

이윽고 누가 먼저랄 것도 없이, 두 사람은 웃음을 터뜨
렸다.

"오랜만이야 레피야! 이렇게 또 만나서 기뻐!"

"나도요, 아리사! 머리 길렀네요?"

"그렇게 따지면 레피야는 확 잘라버렸잖아? 네가 온다
고 해서 마중 나갔는데 처음에는 누군지 못 알아봤어."

"아, 너무해요!"

나이에 어울리는 표정을 지으며 웃음을 나눈다.

둘만 남게 된 소녀들은, 지금만큼은 입장도 잊고 옛날로 돌아갔다.

아리사 라가스트.

두 살 연상이며, 레피야가 재적했을 때는 같은 클래스였다.

그리고 룸메이트이기도 했던,『학구』재학 기간 내내 교제한 절친이었다.

길드의 원조를 받아 운영되는『학구』는 말하자면 여러【파밀리아】의 집합체이자 공동체다. 교장으로서『학구』의 대표를 맡은 발두르를 정점으로 두고 있기는 하지만, 각【파밀리아】사이에 우열은 없다——각각의 특징은 있어도——.

그리고『학구』내에서【파밀리아】는【클래스】라는 이름으로 불린다.

【이둔 파밀리아】라면【이둔 클래스】.

【브라기 파밀리아】라면【브라기 클래스】같은 식이다.

각 주신에게서『은혜』를 받은 권속들이 학생으로서 활동하는,『학구』에서만 볼 수 있는 형태다.

그 중에서도 레피야와 아리사는【발두르 클래스】소속이었다.

"하지만 지금의 아리사를 만나서 정말 안심했어요. 이제는 동창이라곤 거의 남지 않았겠죠. 아리사에게는 바다인 같은 친구들하고 같이 자주 혼이 나곤 했는데.”

“나왔다! 교칙위반자 바다인! 레피야는 착하니까 자주 말려들어서『포대』로 이용당하곤 했잖아. 제멋대로 몬스터 소굴에 돌진하기도 하고.”

레피야가『우등생』이라면 아리사는 모두를 단속하는『반장』이었다.

그 중에서도 그녀의『연금』실력은 놀랄 만했으며, 전투 능력은 레피야에 비해 떨어져도 소위『생산직』으로서 교사들에게 높은 평가를 받았다.

“감독생이 되었군요, 아리사.”

“응, 간신히. 정말 운이 좋았어.”

“아리사는 우리 중에서도 제일 머리가 좋았으니까 실력이에요. 분명 지망하는 대로『학구』의 선생님도 될 수 있을 거예요.”

“그렇지 않아. 지금도 겨우겨우 하고 있는걸!”

복도를 걸으며, 레피야는 아리사의 왼팔에 완장이 감겨 있는 것을 알아차렸다.

빛과 배의 문장——【발두르 클래스】의 문장이 새겨진 그 완장은 선택받은 사람만이 될 수 있는『감독생』의 증거다.

교사와 학생 사이를 이어주는 각【클래스】의 대표 학생이며, 자신의 판단으로 학생에게 징벌을 내리는 재량과 권한이 있다. 『준 교직원』이라 해도 결코 틀린 말이 아니다.

【파밀리아】로 바꿔 말하자면 『학구』의 『교사진』은 단장을 비롯한 간부, 그리고 감독생은 간부 후보 정도 될까? 【로키 파밀리아】의 제2군 멤버인 라울이나 아나키티 같은 위치다.

과거 레피야는 모험자를 동경해 오라리오에 왔고, 아리사는 교직원이 되기 위해 『학구』에 남았다.

『학구』의 교사는 그야말로 오라리오의 유력 파벌에 입단하는 것과 마찬가지로 경쟁률이 높다. 자격이 요구되는 것은 물론이고, 자신들을 이제까지 이끌어주었던 위대한 교사와 신들을 동경하는 이가 속출하기 때문이다.

그리고 그중에서도 『감독생』이 되는 것은 교직원이 되기 위한 가장 빠른 지름길이라 해도 과언이 아니다.

"여전히 LFC······『레온 선생님 팬클럽』은 남아있나요?"

"당연하지! 비공식 조직을 운영하려면 공식적인 권력이 필요해! 이제는 내가 팬클럽 회장이야! 이건 절대 직권남용이 아니야! 학생들의 목소리를 듣고 교직원들과의 사이에서 알력이 발생하지 않도록 배려하는 것도 감독생의 의무니까!"

"아, 네······ 적당히 해주세요······."

레피야와 처음 만났을 무렵, 아리사는 『학구』의 어떤 교사에게 『반해버렸다』.

교사를 목표로 삼게 되었던 것도, 처음에는 그에게 조금이라도 다가가기 위해서였다.

하지만 시작은 동경이었어도, 『학구』의 교직원이 되려 하는 그녀의 의지는 진짜였다.

첫사랑의 등을 보고, 감동하고, 관심을 가지고, 그녀 또한 같은 직업에 꿈을 품었다.

아리사는 『학구』의 교직원이 되기 위해—— 자신의 꿈을 이루기 위해 지금 이 순간도 노력하고 있다.

그것을 알게 되어 레피야는 자신의 일처럼 기뻐했다.

『연금학과』의 에이스이자 『학구』 감독생.

그것이 지금 아리사의 직함이다.

"그래서 있지, 들어봐 레피야! 오라리오 측이 리크루트 신청을 하기 전에, 놀랍게도 【헤스티아 파밀리아】의 벨 크라넬이 『학구』에 무단 침입했다니깐!"

"네에?"

"레코드 홀더라고, 우리가 돌아다니던 나라나 도시에서도 유명해졌는데, 그렇게 비상식적인 사람이었다니! 실망했어! 레피야는 그 휴먼에 대해 알아?"

"——아~뇨, 몰라요. 하나도, 요마아아안큼도. 엿보기나 하고 파렴치하고 무례하기 짝이 없는 토끼 따위 전혀 조금도 몰. 라. 요."

"그, 그래……?"

근황이나 세상 이야기로 꽃을 피우며 레피야와 아리사는 『브레이다블리크』 내에 있는 테라스로 나왔다.

하늘은 그야말로 쾌청했다. 눈 아래에는 레피야가 다녔던 학사가 존재했으며 걸어다니는 학생들의 모습이 드문드문 보였다.

그런 이들에게 연신 말을 거는 수상한 주홍 머리 여신의 모습도.

"하고 싶은 말이 아직 잔뜩 있는데, 어떡하지. 아무리 얘기해도 모자라. 이제 겨우 3년 정도 떨어져 있었을 뿐인데."

바닷바람에 흩날리는 머리를 누르며 안경 너머에서 눈을 가늘게 뜨는 아리사.

레피야는 그 말에 문득 마음속으로 중얼거렸다.

'그렇구나, 벌써 3년…….'

겨우 3년.

혹은 벌써 3년.

어느 쪽으로 받아들일지는 사람마다 다르다.

그러나 레피야는 후자였다.

오라리오에서 모험을 하던 하루하루는 그야말로『격동』의 나날이었으며, 눈앞이 아찔할 정도로 수많은 경험을 맛보았다.

기쁨도, 슬픔도, 좌절도……『상실』도.

미추의 소녀를 떠올리며 레피야는 눈을 내리깔았다.

"레피야…… 너, 달라졌구나."

"네?"

"아까도 말했지만, 처음에는 누구인지 못 알아봤는걸. 분위기가 딴판이랄까…… 뭐라고 해야 하나, 어른이 됐달까?”

그런 레피야의 모습을 바라보던 아리사가 단어를 고르며 말했다.

“아니……『모험자』가 됐구나.”

다음으로는 쓸쓸한 표정으로 웃었다.

“차이가 벌어졌다는 걸…… 알겠어. 어쩐지 분해. 분명 우리 기수에서는 레피야가 제일 성장했을 거야. 【로키 파밀리아】를 진로로 선택했던 네가 정답이었던 걸까?”

아리사에게는 아무런 타의도 없었다.

그 사실을 알면서도, 레피야는 모양뿐인 웃음밖에 지을 수 없었다.

“……정답이라느니, 그런 건, 없어요.”

그렇다.

모험자가 되지 않았다면 아이즈나 동료들과 만나지 못했을 테고, 마찬가지로 그『상실』을 알 필요도 없었을 것이다.

동시에 그『상실』을 전혀 모르고 회피했다 쳐도 그것이 옳은 일이라고는 할 수 없다.

레피야가 없었다면 도시는 멸망했을지도 모른다. 과장이 아니라.

레피야만이 아니라, 다른 누구 하나만 없었더라도 그렇게 됐을지 모른다.

그러므로 무엇이 정답인지는 모른다.

『달라졌다』고 느꼈다면, 그것은 레피야가 자신을 용서할 수 없을 정도로 『후회』를 했기 때문이다. 뒤늦은 회한을 거쳐 지금 이렇게 아리사의 앞에 서 있으므로.

레피야에게 그것은 칭찬받을 일이 아니었다. 결코.

떠올랐던 웃음에 자기도 모르게 자조를 내비쳤다.

그것을 보고 실언이었음을 깨달았는지 아리사는 입을 다물었다.

"……하지만 네 명성은 세계 곳곳에서 자주 들었는걸. 정말로 여기저기에서. 믿을 수 있겠어? 내 룸메이트 소문이 『제국』이나 카이오스 대사막에까지 퍼져 있다니!"

"무슨……. 분명 살이 붙어 있을 거예요. 전 별것 아닌걸요……."

"게다가 질투에 사로잡힌 마법대국 아르테나가 【사우전드 엘프】를 노리고 있대!"

"아, 그건 사실이네요……."

밝게 화제를 전환하는 아리사에게 미안함을 느끼면서도 레피야는 웃음을 지었다.

한바탕 웃고, 『학구』의 경치를 내려다보았다.

'책임을 지고 맡았으면서…… 벌써 『학구』에 온 걸 후회하기 시작하다니.'

『학구』에는 추억이 너무나도 많다.

어딜 둘러봐도 당시의 정경이 이어져 쉽게 환기된다.

이렇게 아리사와 이야기하기만 해도—— 이 『학구』의

경치를 탑에서 내려다보기만 해도 온갖 일들이 떠오르고 만다.

그것은 결코 아리사 때문이 아니다.

레피야의 감상이며 참회의 심정이다.

이곳 『학구』에서는 싫어도 당시의 자신과 마주해야만 하니까.

아무것도 모른 채, 더 나은 미래만을 내다보고, 믿고, 눈을 반짝이기만 하던 학생 시절의 물러 터진 자신과.

지금은 무지한 자신의 추억과 마주하는 것이 싫었다.

『그녀』를 잃은 지 얼마 되지 않는 지금만은 그것이 고통이었다.

──난 대체 뭐가 달라진 걸까.

해답 따위 알지 못하는 자문을 던지며, 레피야의 의식은 추억의 바다로 잠겼다.

요정추주

레피야 비리디스는 마음 착한 소녀였다.

건방을 떠는 일도 없고, 완고하다고 여겨질 정도의 긍지와 동족의식도 없었다.

모든 종족, 모든 사람에게 그녀는 무구하고 순진하게 대했다. 호기심의 덩어리라 해도 과언이 아닐 것이다. 쉽게 말해 엘프에 대한 세상의 일반적인 인식과는 정반대의, 『친근한』 엘프였다.

그것은 어디까지나 그녀가 태어나 자란 엘프 마을의 성향에 기인했다.

레피야의 고향 『위세 숲』은 별난 곳이었다.

수많은 엘프 마을 중에서도, 외부로 크게 개방되어 있었던 것이다.

대륙 중앙부에 펼쳐진 광대한 『숲의 대하(大河)』 속에 존재해, 대륙을 오가는 상인이며 여행자들에게 『위세 숲』은 교통의 요충지이기도 했다. 많은 다른 종족 사람이 마을에 들렀다가는 떠나갔다.

이것은 수많은 엘프의 숲 중에서도 매우 드문 사례다.

과거에는 폐쇄적이었던 엘프들의 마을도 분명 신의 시대에 순응하고 있었다.

그러나 이렇게까지 개방적인 경우는 없었다. 대부분의 숲이 요정의 대성수를 지키고, 일족의 가르침에 따라 바깥 세상과 뚜렷한 경계선을 긋기 때문이다. 엘프들은 자신들의 마을을 떠나 세계의 다채로움을 알고 놀라는 것이 일반

적이다.

『위세 숲』의 일족에게는 그것이 없었다.

다른 종족 사람들과 적극적으로 교류하며, 세계를 몽상하고, 언젠가는 숲 밖으로 떠나간다.

동족 중에서도 뛰어난 『마력』을 가졌으며 다른 종족에 대한 벽이 없는 『사교적』인 요정.

그것이 『위세 숲』의 엘프들이다.

모든 것은 마을의 이름이 되기도 한 『시조』에서 기인한다.

『아아, 하찮구나, 하찮아!

요정의 관습이란 이 얼마나 하찮단 말인가!

동포여, 숲을 뛰쳐나가 세계로 눈을 돌려라.

유대를 이어나가 요정의 고리를 펼쳐라.

엘프여, 부디 진정한 긍지의 의미를 깨달아라!』

아득한 고대 시대에 이름을 남긴 『세계의 3대 시인』.

그중 한 사람으로 꼽히는 『위세』의 노래다.

그리고 오늘날 마을의 가르침이기도 했다.

『위세』는 매우 분방한 엘프로, 떠돌이 여행자였으며, 절대 한 곳에 머물며 마을을 만들 만한 인물은 아니었다고 한다.

그러나 그런 시인을 흠모한 엘프들이 몬스터에게 유린당한 위세에 태어난 숲을 되찾고 마을을 열었던 것이다.

그리고 본인의 이름을 따왔다. 오늘날 『위셰 숲』이라 불리는 요정향의 기원이었다.

누구보다도 자유로웠던 엘프의 가르침에 따라, 마을의 주민들 모두가 바깥세상에 흥미를 가졌다.

그런 동포 중, 어린 레피야도 예외가 아니었다.

마을의 주점에 찾아온 여행자들에게 이야기를 조르고, 귀향한 엘프 동포의 선물에 눈을 빛내곤 했다.

"바다를 뒤덮는 커다란 폭포…… 카이오스의 모래바다…… 그리고 던전…… 대체 어떤 곳일까?"

이끼가 무성한 지면에 손을 짚고 기울어진 나무의 터널을 지나면 나오는 『비밀의 화원』.

작은 흰 꽃이 무성히 바람에 하늘거리는 그 꽃밭은 레피야만이 아는 비밀의 장소였다.

"바깥세상…… 한번 보고 싶다아."

『광관』을 꽃피우는 것으로 유명한 위셰 숲의 대성수는, 쓰러진 나무줄기에 걸터앉아 바깥세상의 그림책을 펼치며 생각에 잠긴 그녀를 언제나 지켜봐 주었다.

마음 착하지만 약간 겁이 많고 살짝 우유부단한 레피야가 막연한 마음으로 혼자 여행을 떠나기란 어려웠다. 무섭고 불안하고, 무엇보다 의지할 만한 것이 없었다.

하지만 『계기』가 있으면 레피야는 즉시 마을을 뛰쳐나갈 생각이었다.

정령이 인도해주어도 좋다. 조금 창피하지만 백마 탄 왕자님이 마중을 나와주어도 상관없다. 아이답게 동화처럼 뜬금없는 망상을 부풀리면서 레피야는『계기』가 찾아오기를 기다렸다.

소녀는『계기』만 있으면 뛰쳐나갈 수 있는 엘프였다.

무언가가 있으면, 무언가가 와주면, 대성수를 올려다보며 그런 생각을 하던 하루하루.

하지만 의외로 생각보다 빨리, 그『계기』가 찾아왔다.

"레피야, 들었어? 남쪽 항구도시에『학구』가 왔대!"

"『학구』?!"

"그래! 전 세계를 여행하는 제일 유명한 학교!"

레피야가 8살 때였다.

주점에서 신이 나 떠들던 동향 상인의 이야기에 따르면 『숲의 대하』를 따라 남쪽으로 빠져나가면 나오는 항구도시에『학구』가 들렀다는 것이다.

『학구』는 6세에서 18세의 아이라면 어떤 사람이든, 어떤 종족이든 입학 자격이 주어진다. 거액의 입학비 따위 필요 없다.

필요한 것은 단 하나.『배우고자 하는 의지』.

그 이야기를 들었을 때, 레피야의 가느다란 귀는 쫑긋~! 하고 위로 솟아올랐다.

"엄마, 아빠! 나『학구』에 갈래요!!"

""그, 그래.""

집으로 돌아가, 식탁에 손을 짚는 어린 소녀의 얼굴에 압도당해 부모님은 선뜻 고개를 끄덕였다.

레피야는 한번 결정해버리면 멈추지 않는 성격이었다.

무엇보다도 레피야는 바깥세상을 알고, 『되고 싶은 것』을 찾고 싶었다. 위세 숲의 엘프 중 한 사람이 아닌『레피야 비리디스』가 되고 싶었던 것이다. 그런 자신에게 세계를 여행하며 온갖 경험을 가져다주는 『학구』는 안성맞춤인 것 같았다.

고대하던『계기』를 놓칠 수는 없다고, 그녀는 조그만 몸으로 열심히 짐을 싸기 시작했다.

그녀를 말리는 이는 없었다. 위세의 가르침에 따라 젊은 이의 여행을 환영했다.

부모님은 쓸쓸해 하면서도 마지막에는 웃어주었다.

선황색 머리의 어머니와 군청색 눈의 아버지는 떠나기 전날 밤에 소소한 파티를 열어주었다. 레피야는 눈에 눈물을 머금고, 만약 입학시험에 떨어져 터덜터덜 돌아오면 꼴불견이겠다고 조금 못난 생각을 했지만,

"언제든 돌아오렴. 내일이든, 10년 후든."

"엄마 말이 맞아. 하루 치여도, 10년 치 이야깃거리여도 좋으니까 위세 님처럼 바깥세상으로 떠났던 네 이야기를 모두에게 꼭 들려다오."

그런 생각까지 상냥하게 내다본 부모님은 머리를 쓰다듬어주었다.

레피야는 결국 울음을 터뜨린 후 활짝 웃었다.

부모님의 배에 얼굴을 묻고는, 다녀오겠습니다! 하는 큰 목소리와 함께.

여행을 떠나던 날, 대성수는『빛의 관』을 머금었다.

마을 사람들 모두가 나와 레피야를 배웅해주었다.

반짝이는 빛의 파편.

극동의 벚나무처럼 흩날리는 마력의── 유대의 파편.

너무나도 아름다운『빛의 원환』.

어떤 일이 있어도, 어떤 일을 알게 되더라도, 마음에 뿌리를 내린 근원의 풍경── 이 엘프 링을 잊는 일은 없을 것이다.

레피야는 그것만을 확신하며 떠났다.

동향 엘프 상인의 안내로 항구도시까지 간 레피야는, 다른 이들과 마찬가지로 우선 연안에 정박 중인『학구』의 거대함에 놀랐다. 그리고 한바탕 놀란 다음에는 기합을 잔뜩 넣고 짐을 고쳐 멘 다음 수많은 아이들과 함께 입학희망자를 받는『학구』로 발을 들였다.

『학구』의 교육체계는 다른 나라, 다른 도시에 설치된 어느 교육기관과도 달랐다.

보통 학원이라고 하면 정해진 시기에 재학생이 졸업하고 그 자리를 메우듯 신입생이 입학하지만,『학구』에는 명확한『마디』가 없었다.

구태여 들자면 오버홀을 위해 3년 주기로 들르는 오라리오 귀항이 있지만 ──사실 이 시기를 노려 가장 많은 입학희망자가 오라리오와 멜렌으로 쇄도하지만── 이것도 입학식과 졸업식이 되지는 않는다.

『학구』는 놀랍게도, 세계를 여행하는 동안 희망하는 학생이 "지금!"이라고 결심했다면 선선히 배에서 내려주고 졸업시켜버리는 것이다.

『세계세력』 중 하나이기도 한 『제국』, 마법대국 아르테나, 오락도시 산토리오 베가, 가극국가 메일스트라, 카이오스 사막, 해양국 디자라…… 그 외의 수많은 국가와 지역에서 『꿈』을 발견한 자, 혹은 『만남』을 이룬 자를 그곳으로 떠나보낸다.

"대단한 교풍이야. 너무 자유로워서 무책임하다고 할 수도 있겠어."

"역시 『방임주의』의 『학구』."

──그렇게 야유를 듣는 경우도 있지만, 『학구』의 목적은 부나 명예, 권위가 아니었다.

아직 나아갈 길을 모르는 아이들에게 여러 가지 가능성을 제시하고 그들이 스스로 걸음을 내딛도록 도와준다. 『학구』란 궁극적으로 목표를 주는 장소인 것이다.

물론 조급한 졸업으로 실패를 하는 자도 많다.

『학구』 측도 학생이 희망하는 진로에 최대한 편의를 봐주지만 역시 꿈과 현실 사이에는 종종 괴리가 있게 마련이다.

하지만 그렇게 실패한 학생들도 『학구』의 경험을 결코 헛되이 하지는 않는다.

『학구』의 이념은 『탐구를 위한 초석』을 길러주는 것.

그리고 후자의 『탐구』에는 『삶에 대한 탐구』도 포함된다. 배우는 방법, 살아갈 방법을 얻어 입학하기 전보다 훨씬 다부진 존재로 자라난 학생들은 어떤 실패를 만나더라도 어지간해서는 스스로 해결해버리게 되는 것이다.

신들과 교사들이 『문제없다』고 인정하면 학생들은 언제든 졸업할 수 있다.

이제까지 가장 짧게는 3개월 재학한 사람도 있을 정도다.

각설하고.

아무튼 어떤 지역에 들러 졸업생을 배출하는 『학구』는, 신기한 이야기지만, 종종 『공석』이 생기기도 한다. 그리고 그런 자리를 노리고, 『학구』가 기항한 국가나 도시에서 수많은 아이들이 입학을 지원하는 것이다.

레피야가 입학시험에 임했을 때의 빈자리는 6석.

반면 입학 지원자의 수는 약 1200. 경쟁률은 거의 200대 1이었다.

레피야는 사람의 수에 당황하기는 했지만, 너무나도 좁은 문에 대해서는 조금도 주눅 들지 않았다.

입학시험이라는 이름의 『면접』 속에서 자신의 의지를 똑바로 제시했다.

"저는 바깥세상을 알고 싶어요. 세상에는 무엇이 있고, 무엇이 펼쳐져 있는지. 그리고 저는 대체 무엇이 될 수 있는지. 그걸 알고 싶어요."

시험은 어이없을 정도로 금세 끝났다.

그리고 『결과 발표』조차도 그날 밤에 나왔다.

레피야의 『바깥세상에 대한 동경』은 『학구』에 축복을 받았다.

"당신의 입학을 인정하겠습니다, 레피야 비리디스."

호출을 받고 들어선 방에서 발두르가 미소를 지으며 그렇게 말해주었을 때의 기쁨을 레피야는 평생 잊지 못할 것이다.

당시의 레피야는 결코 똑똑했던 것도, 강했던 것도 아니었다.

그저 『바깥세상을 알고 싶다』── 자신을 찾고 싶다는 『의욕』이 인정을 받았던 것이다.

꿈을 좇는 교육기관임을 강조하는 『학구』에서는 의욕을, 관심을, 그리고 자신은 무엇인가 하는 『초조함』을 가장 존중한다.

거짓말이 통하지 않는 신들의 눈앞에서 레피야는 배움에 대한 자세, 그리고 강한 의지를 보였던 것이다. 그녀는 극소수의 입학 정원을 쟁취해냈다.

동향 상인 청년에게 보고하자 그는 펄쩍 뛰어오를 정도로 기뻐했다. 상인과 작별을 고한 레피야는 『학구』와 함께 항구를 떠났다.

흰색을 기조로 한 재킷과 스커트. 가련한 여학생용 교복.

클래스를 나타내는 배지.

학생의 상징을 건네받고, 『팔나』를 받고, 레피야는 『학구』의 학생이 되었다.

"네가 새로운 룸메이트구나. 난 아리사. 넌 이름이 뭐야?"

"레, 레피야. 레피야 비리디스입니다!"

아리사와 처음 만난 곳은 라이브 레이어 제17구의 다목적 기숙사였다.

아리사는 졸업한 상급생과 자리를 바꾸듯 2인실에 들어온 레피야를 악수로 환영해주었다.

아리사를 비롯한 【발두르 클래스】에 들어온 레피야는 금방 좋은 학우를 얻었다.

"네가 신입생이냐! 난 바다인! 보다시피 불즈(황소 수인)다! 좋아하는 건 큰 가슴, 사랑하는 건 더 큰 가슴! 그러니까 땅꼬마, 납작이인 넌 내 눈에 들지 않는다! 미안하다! 하지만 비관할 필요는 없다. 장래성이라는 의미에서는 아리사나 다른 애들과 마찬가지! 지금은 쓸쓸한 평원도 비옥한 대지가 될 수 있다는 걸 나는 잘 알지! 자, 나와 함께 가슴 체조를 하자!!"

“뒈져버리세요 바다인.” “죽어 바다인.” “이쪽으로 오지 마 바다인.” “레피야의 가슴에서 모유 나오면 어쩌려고 그래 꺼져 바다인.”

‘모, 모든 여학생분들에게 미움받는다는 건 알겠네요…….’

아리사와 같은 나이임에도 이미 한참 올려다봐야 할 정도로 컸던 불즈 바다인.

아리사를 비롯한 여학생들에게 버러지를 보는 듯한 시선을 받던 그는 역시 육체파였으며, 틈만 나면 교칙을 어기는 문제아였다. 그리고 큰 가슴에 심상찮은 정열을 품고 있었다.

호쾌하며 늘 껄껄 웃지만 결코 레피야나 여자아이들이 싫어하는 짓은 하지 않는, 친척 오빠 같은 존재였다.

“레피야. 너 출신은 비세 숲이지? 그 이상한 마을에 대해 좀 가르쳐줘. 관심 있어.”

“네, 넷! 그럼 나센의 고향에 대해서도 가르쳐 주실 수 있을까요!”

“싫어. 내가 아는 건 좋지만 다른 사람이 아는 건 내 지식에 도움이 안 되잖아.”

“에에~…….”

지식욕이 풍부한 파룸 나센.

조그만 안경을 낀 그는 늘 조그만 몸에 어울리지 않을 정도로 커다란 사전을 들고 있었다. 지식량은 레피야나 아리사보다도 압도적이었으며 천재라 부를 만한 수준이었지만, 사교성이 끝장이어서 지적 호기심이 가는 대로 사건을 일으키기 때문에 결코 우등생이라고는 불릴 수 없었다.

그와 레피야는 곧잘 바다인에게 뒷덜미를 붙들려 소동에 말려들곤 했다.

"저는 전투직 희망인데~!"

"울지 마라 레피야! 위세의 숲에서 유래된『마력』을 낭비하면 가슴에 힘이 모여 폭발한단 말이다! 더 좋은 가슴을 위해『마력』을 활성화시키는 거다!!"

"가슴은 상관없잖아요!!"

"어린애들 데리고 돌아다니면서 가슴 가슴 외치지 마라 바다인. 그리고『마력』이 활성화되어도 가슴은 커지지 않아. 그 학설이 옳다면 엘프는 하나같이 가슴이 커야 하고 일부 매직 유저 또한 가슴가슴 축제여야만 한다. 애초에『가슴』이란 주로 여성의 흉부를 가리키지만 유방이 아니라『흉부』라 정의를 확장할 경우 남자의 것도 하나같이 가슴이라 불러야만 하고 우리의 가슴 또한『마력』의 관계성과 융화성의 재검증을——."

"몬스터에게 포위당했는데 가슴 가슴 시끄럽다고!!"

『마법』과 지식을 빌리려는 바다인에게 레피야와 나센이 끌려나오고, 그걸 쫓아온 아리사도 몬스터와 사람 사이의 전투에 말려들었다. 입학 직후부터 그것이 일상적인 풍경이 되어, 어느 샌가 4명은 세트 취급을 받아『소대』를 편성하게 되고 말았다.

마법을 펑펑 쏘도록 강요당한 ——『마력바보』는 이미 이 때부터 토대가 완성되었던 것이다—— 레피야는 훌쩍훌쩍 울었다.

"그러니까 오리할콘 생성에는 히히이로카네를 유용하는 게 제일 빠르다고 했잖아! 내 연금식 어디에 문제가 있다는 거야!"

"히히이로카네는 극동이 만들어낸 기적의 정제금속이란 말이다. 그 자체의 특성도 가치도 오리할콘을 능가하면 능가하지 못하지 않아. 네 연금식은『승화』라고는 할 수 없는 단순한『바꿔치기』잖아. 분하거든 무(無)에서부터 정제해 봐, 바보 바보. 반장 안경."

"나세에에에에에에에에에에에에엔!!"

"두, 둘 다, 싸우지 마세요!"

"음. 나는 오리할콘보다 히히이로카네가 발음이 멋져서 좋다!"

"바다인은 조용히 하세요!"

학우들은 호기심 왕성이라는 말을 돌돌 뭉쳐 경단으로 만든 것 같은 자들뿐이라,『학구』내에서 만나는 지식에는 뭐든지 고개를 들이밀고 보았다.

아리사와 나센은 시시한 일로도 곧잘 논쟁을 벌였고, 때로는 목소리를 높여 싸우면서도 논의를 거듭했다. 아직 어린 레피야는 그들의 영향을 받으며 성장했다.

"레피야…… 나, 사랑에 빠졌어."

"네에에에?!"

지식을 배우는 것 외에『사랑』도 있었다.

"레온 선생님이 날 꾸짖어주셨어. 하지만 조언도 제대로 해주시고, 미소도 지어주셨어! 억울한 누명을 쓰고 다른 선생님한테 혼이 났을 때도『아리사는 그런 짓을 할 학생이 아닙니다. 그녀는 누구보다도 자신에게 엄격하고 누구보다도 타인에게 진지한 학생이에요』라고 감싸주셨어! 레온 선생님은 선생님이지만 사실은 내 기사님이었던 거야!"

"저기, 아리사……?"

"게다가 그 다음에『저는 교사이기는 하지만 그녀를 존경합니다』라고 말해주셨어!! 이거 완전히 고백이지?! 나랑 버진로드를 걷고 싶다는 사랑의 맹세지?!"

"아뇨, 아무리 그래도 그건…….""

"아~~~ 진짜 너무 좋아! 레온 선생님 싸랑해요오오!"

"으, 으아아…….""

안경 너머의 눈을 하트 모양으로 바꾼 아리사를 보며, 그녀보다도 연하인 레피야는 질겁했다. "레온 선생님 최애는 누구나 겪는 길이지"라고 선배 여학생이 마치 신 같은 미소로 다독이자 아리사는 레피야의 제지도 뿌리치고 LFC에 입회했다.

사춘기란 곧 청춘의 폭풍이며,『학구』란 새콤달콤한 랑데부의 정원. 먼 곳을 보는 표정으로 그 사실을 이해한 레피야는 룸메이트가 거시기한 나머지 반면교사를 얻어 결국『사랑』을 맛보는 일은 없었다.

학술도, 전투도, 청춘도.

소대원들은 수많은 만남을 좋아했다.

레피야도 마찬가지였다.

그리고『학구』의 교사와 신들은 레피야에게 수많은『미지』를 가르쳐주었다.

그때마다 레피야는 눈을 빛냈다. 새로운 지식을 얻는 것이, 모르는 일을 아는 것이 즐거워서 견딜 수 없었다. 그저 배우는 것이 레피야에게는『수단』이 아니라『목적』그 자체로 바뀌고 있었다.

그러므로, 어느 날, 질문을 받고 말았다.

"레피야는 뭐가 되고 싶어?"

"네……?"

"난 레온 선생님의 오른팔, 이 아니라 같은『학구』의 교사! 바다인은 제국의 기사, 나센은 아르테나의 연구자……다들 장래의 꿈을 발견했어. 레피야는?"

"저, 저는…….."

레피야는 결국 그 질문에 답을 할 수 없었다.

온 세상의 광경을 보고, 수많은 사람과 교류하고, 몇 번이나 감동했는데도 레피야만이『되고 싶은 것』을 발견하지 못했던 것이다.

『학구』에서 계속 열심히 공부하는 한편, 소대원들에게 뒤처지고 싶지 않다는 일심으로 레피야는 자신과 마주했다. 되고 싶은 자신을 필사적으로 상상하려 했다.

"조바심을 낼 필요는 없어요……라고 해도 지금의 당신에게는 전해지지 않겠지요. 그러니 한번 조바심을 내보세요. 이곳은『학구』. 나아가야 할 길과 그러기 위한 양식을 발견하는 곳. 모색하는 데에 이보다 적합한 장소는 없으니까요."

발두르는 웃음을 지으며 그렇게 말해주었다.

동시에 누군가에게 의지하는 것을 잊어서는 안 된다고, 그런 조언을 해주었다.

그리고.

레피야가『학구』에 입학한 지 3년이 지나, 바다인을 비롯한 소대원들에게 휘둘리면서 Lv.2로【랭크 업】해버렸을 무렵.

『세계의 중심』에 도착했다.

✉

"보인다, 레피야! 저기!"

"와아……!"

파도가 남실대는 해상.

구름 한 점 없는 푸른 하늘 아래에서 보이기 시작한 대륙의 모습에, 갑판 위로 나왔던 아리사와 레피야는 환호성을 질렀다.

　주위에 있던 다른 학생들도 마찬가지로 난간에서 몸을 내밀 기세로 하나의 광경에 시선을 못박았다.

　그들이 보고 있는 것은 시야 저편, 까마득히 하늘을 찌를 듯이 솟아오른 백색 거탑.

　"저게 오라리오……!"

　신의 탑『바벨』.

　그리고 던전을 보유한『세계의 중심』.

　꿈에서도 보았던 미궁도시 오라리오에, 그때의 레피야는 아무 것도 모른 채, 순수하게, 천진난만하게, 가슴을 두근거렸다.

3장

인스트럭션 개시

“3년 만에 오는『학구』는 어떠냐, 레피야.”

“반갑기도 해요…… 하지만 상황 탓에 당황스러운 마음이 더 크네요.”

“하하하, 솔직한걸.”

『학구』에 도착해, 배정된 외래용 객실에서 하룻밤을 보낸 다음 날 아침.

레피야는 한 교사와 복도를 걷고 있었다.

목덜미를 덮을 정도의 사자색 머리카락은 남성치고는 길다. 키도 커서 180C는 될 것이다. 언뜻 늘씬해 보이는 몸이지만 옷 아래쪽은 단련을 통해 강철처럼 되었다는 것을 레피야는 잘 안다. 재학 당시에는 깨닫지 못했지만 모험자로서 활약하게 된 지금, 걸음 하나만 봐도 그의 균형 감각이 얼마나 뛰어난지 알 수 있었다. 갑옷은 고사하고 무기조차 패용하지 않았음에도『기사 같다』는 말이 떠올랐다.

몸에 한 자루의 검이 꽂혀 있는 것처럼 등줄기는 항상 곧았다.

머리카락과 같은 색의 눈은 그야말로 사자처럼 늠름하다.

이 두 눈으로 바라보며 경솔하게 미소라도 지었다간 수많은 소녀가 새빨갛게 변해 착각을 해버릴 것이다. 그야말로 아리사처럼.

그가 바로『학구』의 교사 필두.

그리고【발두르 클래스】의 단장인 레온 바덴베르크다.

"하지만 상황을 받아들이고 순응하는 것 또한 사람이 살아가는 데에 중요한 일이지. 그것이 빠른 사람일수록 자신의 세계를 넓혀나가게 되고."

"『곤혹을 이해로 바꾸어라. 사회란 항상 그 연속이다』말이죠."

"기억해주고 있다니 다행이야. 내 가르침이 레피야의 인생을 조금이라도 풍요롭게 해준다면 그보다 기쁜 일이 없지."

레온은 이쪽을 흘끔 보고는 사자색 눈을 슬쩍 가늘게 떴다.

그의 눈은 그야말로 제자의 성장을 기뻐하는 교사의 눈이었다.

『교사 필두』라는 이름대로, 레온은 누구보다도 공정하고 올곧았다.

그의 수업은 이해하기 쉬우며, 또한 레온 자신도 의문을 느끼면 학생과 함께 논쟁을 벌였다.『나 또한 아직 교사로서 미숙하고도 미숙하다』는 말을 서슴지 않는 그는 학생들과 함께 성장해나가기를 바란다. 그런 초심을 잊지 않는 레온이기에 그보다도 미숙한 아이들은 공감을 느끼고 흠모하는 것이다.

교만하지 않고, 올바르게.

가르치고 인도한다.

레피야는 레온만큼『교사』라는 말이 어울리는 사람을 모

른다. 학생 시절, 고민을 털어놓으면 부모처럼 상담을 받아주고 함께 많은 것들을 생각해주었다.

레피야의 이야기 외에도 레온의 『일화』는 셀 수가 없을 정도여서, 태연히 닷새나 밤을 새가며 제자들에게 달라붙어 문제 해결에 대응해준 모습 때문에 학생들이 붙여준 별명은 종자 같은 기사라는 뜻의 『울트라 페이지』.

틀림없이 『학구』 내에서 남녀 불문하고 가장 인기 있는 교사일 것이다.

——아니, 그의 인기에 관해서는 **전 세계에서도**, 라고 바꿔 말하는 편이 옳을지도 모른다.

'레온 선생님…… 어쩐지 또 멋있어진 것 같아.'

'맞아, 맞아, 레피야! 레온 선생님은 성장해나가는 훈남의 귀감이니까!!'

'내 마음에 직접 말 걸지 마세요, 아리사…….'

대각선 뒤에서 보좌관처럼 따라오던 아리사의 열광적인 시선에 레피야가 진저리를 치는 가운데, 레온은 앞으로의 예정을 확인해나갔다.

"어제의 개요 설명 때도 언급했지만, 세미나 쪽은 일정을 조정해 나중에 열겠어. 레피야는 우선 인스트럭트 쪽에 집중해주었으면 해."

"그건 상관없지만…… 왜 학생들의 성적이나 프로필을 보여주시지 않나요? 사전에 알아두는 편이 일하기 쉬울 것 같은데요."

© Kiyotaka Haimura

"우선은 아무 선입견 없이 그들을 봐주었으면 해. 그러고 나서 레피야의 인상과 견해를 듣고 싶어."

레피야는 어떤 목적지로 가는 중이었다.

그곳에는 어제 발두르가 설명했던 대로, 레피야가 오늘부터 맡게 된『엘리트』들이 기다리고 있다.

앞을 바라보며 이야기하는 레온의 옆얼굴을 올려다본 레피야는 문득 발을 멈추었다.

"학생들의 지도…… 제가 할 수 있을까요?"

멈춰 서서 돌아본 레온과 아리사의 시선을 받으며, 그렇게 중얼거리고 말았다.

그것은 비하가 아니라 순수한 의문이었다.

"불안해졌나?"

"아뇨, 그게 아니라…… 저는『학구』에 있을 때는 물론이고【로키 파밀리아】에 입단한 후로도 계속『배우는 입장』이었어요. 그러니까『가르치는 입장』에 서 있는 자신을 좀처럼 상상할 수가 없달까…… 앞으로 접할 후배들에게 도움이 될 수 있을까, 자신을 의심하고 있어요."

레온과 시선을 나누며 담담히 속내를 토로하는 레피야.

아리사는 그런 그녀를 잠자코 바라보았다. 3년간 떨어져 있었던 옛 친구가 어떤 경험을 하고, 지금은 어떤 경지에 있는지 헤아리려는 것처럼.

반면 레온은 웃음을 지었다.

"그렇군. 경험의 유무는 분명 중요하지. 그건 자신감과도 이어지고, 반대로 말하자면 경험이 따르지 않는 자부심은 거의 오만으로 받아들여지기 십상이지. 그걸 자각할 수 있는 것만으로도 레피야에게는 가르치는 사람의 소양이 있어."

레온은 안심시키려는 듯 그렇게 말한 후, 다시 조언을 주려는 것처럼 입을 열었다.

"그런 레피야이기에, 자신을 이끌어주었던 사람들의 얼굴을 떠올리면 좋을 거야."

"네?"

"무슨 말을 했는지, 혹은 말을 하진 않았더라도 등으로 무엇을 들려주었는지. 레피야의 마음에 남은 그들의 언동이『가르치는 입장』의 너에게는 무엇보다도 좋은 모범이고 최고의 교재가 될 거야."

"!"

"『타인의 투영이란 현실의 첫걸음이다』. ……계속『배우는 입장』에 있었던 너이기에 누구보다도 잘 가르칠 가능성을 숨기고 있어. 그걸 잊지 말아줘."

레피야는 눈을 크게 떴다.

자신을 지켜보던 아리사는 감동한 눈빛이었다. 그리고 어딘가 자랑스러운 표정이었다.

흰색을 기조로 한 학생들의 교복과는 정 반대인,『학구』의 자랑이기도 한 검은색 교원복을 입은 레온은 역시 상냥한『교사』의 웃음을 머금고 있었다.

그렇구나.

꽉 차 있던 안개가 걷히는 기분이었다.

이때 레피야가 솔직하게 떠올렸던 것은, 눈앞에 있는 레온, 리베리아와 아이즈—— 그리고 언니처럼 자신과 함께 있어주었던, 지금은 떠나가고 없는 하얀 동포 소녀였다.

쓸쓸함과 아픔을 마음 한구석에 감추며, 레피야는 다시금 생각했다.

역시 아직 자신은 레온에게는 제자이며, 아직도 배워야 할 것이 있다고.

⊡

중소 【파밀리아】에서는 앞을 다투어 데려가려 하는 『학구』의 학생들도, 대형 【파밀리아】 앞에서는 입단이 어렵다.

파벌의 랭크가 높은 것도 있지만, 단원과 주신이 깐깐한 사례가 많기 때문이다.

유명한 것은 대장장이 외길인 【고브뉴 파밀리아】가 아닐까.

【헤파이스토스 파밀리아】와는 달리 세간에는 잘 드러나지 않는, 건실한 고브뉴의 탁월한 기술에 이끌리는 학생이 많다. 지난번 오라리오 귀항 때도 『단야학과』의 학생들이 몰려가 입단을 희망한 적이 있다. 그리고 늙은 신의 『과제』에 도전해—— 모두 불합격했다. 남자도 여자도 꺼이꺼이

울었다는 것은 유명한 이야기다.

【로키 파밀리아】도 입단이 지극히 어려운 파벌 중 하나다.

그러나 이쪽은 다소 사정이 다르다. 교장 발두르를 사갈처럼 일방적으로 싫어하는 로키가, 『학구』측의 추천을 모조리 걷어차버리는 것이다.

입단해버렸던 레피야가 한마디 하자면, '로키 취향의 여자아이라면 누구든 들어올 수 있을 것 같은데'라는 생각이 들지 않는 건 아니지만, 여기에는 분명 엄정한 심사가 존재할 것이다. 응.

핀 같은 간부들도 있고, 최소한 능력은 보겠지.

레피야는 그들의 눈에 들었다. 그렇게 생각하면 자랑스럽지만——당시에는 실제로 자랑스러움에 가슴이 벅찼지만—— 입단한 후로는 좌절과 실의의 연속이었다. 오히려 자신의 무능함에 죽고 싶어졌다. 다른 단원들이 너무나도 굉장해서 『저 같은 건 아무짝에도 쓸모가 없는 날파리예요……!』하고 밤마다 베개를 적셨다.

"후와아아……! 【로키 파밀리아】의, 그 유명한 【사우전드 엘프】가 눈앞에 있어요오! 가, 감동이에요! 오, 오늘부터 잘 부탁드려요, 레피야 선배!"

——그렇기에 이렇게 후배들이 별처럼 반짝이는 눈으로 쳐다보면 복잡한 심정이 들고 말았다.

아카데믹 레이어에 세워진 다목적 학사의 어떤 빈 교실.

레온과 아리사와 함께 입실한 레피야를 기다리던 것은 학생들의 대흥분이었다.

"저는 당신 같은 마도사가 되고 싶어서 전투기술학과를 희망했답니다! 이렇게 뵙게 되어 영광이어요, 동포 선배!"

"앗, 미이짱 혼자만 치사하게! 나노도 엄청 영광이에요 오—!"

"선배의 명성은 오라리오에서 멀리 떨어진 곳에까지 전해지고 있었어요! 저는 꼭 【로키 파밀리아】에 들어가기로 결심했어요!!"

양갓집 규수 풍의 엘프 여학생, 어딘가 어린 느낌이 드는 휴먼 여학생, 중성적인 용모의 웨어울프 남학생. 세 방향에서 날아드는 열렬한 성원에 대한 레피야의 반응은, 놀랍게도 갈팡질팡하는 것이 아니라 미소를 짓는 것이었다.

그런 반짝거리는 눈으로 꺅꺅 와와 떠들어대며 꼭 【로키 파밀리아】에 들어가겠다는 말을 들으니, 과거의 자신을 보고 있는 것 같아 매우 뜨뜻한 눈…… 어흠어흠, 흐뭇한 눈으로 바라보게 되고 말았다.

도시 최대 파벌 【로키 파밀리아】는 너희가 생각하는 것처럼 멋진 곳이 아니란다?

동경하는 졸업생이 어째서인지 달관한 웃음을 짓는 것을 보며, 후배들은 일제히 고개를 갸웃했다.

"레피야도 알다시피 전투직을 희망하는 사람은 클래스

와는 별도로 4인 1조 소대를 편성하지. 네가 맡아야 할 아이들은 이『제7소대』다.”

학생들과 마주하는 가운데, 레온이 막힘없이 설명했다.

오랫동안 입어왔을 하얀 교복을 착용한『제7소대』의 멤버들을 바라보며, 레피야는 그리움을 느꼈다. 레피야는 원래 폭력을 싫어했지만,『마력』의 총량을 눈여겨본 악우들 탓에 억지로 아리사와 함께『소대』에 끌려들어 가버렸던 것이다. 몬스터 퇴치며 무뢰배들과의 충돌 등등, 재학 중에 직면했던 사건은 이루 헤아릴 수 없었다.

레피야가 학생들을 통해 당시를 회고하고 있으려니 아리사가 설명을 덧붙였다.

“이 아이들은 모두【랭크 업】했어. 그중에서도 Lv.3은 2명.”

“Lv.3이 2명?”

레피야는 군청색 눈을 크게 떴다.

놀랐다. 정말로 놀랐다.

물론 오라리오에는 제2급 모험자가 많이 있지만, 세계적으로 보자면 Lv.3은 소수이며,『압도적 강자』와 그 외 대다수를 나누는 확연한 경계선이라 해도 과언이 아니다. 오라리오의【파밀리아】만이 아니라 전 세계 온갖 조직에서 탐을 낼 만한 인재다.

발두르가『당장 쓸 수 있는 전력』이라고 호언장담할 만하다.

제2급 모험자 수준의 실력을 가졌다면 분명【로키 파밀리아】에서도 통할 것이다.

"그럼 나노, 루크. Lv.3인 너희부터 인스트럭터 레피야에게 인사를 해."

"네, 넷!"

아리사의 지시에 휴먼 소녀가 약간 갈라진 목소리로 대답하고, 조금 전까지의 환영에 가담하지 않았던 휴먼 남학생이 의자에서 일어났다.

"나탈리노에 크러드필드입니다. 나노라고 불러주세요!"

레피야보다도 더 몸집이 작고 보슬보슬한 적금색 머리카락——길드 접수원 미샤보다도 선명한 색이었다——을 찰랑거리는 나노는 긴장하면서도 밝게 자기소개를 했다.

"……루크 파울."

그녀와는 대조적으로 짧게 소개를 마친 것은 회색이 도는 머리카락의 휴먼 소년이었다. 정한한 분위기를 풍기기는 하지만 미소년이라 할 수 있는 생김새였다.

나노가 후열, 루크가 전열이라는 것은 몸놀림만 봐도 알 수 있었다.

반면 레피야는 의외라는 생각이 들었다.

어딘가 혀 짧은 말투에 앳된 인상이 드는 나노가 Lv.3이라고는 생각도 못했기 때문이다.

『팔나』의 성질상 『어린아이라 해도 외견으로 판단해선 안 된다』는 것은 철칙이지만, 그녀의 분위기로 봤을 때

©Kiyotaka Haimura

Lv.3에 올라간 것은 다른 사람일 거라고 지레짐작했다.

나머지 두 사람은 엘프 여학생이 밀리리아, 수인 남학생이 콜이라고 했다.

"재학 중에 Lv.3이라니…… 정말 대단하네요. 여러분은 『학구』에 오래 있었나요?"

오라리오 사람이 보자면 바깥세상에서 【랭크 업】을 할 방법은 별로 없다. 그야말로 Lv.3까지 올라가려면. 레피야도 【로키 파밀리아】 입단 전에 『학구』에서 【랭크 업】을 거쳤다고는 해도 Lv.2가 한계였다.

에누리 없는 칭송을 입에 담으며 1년이나 2년 사이에 올라가지는 않았을 거라 생각해 물어보자,

"5년 전부터 『학구』에 있었어. 정확하게 말하면 너보다 연상이야, **선배**."

"루, 루크!"

소년과 청년의 경계를 오가는 소년 루크가 어딘가 가시 돋친 태도로 대답했다.

나노가 실례라고 나무라지만 그는 레피야를 보며 말을 이었다.

"넌 우리에 대해 모를지도 모르지만, 우리는 알아. 『요정 우등생』님."

"……그건 실례했네요. 하지만 가능하면 그 별명으로 부르진 말아 주세요."

부끄러운 꼴을 겪었던 학생 시절의 별명으로 불려, 아무

리 레피야라 해도 낯을 찡그리지 않을 수 없었다. 그때까지 한발 뒤로 물러나 있었던 아리사도 보다 못해 끼어들었다.

"루크, 레피야는 어엿한 너희의 선배야. 이번 인스트럭트도 일부러 【파밀리아】를 떠나 출장을 와주었어. 그런 태도는 잘못 아닐까?"

"죄송합니다. 연하 선배한테 어떻게 대해야 할지 몰라서."

"너 정말……!"

눈을 세모꼴로 뜨는 아리사와 루크가 옥신각신했다.

나노와 다른 소대원들과 함께 레피야까지 말려 별일은 없었지만, 소년은 태도를 바꾸지 않았다. 레온은 그 모습을 아무 말 없이 지켜보기만 했다.

애매한 분위기가 된 후, 레피야가 애써 인사를 마치고 그 자리는 해산하게 되었다.

그동안 루크는 계속 레피야를 싸늘한 눈으로 노려보고 있었다.

"그게 【발두르 클래스】의 영광스러운 『제7소대』! 지금의 엘리트 부대야!"

레온 전용 교직원실로 돌아온 후, 아리사는 입을 열자마자 가시 돋친 음성으로 외쳤다.

"『제7소대』…… 학생들이 빈번히 바뀌는 『학구』 내에서도 항상 뛰어난 성적을 남기는 전투기술학과의 상위 학생 집단이죠.”

당연한 말이지만『학구』내에는 주신의 수만큼【클래스】가 존재하며, 그 안에서『소대』가 편성된다. 커리큘럼상 결원과 보충을 반복하게 되지만, 신이나 교사진이 선출하는 만큼 **요철이 잘 맞아떨어지도록** 편성된다. ——『화학반응』을 노리고 일부러 모가 난 자들끼리 조합시키는 경우도 있지만.

그리고【발두르 클래스】의『제7소대』는 특히 엘리트인 것으로 유명하다.

이렇게 말하는 레피야도, 다행인지 불행인지『제7소대』에 배속되어 있었다.

“결코 우리 교사진이 일부러 그렇게 뽑은 건 아니지만 말이다. 이상하게 역사가 이어지고, 배속된 학생들도 혈안이 되더군. 그 결과 엘리트 부대란 이름을 답습하지.”

“딱히 엘리트 소대라고 싫어하는 건 아니에요! 아무튼 건방지다고요! 특히 그 루크 파울! 정확히 말하자면 건방진 건 그 아이뿐이지만요! 레피야보다는 나이가 많아도 나보다 나보다는 나이도 학년도 아래잖아요! 그렇게 따지면 나한테는 그만한 태도를 보이라고!”

레온이 난처한 표정으로 웃는 한편 아리사는 버럭버럭 화를 냈다.

감독생인 아리사와 Lv.3인 루크가 이제까지 틈만 나면 충돌을 반복했으리란 것을 어렴풋이 짐작한 레피야는 쓴 웃음을 지었다.

"하지만 그 사람……『문제아』는 아니죠?"

"호오? 왜 그렇게 생각했지?"

"나탈리노에…… 나노랑 다른 사람들의 신뢰가 **엿보였어요**. 그가 소대장이죠?"

레피야의 지적에 아리사는 놀라고 레온은 웃음을 머금었다.

학생 시절보다 날카로워진 레피야의 통찰을 기쁘게 생각하는지, 그는 만족스럽게 고개를 끄덕이며 정식으로『제7소대』의 성적과 프로필을 건네주었다.

"맞았어. 루크는 성적이 우수하지. 필기도 실기도 뛰어나고, 검술 실력은 학생들 내에서도 최고라고 할 수 있어. 무엇보다 노력가야. 아리사와는 잘 안 맞지만 소대 이외의 학생들에게서도, 교사들에게서도 신뢰를 받고 있어."

레피야도 그럴 거라고 생각했다.

설령 인격에 문제가 있다 쳐도 Lv.3은 어중간한 길을 걸어 도달할 수 있는 경지가 아니다.

그리고 루크는 쌀쌀맞기는 했어도 정직한 휴먼으로 보였다. ……적어도【로키 파밀리아】의 깐깐한 사람과 비교해보면 훨씬 낫다. 주로 베이트라든가 베이트라든가 베이트라든가.

왜 레피야에게 그런『눈』을 했는지, 그것만은 아직 모르겠지만.

"레피야는 어떻게 생각했어? 그 아이들."

"……소대원끼리 불화가 있는 것처럼 보이진 않았어요. 적어도 외부인의 인스트럭션이 필요할 만한 느낌은, 아직 까지 없던걸요. 선생님들이 우려할 만한 문제도, 전혀."

조금 전까지의 광경의 돌이켜보며 솔직한 감상을 말했다.

턱에 손을 가져다 댄 레피야는, 그때 문득, 직감적인 것 이기는 하지만 떠오른 것을 구태여 언급했다.

"다만 그는…… 루크는『조바심을 내고 있는』것처럼 보 였어요."

레피야가 느낀 것은 그 점이었다.

여기저기서 추켜세우는 선배가 못마땅했던 걸까?

하지만 그의 눈은 그런 시시한 질투가 아닌 것 같았는 데…….

생각을 굴리는 레피야에게, 레온은 정답이라고도 오답 이라고도 말해주지 않았다.

다만 지금도 입가에 머금은 웃음이 그의 답인 것 같았다.

"네 말대로 문제라 할 만한 것은 없다. 다만 언젠가 폭 발할 것 같은『불씨』가 분명히 잠재하고 있지. 그리고 그 들—— 아니, 루크가 품은 것이 결코 잘못된 것이 아니라 는 점이, 대놓고 나무랄 수 없는 요인이다."

"잘못되지 않았다?"

"그래. 원래 같으면 우리 교사들이 오히려 칭송해 마땅한 부분이지.”

그래서 레온이나 교사들이 『제7소대』를 감당하지 못하고 있는 걸까?

하지만——.

“그래도 레온 선생님이라면 올바르게 이끌어줄 수 있지 않나요?”

역설적으로 말하자면, 레온만한 교사라도 어떻게 할 수 없는 문제를 레피야가 해결하기란 당연히 무리일 것이다.

처음으로 레피야가 곤혹스러운 표정을 짓자, 레온은 잠시 창문 밖을 보았다.

그 너머에는 갈등도 고민도 모르는 푸른 하늘, 그리고 푸른 바다가 펼쳐져 있었다.

“내가 해결할 수 있을지 아닐지, 그 이야기는 잠시 접어두자. 이번 인스트럭션을 레피야에게 의뢰하고 싶었던 이유는 두 가지였다.”

“두 가지?”

“그래. 하나는 우리가 아니라 모험자인 네 말이 그 아이들에게 더 깊이 와 닿으리란 판단 이었지.”

시선을 되돌리며 레온은 레피야와 눈을 마주했다.

“그리고 또 하나는 레피야, 네게 도움이 될 거라는 말을 들어서다. 다른 사람도 아닌 발두르 님께.”

“제게요?”

“그래. 그리고 『나』도 그렇게 생각했어. 레피야의 존재는 루크나 다른 아이들의 지침이 되고, 또한 그 아이들은 지금의 너를 **막아줄** 빛이 될 거라고.”

레온이 『나』를 강조할 때.

그것은 교사로서의 판단이 아니라 레온 바덴베르크 개인의 마음이 담겨 있다는 뜻이다.

놀라움을 드러낸 레피야는 그가 무슨 말을 하는지 이해할 수 없었다.

그러나 레온이 자신을 신뢰하고, 무엇보다도 자신의 앞길을 생각해주었다는 것은 알았다.

“요컨대 그 시건방진 루크의 콧대를 꺾어주라는 거야, 레피야!”

“아리사, 아무리 그래도 그건 말이 지나쳐요…….”

몸을 내밀며 역설하는 옛 친구에게, 레피야는 자신도 모르게 쓴웃음에 실패한 듯한 표정을 지었다.

“필요한 게 있으면 뭐든 말해!”

타고난 반장 기질을 발휘하는 그녀의 옆에서, 레피야는 손에 들린 성적표와 프로필을 내려다보았다.

네 장의 용지, 그곳에 그려진 네 학생의 초상화.

그중에서, 나이가 16세라고 기록된 회색 머리 소년과 시선을 교차시켰다.

“알겠습니다. 제가 할 수 있는 한 최선을 다해볼게요.”

그런 레피야의 말에 레온도, 아리사도 웃음을 지었다.

이튿날부터 레피야는 본격적으로 인스트럭션을 개시했다.

그렇다 해도 당장 오라리오로 갔던 것은 아니었다.

모험자 지망생인 학생들을 지도한다고는 해도『그럼 당장 던전에』라고 하는 것은 너무 생각이 없는 행동이다. 레피야는『제7소대』를 지도하기 전에, 그들의 목숨을 맡는 입장이다. 만에 하나라도 무슨 일이 생겨서는 안 된다. 실력도 확인하지 않은 채 몬스터의 소굴로 뛰어드는 것은 안전 관점에서도 난센스였다.

이틀 후에는『학구』에서 정식으로 전교생에게『던전 실습』허가가 내려온다.

실전은 그때 하면 된다.

따라서 우선은『학구』내에서의 소대 훈련부터 시작했다.

'나노는 생각했던 대로 후열 마도사, 밀리리아는 중견도 겸한 아처, 나이프를 쓰는 콜은 스카우트, 그리고 루크가 **압도적**인 전열······.'

아카데믹 레이어의 일각에 세워진 연습장, 클래스 대항 시합 때에도 쓰이는 백강석제 아레나. 스탠드에 앉은 레피야는『제7소대』의 움직임을 보았다.

그곳에서 펼쳐지고 있는 것은 전투기술학과의 수업으로, 소대 사이의 대련이었다.

【발두르 클래스】와 【바르 클래스】의 각 소대가 필드 중앙
이나 구석에서 번갈아 교전하고 있었다.

그중에서도 『제7소대』의 활약은 일방적이었다.

날을 뭉갠 장검을 든 루크가 적진으로 파고들고, 한 박
자 늦게 밀리리아와 콜, 나노가 유린했다. Lv.3의 돌격을
당하고 여기에 파상공세까지 받은 상대 소대의 입장에서
는 악몽일 것이다.

"콜, 물러나! 사선이랑 겹쳐진다! 밀리, 빨리 와! 엘레멘
트(양면전술)다! 나노, 마법 발사 신호는 네가 내려!"

"알았어어, 루크!"

전열임에도 지시를 내리는 루크의 능력은 역시 뛰어났
다. 시야도 넓고, 날카로운 검술은 학생들 내에서도 두드
러졌다.

반면 그의 돌파력에 의존하는 경향이 있는가 하면, 나노
의 『마법』이라는 특대의 『포대』도 있다.

숙적처럼 훈련하며 익숙해졌던 상대다 보니 대전하는
소대도 몇 겹으로 대책을 세워 임하고 있는 모양이었지만,
막을 수가 없다. 눈 깜짝할 사이에 진형이 무너져버렸다.

'루크와 나노는 Lv.3이 될 만해요. 하지만 그런 두 사람
을 연결해주는 밀리리아와 콜의 커버도 능숙하고. 저 두
사람 덕분에 소대가 파탄을 일으키지 않고…… 응, 역시
서로를 신뢰하고 있네요. 좋은 파티예요.'

이것이 당대의 『엘리트 부대』.

괜히 던전 탐색계 【파밀리아】에 편입시켜 제각각 흩어놓는 것보다는 저 4명을 한 조로 운용하는 편이 훨씬 뛰어난 전과를 낼 수 있겠지——라고 생각한 레피야는 어깨를 축 늘어뜨렸다.

이렇게 남을 내려다보듯 분석하는 자신에게, 뭐가 그리 잘났냐고 한 마디 해주고 싶어졌다.

【로키 파밀리아】 내에서는 아직까지 중견 수준인데. 자기혐오를 견디다 못해 레피야는 역시 『학구』에 보낸 로키에게 푸념을 늘어놓고 싶어졌다.

동시에 『가르치는 입장』으로서 자신의 의식도 개혁해야만 한다는 생각도 들었다.

"지도자란 건 역시 힘드네요……."

재인식하며 훈련 종료와 함께 스탠드에서 일어났다.

『가르치는 입장』인 사람이 『배우는 입장』인 사람과 가장 먼저 해야 할 일은 더 좋은 관계를 구축하기 위한 커뮤니케이션이다.

"레피야 선배, 저 어땠나요오?! 선배가 보신다고 생각하니까 엄청 긴장됐지마안 다른 아이들 덕분에 평소대로 움직일 수 있었어요오! 게다가 뭐랄까 도도한 【사우전드 엘프】를 깜짝 놀라게 해주자고 다 같이 얘기해서—— 어어, 으아— 으아—?! 아니에요, 아니에요오! 못 들은 거로 해주세요오~~~!!"

나노는 말수가 많은 학생이었다.

해도 될 말 안 될 말을 어린아이처럼 떠벌떠벌 떠들어댔다(그리고 레피야는 도도하게 보였나 싶어서 풀이 죽었다). 쫄레쫄레 폴짝폴짝, 뛰어다니다가는 점프하며 온몸을 써서 감정을 표현하는 모습은 흐뭇하다. 소대 이외의 동성에게도 곧잘 귀여움을 받는 듯했다. 그들의 표현을 빌자면 '처음에는 말투라든가 너무 귀여운 척하는 것 같아서 좋아할 수 없을 것 같았지만 너무 바보라 우리가 챙겨주지 않으면 큰일 나겠다 싶어진 여동생 같은 아이'라나.

루크와 동갑이며 레피야보다 연상이지만 그녀만큼 『후배』라는 말이 잘 어울리는 사람도 별로 없을 것이다.

그리고 루크와는 고향이 같은 소꿉친구 사이로 『학구』를 지원한 그를 따라왔다나. 그것도 부모에게는 비밀로. 성이 있는 것으로 보아 귀족일 거라고는 짐작했지만 상당히 말괄량이이기도 한 모양이다.

"그래서, 저기, 레피야 선배…… 루크를, 유, 유혹하시면 안 돼요!"

그리고 루크를 이성으로서 좋아한다는 건, 뭐, 응, 확인할 필요도 없었다.

갑자기 다짐을 받으려 하는가 하면, 항상 소년을 흘끔흘끔 쳐다보니까.

"루크는 든든하긴 하지만 한번 이거다 결정하면 그쪽밖에 안 보니까, 저희가 일일이 궤도를 수정해주고 있어요.

나노는 머리가 비었고.”

“미, 밀리…… 아무리 그래도 그렇게 말하는 건…….”

밀리리아와 콜은 남을 잘 보는 엘프와 수인이었다.

밀리리아는 엘프 특유의 벽이 없고 ——다른 엘프가 그렇듯『학구』의 집단생활에서 단련되었을 것이다—— 레피야에게도 애칭으로 부르도록 해주었다.

콜은 정말로 베이트와 같은 웨어울프인가 의심이 갈 정도로 순수하고 착한 아이였다. 그리고 소대 내의 개성적인 아이들 중에서 그가 사서 고생을 맡는—— 말하자면 라울의 포지션인 듯했다. 그 사실을 깨달은 레피야는 먼 곳을 보는 표정을 지었다.

아무튼 파티 내의 밸런서는 이 두 사람이었다.

“선배…… 구경만 할 게 아니라 댁의『마법』도 좀 보여주시죠? 실력을 증명하지 못하는 상대를 따를 순 없으니까.”

루크는 역시 가시 돋친 태도였다.

다른 아이들 앞에서는 웃음을 보이지만, 레피야가 시야에 들어온 순간 태도가 딱딱해진다. 밀리가 그때마다 주의를 주고 나노와 콜은 조마조마하게 그 모습을 지켜본다.

그리고 레피야가 연습장 구석에서『마법』을 쏘자, 나노와 밀리가 더 달라붙었다.

““저희한테도 마법 가르쳐주세요!!””

——라며.

갈팡질팡하기는 했지만, 옛날 자신도 리베리아에게 이

랬던 것을 떠올리고 쓴웃음과 함께 가볍게 이론 강좌를 열어주었다. 그리고 나노와 밀리 이외에도 지원자가 쇄도해 혼이 났다.

루크는 그 모습을 보고 언짢아했다.

'그렇다 쳐도…… 『제7소대』만이 아니라 다른 학생들도 기합이 팍 들어간 것 같네요.'

『학구』로부터 배정받은 자신의 방에서, 레피야는 마치 진짜 『교육실습생』처럼 양피지에 깃털 펜을 놀리며 정보를 정리했다.

Lv.3이 나타났다는 것이 좋은 예지만, 학생들의 능력이 전체적으로 올라간 것은 틀림없었다.

『학구』란 학술과 연마의 장이다. 능력이 올라가는 것은 마땅히 환영받을 일이지만…… 그것만은 아닌 것 같다.

레피야는 그런 생각이 들었다.

'『학구』로 세계 각지를 돌기도 해서 경험은 충분하고, 『싸우는 자』로서는 거의 완성됐다고 해도 과언이 아니에요. 그런 그들에게 『모험자』로서 내가 가르칠 수 있는 것이라면…….'

레온의 말을 곱씹는 것과 함께, 개인의 능력, 소대의 인간관계 같은 정보를 시시각각 갱신하면서 레피야는 『제7소대』에게 보여야 할 자세를 정해나가고 있었다.

그리고 이틀이 눈 깜짝할 사이에 지나, 『실전』의 날이 찾아왔다.

『던전 실습』이란『학구』의 커리큘럼 중 하나다.

오라리오에 돌아온 해에만 실시되며, 희망자는【스테이터스】에 맞는 계층의 진출이 허가된다.

『학구』를 졸업하는 데 필요한『학점』을 얻으려면 지정된 몬스터의『드롭 아이템』을 가지고 돌아와야만 한다. 리포트 제출 의무도 있으므로 던전에서 제대로 탐색을 하고 오지 않으면 거의 확실하게 들킨다.

전투직을 희망하는 전투기술학과에게는 필수 실습이기도 하다.

"전원 모였나요? 그러면 오라리오로 출발하겠습니다."

『제7소대』가 모인 것을 확인하고 레피야는 멜렌을 떠났다.

『학구』의 통행 허가증을 제출하고 오라리오의 거대 시벽, 남서쪽의『문』을 지났다.

3년 만에 오는 미궁도시에 들뜬 소대원 속에서, **예의 바른** 학생들을 놀려주려고 시비를 거는 모험자들을 이리저리 피하며,『길드』에서 수속을 마친 후 던전으로 들어갔다.

『제7소대』는 역시 우수해서 별 어려움 없이『중층』까지 도착했다.

"오늘은 이 15계층에서 실습을 하겠어요."

몬스터와의 조우를 몇 번 거친 후, 레피야는 탁 트인 룸에서 발을 멈추고 돌아보았다.

학원에서 지급한 배틀클로스 위에 각자 다른 장비를 착용한『제7소대』멤버들.

나노는 후드 달린 로브와 긴 지팡이.

밀리는 오른쪽 가슴을 덮는 사이드 브레스트 아머와 롱보우.

콜은 두 자루의 단검과 고글.

그리고 루크는 경장── 스스로 개조한 배틀 유니폼과 장검.

무장한 그들은 말수가 극단적으로 적었다.

역시 예나 지금이나 던전의 분위기란 유일무이한 것인지, 세계 각지의 비경이며 절경, 미개척지를 보고 온『학구』학생들조차 긴장을 감추지 못한다.

언제 어느 벽에서 몬스터가 태어날지, 나노는 불안한 표정으로 주위를 두리번거렸고, 밀리와 콜은 안구의 운동만으로 주의를 기울였다.

그렇게『제7소대』가 신경을 곤두세우는 가운데.

"선배. 25계층 가자."

루크만이 달랐다.

소대원들은 놀라고, 레피야도 살짝 눈을 떴다.

다른 학생들이 최대 제15계층의 진출만이 허락된 것과 달리, 레피야는 인스트럭션 기간 중 여유를 두고 제18계층 답파를 목표로 삼을 생각이었다. 발두르와 레온에게는 이미 허가를 얻었다.

이것도 전부『제7소대』의 힘을 내다보고 내린 판단이었
지만——

"……안 돼요. 허가할 수 없어요."

"왜 안 돼. 던전에는 이미 몇 번이나 왔어. 이『암굴미궁』
도 다 탐색했고."

"그건 3년 전 일이잖아요? 공백 기간을 얕봐서는 안 되
고—— 무엇보다 당신들에게『하층』은 아직 일러요."

레피야는 고개를 가로저으며 딱 부러지게 내쳤다.

그 말에 루크의 얼굴이 한껏 일그러졌다.

오늘까지 억눌렀던 그의 반항적인 태도가 여기서 물 위
로 드러났다.

"나하고 나노는 Lv.3이야.『길드』가 설정한【스테이터스】
의 계층 기준은 이미 만족했어!『하층』에서도 통할 텐데!"

"아무리 Lv이 높아도 처음 가는 계층은 무서운 곳이에
요. 제가 동반한다 해도 지금의 여러분에게 등을 맡기고
싶지는 않아요."

"……큭!"

어디까지나 그들의 안전을 우려한 발언이었지만, 루크
는 그렇게 받아들이지 않는 듯했다.

그야말로 머리 위에서 내려다보는 듯한 느낌이었을 것
이다.

회색 머리를 흔들며 입술을 깨물고는, 마침내 목소리를
높였다.

"넌 Lv.3에 『심층』에도 갔었다며?! 제우스와 헤라밖에 간 적이 없는 『미도달영역』에까지! 오라리오 밖에서도 한참 화제가 됐다고!"

"……네, 그 말은 맞아요."

루크가 무슨 말을 하려는지는 안다.

【파밀리아】의 대원정이라고는 해도, 적정 레벨을 무시하고 심층이라든가 심층이라든가 심층이라든가, 그리고 『용의 항아리』에까지 끌려갔다.

레피야가 더 가혹한 환경에 있었다면, 자신들에게도 허락되어야 하지 않느냐는 말일 것이다.

"하지만 그건 제가 【로키 파밀리아】의 마도사였기 때문이에요."

그래도 해야 할 말은 그것이 전부였다.

레피야가 지금도 살아있는 것은 어디까지나 핀을 비롯한 선배들이 있었기 때문이다. 그들이 보호해주었기에 잇달아 밀려드는 죽음의 고비를 넘어설 수 있었다. 그리고 지금의 레피야와 『제7소대』는 【로키 파밀리아】가 아니다. 일개 인스트럭터와 학생일 뿐이다.

더할 나위 없는, 너무나도 간결한 대답에 루크의 미간에는 깊은 주름이 새겨졌다.

"여러분은 저만큼 던전을 모르고, 저 또한 여러분을 반드시 지켜낼 수 있을 만한 모험자가 아니에요. 자신의 미숙함을 드러내는 것 같아 한심하지만…… 포기하세요."

조용한 목소리로 단언했다.

나노, 밀리, 콜은 끼어들지 않고 숨을 죽인 채 두 사람을 가만히 지켜보고 있었다.

루크는 한 차례 고개를 숙인 채 주먹을 떨었다.

"너희가…… 모험자들이 그 모양이니까!!"

그리고 고개를 홱 들고는 감정을 폭발시켰다.

"느긋하게 굴 시간이 없다는 걸 왜 모르는 거야!"

"느긋하게……?"

레피야는 처음으로 눈썹을 험악한 모양으로 일그러뜨렸다.

그런 표정조차 마음에 들지 않았는지 루크는 노성을 터뜨렸다.

"오라리오 바깥이── 지금 세계가 어떻게 되고 있는지 너희는 알기나 해?!"

그 말을 듣고.

레피야는 소년이 무슨 말을 하려는지 겨우 알 수 있었다.

"온 세상에서 몬스터의 피해가 늘어나고 있어! 해를 거듭할수록 가속하듯! 집을 잃은 휴먼, 마을이 폐허가 된 수인, 고향이 지도에서 사라진 엘프! 우린 그걸 몇 번이나 봤어!"

"……"

"가장 큰 원인은『용의 계곡』! 거기서 흉악한 용종이 계속해서 내려와 수많은 사람을 괴롭히고 있어! 하계는 확실하게 이상해지고 있다고!"

『학구』는 교육기관인 동시에, 오라리오의 지원을 받는 『세계세력』중 하나.

의용군, 혹은 용병의 측면이 있으며, 방문한 나라나 도시에 의뢰를 받으면 교사와 학생을 『전투임무』라는 이름으로 파견한다.

몬스터의 피해, 자연재해, 때로는 지역분쟁에도 개입한다.

그 과정에서 루크는 『세계의 비극』을 직접 보았으리라.

"지금도 얼마나 많은 사람이 울고 있는지 알기나 해? 우리가 오기만 해도 눈물을 흘리면서 기뻐하는 사람들을 상상할 수 있어? 우린 오라리오의 모험자도 뭣도 아닌, 그냥 학생인데도!"

분노에 타는 눈동자 속에 깃든 것은 슬픔일까, 무력감일까.

자신이 보고 왔던 과거의 광경에 몸을 떠는 루크가 말했다.

"세계는 계속 모험자를—— 너희를, 영웅들을 기다리고 있는데!"

『3대 퀘스트』.

하계의 모든 이가 추구하는 비원.

남겨진 마지막 하나, 『흑룡』의 토벌이야말로 미궁도시에 주어진 책무.

눈앞의 소년은 세계의 참상에 마음 아파하고 있는 것이다.

레피야보다도, 오라리오의 모험자보다도 위기를 가까운

곳에서 느끼고 있다.

루크의『조바심』이 무엇인지 정체를 겨우 알 수 있었다.

──『원래 같으면 우리 교사들이 오히려 칭송해 마땅한 부분이지.』

레온이 했던 말의 의미도 이해했다.

분명 루크가 품은 의분은 옳은 것이었으며, 한없이 고상했다.

"너희가 우물쭈물한다면 내가『영웅』이 되어주겠어! 우리가 강해져서, 지금도 고통받는 사람들을 구하러 가겠어! 그러니까 방해하지 마!!"

루크 파울은 상냥한 소년일 것이다.

그의『영웅선망』은 자신을 위한 것도, 하물며 부나 명성을 위한 것도 아니다.

누군가의 슬픔을 씻어주기 위해서라는 무상의 헌신에서 나온 것이다.

레피야도 그의 자세에서 존엄한 무언가마저 느꼈다.

그러나──.

"그렇다면 더더욱 당신을 보낼 수는 없어요."

"뭐……?!"

"누군가를 생각하는 당신은 훌륭하다고 생각해요. 하지만 당신은 그 누군가를 위해 자신이『죽는 자』가 되려 하고 있죠."

레피야는 자세를 바꾸지 않았다.

루크의 의지란『자기희생 정신』과 종이 한 장 차이였다.

본인에게 자각은 없더라도 레피야의 눈에는 보였다. 죽음을 서두르고 있다는 것이.

내기해도 좋다.

이대로 모험자가 된다면, 그는 틀림없이 목숨을 잃을 것이다.

지금의 루크 같은 사람이 가장 쉽게 죽는다.

모험자가 된 지 아직 몇 년 지나지 않았지만, 그것만은 레피야도 알 수 있었다.

『제7소대』에 대한 모든 의문이 풀린 레피야는 눈꼬리를 틀어 올렸다.

"백번 양보해서, 각오를 한 당신이 죽는 건 좋다고 치죠. 하지만 당신의 정의감에 **동료를 끌어들이는 것만은** 절대 인정할 수 없어요."

그 말에 루크는 몸을 멈추고 아연실색했다.

"계속 이상하다고 생각했어요. 절대 호전적이지 않은 나노가 어떻게 Lv.3에 이를 수 있었는지. ——그건 당신의 『막무가내』에 함께 어울려줬기 때문이에요."

비난의 빛마저 담은 레피야의 시선에 가장 강하게 동요한 것은 루크 본인이 아니라 옆에 있던 나노였다.

적금색 머리카락과 함께 가녀린 어깨가 떨렸다.

소꿉친구 소년을 좋아하는 그녀는 괴로워하는 사람들을 위해 싸우는 그를 필사적으로 따라다니며 지탱해주었을 것이다. 그『마법』으로 몇 번이나 루크를 구해주고, 때로는 자신까지도 위험에 드러냈을 것이다.

그렇지 않다면 전열에 비해 고위의【엑세리아】를 얻기 힘든 후열 마도사가 그렇게 쉽게 Lv.3에 이르렀을 리가 없다.

분명 루크가 알아차리지 못한 때에도 나노는 그를 감싸주고 헌신을 다했으리라.

레피야의 말을 아무도 긍정하지는 않았지만, 입을 꾹 다물고 있는 밀리리아와 콜의 모습이 모든 것을 대변해주었다.

말문이 막힌 루크가 나노를 돌아보았지만, 그녀는 얼른 고개를 숙이고 시선을 지면으로 떨구었다.

"자신 탓에 다른 사람이 죽을 가능성을 조금이라도 생각해본 적이 있나요?"

"……큭! 난, 혼자서도 할 수 있어! 쟤들의 힘 따위 필요 없어! 혼자서도 해내겠어!"

"그거야말로 기각하겠어요. 혼자서는 절대 던전을 감당할 수 없어요."

레피야가 냉정한 목소리로 호소하고 있을 때, 자포자기한 것처럼 들리기까지 하는 소년의 발언에 견디다 못해 목소리를 높인 것은 나노였다.

"이제 그만 하자 루크으! 레피야 선배도 루크를 걱정해서 하는 말이잖아?! 나도 루크가 혼자 모험자가 된다는 건, 그런 건 싫어어!”

“윽……!”

“일단 진정하자, 응? 조바심내지 말고, 다 같이 함께 하면…… 미이짱이랑 콜이랑 힘을 합치면 루크의 바람도 분명 이룰 수 있을 거야!”

조급해하는 루크의 마음을 소대 멤버들이 이해하고 걱정해준다는 것은 상상하기 어렵지 않았다.

눈동자에 어렴풋이 물의 막을 띄우며, 나노는 조그만 손으로 소년의 옷자락을 꼬옥 쥐었다.

한번 말문이 막혔던 루크는 그 손을 힘껏 뿌리쳤다.

“시끄러워! 넌 그냥 맘대로 날 따라다녔던 거잖아! 덜렁이인 넌 다른 데나 가봐! 나한테 휘둘릴 필요는 없으니까!”

그 거부에 나노는 상처 입은 표정을 지었다.

그때까지 지켜보던 밀리도 모양 좋은 눈썹을 치켜세우고, 콜도 슬픔으로 얼굴을 찡그렸다.

그들이 루크를 힐난하려 할 때—— 레피야는 혼자 루크와 나노에게 과거의 기억을 겹쳐 보고 있었다.

‘……그 사람도 이런 기분이었을까.’

막무가내로 나서려 하는 자신과 그것을 말리려 하던 소중한 사람.

부끄러운 과거, 애절함을 머금은 후회가 청백색의 안개가 되어 레피야의 가슴을 잠식했다.

“——동료의 조언에는 귀를 기울이세요. 주체성이라는

말을 애들 같은 어리광과 착각하고 있을 때는 특히.”

“뭐야?!”

그래서 자기도 모르게 공격적인 태도를 보이고 말았다.

스스로도『내가 이런 목소리를 낼 수 있었구나』싶을 정도로 싸늘하고 고압적인 말을, 놀란 밀리와 콜이 발을 내딛기도 전에 루크에게 던지고 있었다.

“떼를 쓰는 당신은 지금 꼴불견이에요. 고집스러운 오기 때문에 자신을 객관적으로 보지 못하고 있죠. 그런 꼴사나운 모습을 보이면서『영웅』같은 소리를 입에 담지 마세요——.”

과거의 자신에 대한 분노까지도 실어 말하던 레피야는 문득 흠칫했다.

“크윽……!!”

루크가, 처음 만났을 때부터 이제까지 본 적이 없을 정도로 얼굴을 새빨갛게 물들이고 있었다.

이쪽을 쳐다보는 눈동자는 반감의 덩어리로 변했다.

아차 생각했을 때에는 이미 때가 늦었다. 갈등의 골은 결정적으로 깊어졌다.

후회하기에는 이미 늦은 단계에서, 레피야는 자신이 발끈했었던 것을 맹렬히 반성했다.

그리고, 그거다.

계속 생각하지 않으려 했지만—— 그의 머리카락 색이 어딘가의『토끼』와 조금 비슷했던 것이다.

루크 본인에게는 죄가 없지만 뇌리에는 라이벌의 얼굴이 어른거렸고, 그때마다 『울컥』하는 감정을 느껴버렸던 것이다. 루크의 입장에서는 부조리하기 그지없겠지만. 애초에 레피야도 애먼 적개심을 받고 있다 보니 불만은 증폭되었던 것이다.

아니, 그야 뭐? 여기 있는 루크가 더 미남이긴 하지만?

그딴 토끼랑 비교하는 것도 루크에게 실례지만?

하지만 뭐랄까, 『풋내』까지 비슷한 것이다. 그 토끼 쪽이 훨씬 막무가내고 착해빠진 성격에, 뭐, 공감하지 못할 것도 없지는 않지만, 아무튼 앞뒤 안 가리는 무모한 『영웅선망』을 내세우는 점이 백발 소년과 겹쳐 보였다. 역시 울컥했다.

아무튼.

이렇게 되면 대화로 해결하기는 어렵다.

불가능하지는 않겠지만 귀찮다. 레피야는 이때 그렇게 생각하고 말았다.

루크 한 사람에게 들일 시간에 대한 인스트럭션의 효율이 너무나도 좋지 않았다. 적어도 조마조마하며 갈팡질팡하는 다른 소대원들에게는 도움이 되지 않는다.

더 정확하게 말하자면, 레피야가 말로 이해시킬 수 있다면 그에게 도움이 될지는 모르지만, 이곳에서, 던전에서 할 일은 아니다. 논의와 토론은 학교의 교실에서 하는 것이다.

한숨을 참던 레피야는 결심했다.

이곳은 던전이다.

그렇다면『모험자의 방식』으로 결정할 수밖에 없을 것이다.

"알았어요, 루크. **싸워보죠**."

"!"

"1대 1 시합이에요. 당신이 저에게 이긴다면『하층』진출도 인정하겠어요."

주장을 관철하고 싶다면 실력을 보여라.

힘이 따르지 않는 의지를 무시할 수는 없지만, 각오에 어울리는 힘을 증명할 수 있다면 말리지는 않겠다. 레피야는 행간으로 그렇게 말했다.

다른 소대원들과 함께, 루크는 경악을 드러냈다.

"던전에서, 사적인 싸움을 하자고? 너 장난해?!"

무한히 괴물이 솟아나는 던전에서 결투라니, 그들이 보기에는 상식을 의심하는 행위였다.

그런『버릇없는 짓』을『학구』의 교사들은 가르쳐주지 않았다.

그러나『무법자들의 연회』는 때와 장소를 가리지 않는다.

그리고 동종업자들 대부분이『모험자의 세례』를 가하는 장소는 바로 이곳, 던전이다.

그것의 예습이라 생각하면 된다——는 건 조금 억지일까.

완전히『학생』에서『모험자』의 생각으로 물들어버린 자

신을 자각하며 선언했다.

"울분이 쌓인 당신을 데리고 이대로 탐색을 하는 편이 더 위험하다고, 저는 그렇게 판단했어요."

"……!"

"눈이 닿지 않는 곳에서 파열하느니 차라리 제 앞에서 폭발하세요. 그편이 경상으로 그칠 테니까."

자각 없이, 마치 어딘가의 하이엘프 같은 말을 늘어놓고 있었다.

분노로 얼굴을 시뻘겋게 물들인 후배 앞에서 레피야는 결정타가 되는 말을 던졌다.

"내가 이긴다면 앞으로는 이 이야기로 제 말을 거역하지 마세요. ……실력을 증명한 상대라면 당신은 따르겠지요, 루크?"

이틀 전의 자기 발언을 인용당한 소년은 주먹을 꽉 움켜쥐었다.

"후회하지 마시지, 선배……."

"안 해요. 그보다 빨리 시작이나 하죠. 당신 말대로 여긴 던전이니까요."

분노와 전의에 떠는 루크를 내버려 둔 채, 레피야는 다른 소대원들에게 말했다.

"여러분은 주위를 감시해주세요. 몬스터가 다가오면 격퇴해주시고."

"서, 선배……!"

"괜찮아요. 그를 상처 입히는 일은 없을 테니까. ……미안해요, 이상한 일에 끌어들여서."

어떻게 해야 좋을지 모르겠다는 표정을 짓는 나노에게 레피야는 사과와 함께 지시를 내렸다.

그녀는 아직도 무언가 하고 싶은 말이 있는 것 같았지만, 밀리가 잠자코 팔을 잡아당기고 콜이 시키는 대로 하자고 말을 걸어주었다. 아직 만난 지 얼마 되지 않는 자신을 신뢰해주는 그들에게 감사하며, 레피야는 룸 중앙에서 루크와 마주 섰다.

"먼저 상대에게 일격을 가한 쪽이 승리. 그러면 되겠나요?"

"좋아……. 마도사라고 봐주지 않겠어."

"전 Lv.4예요. 【스테이터스】는 당신보다 높죠. 수치로 보자면 당신이 더 불리할 텐데요?"

"상관없어."

루크는 고운 얼굴에 조소로도 보이는 웃음을 머금고는 허리의 칼집에서 장검을 뽑았다.

"위계가 높든 아니든, 이 거리에서 마도사에게 질 리가 없지."

절대적인 자신감.

무기를 두 손으로 들고, 모든 허점을 없앤 채 자세를 낮춘다.

그 의기와 기백은 좋다고, 마음속으로 고개를 끄덕인 레피야 또한 단검을 뽑고 완드를 들었다.

"시작하죠. ……저를 쓰러뜨리지 못한다면『영웅』은 꿈일 뿐이에요."

그 말이 신호가 되었다.

"하아아아아아아아아아아아아아아아아아아아아!"

잔상을 일으킬 만한 속도로 루크가 파고들었다.

첫 공격은 우상단 대각선 내려베기.

밀려드는 고속의 검광을 정면에서 받으려 하지 않고, 레피야는 회피를 선택했다.

한순간 전까지 있었던 공간을 은색 검이 양단하는 가운데, 백스텝을 한 그녀를 루크가 쫓아왔다.

"차아앗!"

일기가성으로 잇달아 펼쳐대는 연격.

빠르다. 그리고 날카롭다. 엘프의 길쭉한 귀 바로 옆을 내달리는 바람 가르는 소리는 소름끼치기까지 했다. 가혹한 훈련이 뒷받침된 예리한 참격은 제2급 모험자인 레피야에게도 쉽게 치명상을 가져다줄 수 있을 것이다.

입으로는 그렇게 말했지만, 위계가 높은 모험자를 우습게 여길 만큼 루크 파울이라는 소년은 얼간이가 아니었다. 사양하지 않고 공격을 펼쳤다.

훈련용 검이 아닌, 살상능력이 담긴 무기가 거듭 레피야를 위협했다.

"웃!"

레피야는 회피 속에 방어를 섞어가며 응전했다.

루크의 참격에, 친구가 남기고 간 단검《재의 티어페인》을 맞부딪쳤다.

드높은 소리와 불꽃을 퍼뜨리며 궤도를 비껴나가게 했지만 루크는 그것을 조롱했다.

"그딴 벼락치기 실력 가지고!"

검무의 기세가 가속했다.

레피야는 도저히 흉내 낼 수 없는 확실한 검기를 구사하며 몰아붙이려 한다.

실제로 루크의 눈에는 레피야의 칼놀림이 유치하게 보였을 것이다.

베이트와의 단련을 계기로 본격적인 검술을 배우기 시작한 레피야 자신도 자각하고 있다. 설령 『마법검사』를 자인한다 해도, 잘 쳐줘봤자 반쪽짜리.

반면 루크는 순사한 검사이며 전열. 학구 입학 이후 검 한 자루에 몰입해왔던 기량은 레피야의 백병전 기술을 거뜬히 웃돌았다. 실제로 【스테이터스】에서 밀리는 루크는 『접근전에서 마도사 따위에게 질 리가 없다』고 확신했기에 승부를 받아들였던 것이었다.

그러나——.

"마, 맞질 않아…… 루크의 공격이!"

"루크가 계속 밀어붙이고 있는데!"

몬스터를 경계하는 것도 잊고, 콜과 밀리는 경악한 목소리를 냈다.

그들의 말대로였다. 루크가 시종 공격하고 있음에도 그의 검은 레피야에게 닿지 않았다. 고개를 기울이고, 허리를 틀고, 몸을 눕히며 모조리 회피하는 엘프는 오른손의 단검도 번뜩이며 공격을 별 어려움 없이 튕겨냈다.

"루크……!"

어느 쪽도 응원할 수 없는 소녀의 목소리가 새나오는 가운데, 루크의 얼굴이 초조함으로 일그러졌다.

"젠장……! 어째서지?!"

간단하다.

『힘과 속도』가 부족하다. 『기술과 허허실실』이 부족하다.

무엇보다도 『위협』이 부족하다.

분명 백병전 기술은 루크가 위였다.

그러나 아이즈나 베이트에 비하면 그의 움직임 따위 어린아이의 칼싸움이나 다름없었다.

레피야가 단련을 쌓아왔던 상대는 누가 뭐라 해도 세계 톱클래스에 군림하는 제1급 모험자, 괴물들이었다.

아무리 백병전 기술이 부족하다 해도 그들의 격렬한 접근전 앞에서는 일개 학생의 맹공 따위 빛이 바래고 만다. 레피야의 군청색 눈은 그의 시선 움직임, 힘의 균형, 감정의 흔들림까지도 모조리 포착하고 있었다.

'이 정도를 못 해내면 베이트 씨에게 걸어차여 날아가니까요——.'

순수 마도사였던 시절과 비교해 시야는 훨씬 넓어졌다. 마음도 매우 차분했다. 이제까지 고속전투에 대응했던 것이 좋은 증거다. 레피야의 몸은 분명『다시 만들어지고 있었다』.

단련의 성과를 조용히 발휘하던 레피야는 웨어울프의 옆얼굴과 밉살스러운 말을 떠올리고 있을 만큼 생각에 여유가 있었다.

그리고 생각에 여유가 있다는 것은 전장을 컨트롤하고 있다는 것과 같은 뜻.

그때까지 수세였던 레피야는—— 빙글, 하고.

왼손 안에서 완드를 재빨리 한 바퀴 돌렸다.

"【해방될 한 줄기 빛, 성스러운 나무로 지은 활대. 그대는 명궁일진저——】."

그 순간 루크의 얼굴 전체에 경악이 퍼져나갔다.

전투를 지속하며 레피야는『노래』를 이어나가기 시작했다.

"『병행영창』!"

다른 소대원들의 경악이 겹쳐진 순간, 지면에 전개된 매직 서클에서 선황색 마력광이 솟아났다.

『마법검사』의 진수.『마법검사』이기에 가능한『필살』.

그 속도와 정확도는『제7소대』가 이제까지 보았던 어떤『병행영창』보다도 뛰어났으며, 무엇보다도『마력』의 총량에서 자릿수가 달랐다.

『마법』에 대해 잘 아는 나노와 밀리는 말문이 막혀버렸다.

"【저격하라, 요정의 사수】."

"제, 젠장——!!"

장검과 단검이 몇 번이나 빛의 물거품을 뿌렸지만 레피야의 영창은 좀처럼 움츠러들 기색이 없었다.

반격, 방어, 회피, 영창. 네 개의 행동을 일말의 지연도 없이 동시에 전개하는 그녀의 모습에 루크의 얼굴이 온통 조바심으로 가득 차버렸다.

너무나도 방대한 『마력』. 일개 전열공격수가 막아낼 방법 따위 없었다. 『마법』의 완성은 루크의 패배와 동의어. 영창을 저지하고자 소년의 팔다리가 혈안이 되었다.

——그런 루크의 조바심을, 레피야는 면밀히 관측하고 있었다.

여봐란듯이 『마력』을 담아, 눈앞에 『폭탄』을 들이댄다. 적의 동요와 조바심을 불러일으키는 『허허실실』. 그것은 적의 행동을 조종하고 유도하는, 리베리아에게서 배운 『미끼 공격』의 진수.

루크의 동요를 손에 잡힐 듯이 알 수 있었다.

그리고 그가 다음에 무엇을 할지도 알 수 있었다.

"으, 으아아아아아아아아아아아아아아아아아아아아아아아아아아아아!!"

조바심을 이기지 못한 돌격.

예상대로 오른쪽 발부터 파고든다.

걸렸구나.

레피야는 중얼거리며 루크와 움직임을 겹치듯 자신도 파고들며 눈앞으로 육박했다.

"?!"

상대의 품 안, 장검의 사각으로 몸을 비집어 넣으며, 일섬(一閃).

단검으로 무기를 튕겨내며, 전율하는 소년의 안면에 완드를 들이댔다.

"【뚫어라 필중의 화살】."

마지막 영창문.

아무렇지도 않게 완성된 주문으로, 레피야는 전투를 종료시켰다.

"——【아르크스 레이】."

필살의 섬광화살이, 발사되는 일은 없었다.

발동 직전의 해제. 광채를 폭발시키고자 완드에 모여들었던『마력』이 무수한 빛의 입자가 되어 흩어졌다. 그와 함께 매직 서클도 발밑에서 자취를 감추었다. 한순간 늦게 소년의 손에서 튕겨 날아간 검이 푹 소리와 함께 지면에 박혔다.

레피야가 한 판을 따냈다는 선언을, 『마법』의 파기로 선언한 것이었다.

코 앞에 들이댄 완드를 바라보는 루크는 석상처럼 굳어 있었다.

마른 침을 삼키며 지켜보던 소대원들도 아연실색했다.

"제가 이겼죠, 루크? 지시에 따라주세요."

완드를 내린 것과 동시에 말하자, 루크는 한 걸음, 두 걸음, 뒤로 휘청휘청 물러났다.

Lv.이 동등했다면 그나마 접전이 되었을지도 모르지만——그래도 레피야가 이겼을 것이다.

경험이 달랐다. 헤쳐나온 아수라장의 숫자가 달랐다.

루크도, 그리고『제7소대』의 멤버들도 아직『압도적인 부조리』를 맛본 적이 없다.

그것이 결정적인 차이였다.

"……이럴, 리가……."

루크는 믿을 수 없다는 표정을 지으며 넋이 나가 있을 뿐이었다.

그 모습에 레피야는 내심 조금 지나쳤나 싶어 당황했다. 타이를 생각이었는데 그의 긍지까지 꺾어버린 것인지도 모른다. 그때까지 늠름했던 자세를 내팽개친 채 황급히 조언을 해주려던 레피야는——문득 귀를 쫑긋 움직였다.

"이『소리』는…… 아아, 진짜. 왜 이렇게 타이밍이 안 좋담."

루크와 싸우며 몬스터의 습격과『이상사태』의 전조에는 주의를 기울였던 레피야는 푸념하듯 중얼거리며 홱 몸을 돌려 어떤 방향을 향했다.

그곳은 룸과 이어지는 통로 중 하나.

금세 길 안쪽에서, 레피야의 예상대로 『어떤 모험자』의 무리가 뛰어들었다.

"몰드~! 큰일났어, 엄청 몰려와!"

"시꺼, 나도 알아! 어떻게든 내빼야—— 오!"

모험자들의 선두, 누가 봐도 무뢰배로 보이는 상판을 한 사내는 레피야 일행을 보자마자 씨익 입가를 치켜 올렸다.

"여어, 『학구』꼬맹이들! 우리가 선물을 주지!"

그대로 루크 일행의 옆을, 비난하는 시선을 보내는 레피야의 옆을 스치고 지나갔다.

무슨 일이 일어났는지 모르고 『제7소대』가 어안이 벙벙했을 때, 상황을 파악하고 있었던 것은 레피야뿐이었다.

"루크, 검을 들어요! 다들 모여요!"

"에……?"

"어서!!"

창졸간에 움직이지 못하는 소대원들에게 고함을 질렀다.

단검과 완드를 고쳐 든 레피야는 모험자들이 왔던 통로를 노려보며 외쳤다.

"떠넘겼어요!"

그 직후, 셀 수도 없는 몬스터의 무리가 룸을 향해 와르르 밀려 들어왔다.

"서, 설마?!"

"『패스 퍼레이드』?!"

겨우 지금의 상황을 이해한 소대원들이 비명을 질렀다.

모험자들 사이에서는 빈번히 주거니 받거니 하는 긴급 회피의 상투수단. 우수한 학생들은 『대타』가 되었음을 즉시 이해하고 그 몬스터의 수에 얼굴이 새파랗게 질렸다.

"맞서겠어요!"

단 한 사람, 현역 모험자인 레피야만은 냉정하게 기염을 토했다.

그렇다. 이것은 던전에서의 일상다반사.

아무것도 아닌 흔해빠진 사태 중 하나.

다시 말해 『연속전투』였다.

"소대, 한데 모이세요! 평소처럼 4인 1조로!"

레피야의 지시가 잇달아 날아들었다.

루크가 지면에 박힌 검에 뛰어들고, 나노와 밀리와 콜이 황급히 합류하는 가운데 시야에 펼쳐진 모험자의 무리는 그야말로 『퍼레이드(행렬)』라는 표현이 딱 어울렸다.

세로로 길게 늘어난 장사진. 종족이 제각각인 괴물들은 쫓던 모험자들에게서 레피야 일행으로 표적을 바꾸고 그대로 먹어치우고자 포효를 질렀다. 그 박력과, 헤아리는 것도 바보스럽게 느껴지는 숫자에 ——『학구』학생들도 좀처럼 본 적이 없는 몬스터의 대군에 —— 나노가 "으윽……?!" 하고 겁을 먹었다.

숫제 그 모험자들과 함께 도망칠까도 생각했지만, 루크와의 승부 직후인 데다, 무엇보다 도망만 쳐봤자 아무 해결도 되지 않는다는 점에서 레피야는 이 자리에서 맞설 것을 선택했다.

자신들 이외의 파티를 말려들게 하느니 『제7소대』와 함께 섬멸한다.

이쪽의 전력을 계산에 넣고 그렇게 판단한 것이다.

'전방에는 『라이거 팽』의 무리! 후방에는 『미노타우로스』와 『헬하운드』, 그리고 토마호크를 든 『알미라지』!'

퍼레이드의 구성을 재빠르게 파악한 군청색 눈이 가늘어졌다.

대형급도 성가시지만 경계해야 할 것은 후방을 차지한 알미라지와 헬하운드. 정확하게는 화염의 브레스와 네이처 웨폰 투척공격. 『제7소대』는 전력이 충실하다고는 해도 원거리 공격에 대해서는 『실수』가 일어날 가능성도 있었다.

따라서 레피야는 적의 후열을 제거하기로 빠르게 판단했다.

"후열은 제가 치겠어요! 적의 우두머리를 맡아주세요!"

학생들의 대답이 돌아오기도 전에 레피야는 땅을 박차고 도약했다.

"【위세의 이름 아래 바라노라】!"

머리 위로 높이 날아오르며, 아연실색한 학생들의 시선

도, 이쪽을 우러러보는 몬스터의 시선까지도 빼앗으며 주
문을 읊었다.

드높은 영창을 울리며 허공에서 완만한 호를 그리는 레
피야는 함차게 착지한 것과 동시에 선언대로 『알미라지』와
『헬하운드』를 해체해버렸다.

『끼이익?!』

『크아앙?!』

오른손에 든 단검 《재의 티어페인》을 지휘봉과도 같이
세 차례 번뜩여 단말마의 코러스를 연주했다.

멈추지 않고 질주.

집단 속을 누비며, 입 속에서 불똥을 흘리는 흑견 무리
의 브레스 방사를 용납하지 않고 없애버리고, 흰토끼들이
황급히 던지는 토마호크를 모조리 격추시켰다. 산산이 부
서지는 네이처 웨폰을 보며 동글동글한 토끼 눈이 크게 벌
어지는 가운데, 다음 순간 번뜩인 은색 섬광이 수많은 머
리를 한꺼번에 도륙했다.

"【숲의 선구자여, 숭고한 동포여. 나의 목소리에 호응하
여 초원으로 오라】!"

적의 최후방을 없애고 다음 사냥감에게 파고들며 『병행
영창』을 울렸다.

강한 노랫소리와 폭력적일 정도의 『마력』 발산은 싫어도
몬스터의 주의를 끌어모았다. 화려하게 움직여 퍼레이드
의 한복판에서 후방으로, 적의 중견과 후열을 혼자서 끌어

들이며 ——학생들에게는 몬스터의 전열만을 맡긴 채——
— 유려하면서도 장절한 투쟁의 무도를 개시했다.

괴물의 대군을 **유린한다.**

“저, 저 선배 진짜 후열이 본업 맞아요?!”

루크와 싸울 때부터 놀라기만 했던 밀리리아의 고함을
받아도 레피야는 아랑곳하지 않고 사마귀 몬스터『크리스
탈 맨티스』를 베어 갈랐다.

수정으로 이루어진 몸이 무수한 파편이 되어 덧없이 흩
어지고, 그러거나 말거나『마법』을 쓸 필요도 없이 적 몬스
터의 무리를 순수한 백병전으로 해치워나갔다.

“【이르라, 요정의 고리. 부디—— 힘을 빌려주기를】!”

막힘없이 자아낸『병행영창』으로 소환마법【엘프 링】을
구축하고, 그것을 행사하지 않은 채『대기상태』로 이행. 레
어 스킬【더블 카논】의 효력으로 완드를 든 왼손 손목에 고
리 형태로 변한 소형 매직 서클을 부여했다.

“【해방될 한 줄기 빛, 성스러운 나무로 지은 활대】——.”

예측하지 못한 사태에 대응하기 위해『다음 탄환』을 준
비해나가는 가운데, 대형급 몬스터 뒤에 숨어 있었던『헬
하운드』한 마리가 왼쪽 측면에서 육박했다.

“!”

『크아아아아아아앙!』

일방적인 유린에 격앙해, 땅을 낮게 기며 레피야의 부드
러운 살을 뜯어먹고자 달려나왔다.

다른 적을 막 베어버린 왼손의 단검으로는 대처가 늦는다. 마음 한구석으로 엘프인 자신이 **상스럽다**고 생각하는것을 의식하며, 레피야는 적의 안면을 **가차 없이 걷어찼다.**

『깨애애애앵?!』

오늘까지 단련 속에서 몇 번이나 받았던, 베이트의 거친『발차기 기술』.

어깨 너머로 배운 흉내일 뿐이지만 Lv.4의 각력은 그것만으로도 흉기다. 턱을 맞은 『헬하운드』는 그대로 머리가분쇄되어 살점과 피를 뿌렸다. 스커트가 펄럭이고 하얀 복숭아 같은 가녀린 허벅지를 아낌없이 드러냈다.

『품성』은 없지만 그딴 건 엿이나 먹으라지. 고상한 요정은 이미 죽었다.

과거의 자신과 결별하고 『달라지겠다』고 결심한 레피야의 뇌리에 새겨진 것은 하나의 이미지. 그것을 참고한다.모방한다. 투영한다.

접근한다. 한없이.

【마이나데스】의 움직임에.

자신의 마음속에서 계속 살아가는 그녀의 모습을, 자신의 육체로 되살려낸다.

『우우워어어어어어어어어어어어어어어어어어!!』

이상적인 움직임을 추구하는 요정에게, 대형 돌도끼를든 『미노타우로스』의 무리가 돌격을 감행했다. 그 거구와숫자로 밀어붙이려 한다.

© Kiyotaka Haimura

이에 대한 레피야의 대답은 원 액션.

"【카논】."

왼손에 든 완드를 아름다운 동작으로 내밀었다.

"【일소하라 파사의 성장】——【디오 튀르소스】!"

스킬 【더블 카논】의 스펠 키에 의해, 고리 형태의 매직 서클이 『포문』으로 바뀌며 전개되었다.

발동한 소환마법으로 【마이나데스】의 마법을 불러와, 하얀 번개가 포효를 터뜨렸다.

『～～～～～～～～～～～～～～～～～～～～～～～～～

～～～～～～～～～～～～～～～～～～～～～?!?!?!』

어마어마한 위력의 번개에 『미노타우로스』의 무리는 순식간에 불타버렸다.

맹우들만이 아니라 그 뒤에 있던 사선상의 몬스터들까지도 『마석』째 소멸했다.

룸의 벽면까지도 분쇄하는 굉음에 멀리 후방에서 싸우던 소대원들이 어깨를 흠칫 떨고, 몬스터들도 겁을 먹은 것처럼 얼어붙은 가운데, 레피야는 멈추지 않았다.

전투를 속행하며 『검』과 『마법』을 구사해 『마법검사』로서 경험치를 탐식했다.

'반응속도를 더 올려야 해. 그리고 판단의 정확도를 날카롭게—— 괜찮아, 할 수 있어. 난 『마법검사』가 될 수 있어.'

그것은 오만도 아니고 큰소리도 아니었다.

자신의 앞에 솟은 『문』을 비집어 열고 있다는 『실감』이다.

과거의 레피야는 고정관념의 덩어리였다.

소환마법을 쓰니까―― 장문영창과 대량의 마인드를 소비하니까, 소환하는 마법은 대규모이면서 고위력의 것이어야만 한다. 정확하게는『그렇게 하지 않으면 아깝다』고, 그렇게 지레짐작했던 것이다.

하지만 그 고정관념이야말로 오만이었다.

칭호의 유래인『소환마법』의 응용성은 그 정도가 아니다. 공격, 방어, 지원, 회복. 온갖 상황에 활용할 수 있는 천차만별의 히든카드를 가져다준다.

구태여 금방 발동하지 않고『대기상태』로 둔 후, 전황을 가늠하면서 그에 어울리는『마법』을 선출한다. 말하자면 만능의『나중에 내는 가위바위보』다. 취사선택과 상황파악만 제때 이루어지면 지금 막 【디오 튀르소스】로 몬스터를 요격했던 것처럼 모든『거리』와『시간』에 대응할 수 있다.

초장문영창의『포격』이 아니라.

초단문영창의『속사포』를 소환한다는 의미.

전략의 폭이 넓어져 막대한 전과를 가져다준다는 것을, 이 대난전을 통해 통감했다.

이제까지의 레피야는 자신의 가능성을 스스로 죽이고 있었다.

성장을 좁혔던 과거를 아쉬워하는 한편, 그 사실을 깨달은 것을 순수하게 기뻐하는 자신이 있었다.

――나는 아직도 더 강해질 수 있어.

레피야는 그렇게 확신할 수 있었다.

"루크의!"

"!"

레피야는 눈 깜짝할 사이에 적의 수를 줄여나갔지만, 위기감을 띤 나노의 비명을 듣고 재빨리 시선을 돌렸다.

자신을 포위한 몬스터의 울타리 너머, 퍼레이드의 선두 집단을 상대하던『제7소대』가, 놀랍게도 고전하고 있었다.

"루크, 물러나?! 스위치해!"

"왜 우물쭈물하고 있어요?!"

"크윽──?!"

콜과 밀리리아의 혼란 섞인 목소리가 교차하고, 루크가 『라이거 팽』에게 밀리고 있었다.

『암굴미궁』 내에서도 전투능력이 높은 대형급 몬스터인 『라이거 팽』은 분명 주의를 기울여야만 하는 적이지만, Lv.3이 두 명이나 있는 파티가 애를 먹을 상대는 아니었다. 무리의 수는 많아도 평소의 그들이라면 쉽게 대처할 수 있다.

아니, 대처할 수 있도록 레피야는 퍼레이드의 대부분을 자신이 맡고 있었다.

그러나 지금의『제7소대』는『학구』의 연습장에서 보았을 때보다 훨씬 빛바랜 움직임을 보였다.

'루크의 움직임이 좋지 않아! 파티의 연계에도 영향이 오고 있어!'

아마도 레피야에게 패배했던 것이 아직까지 이어지고 있는 것이다. 루크는 실력의 10분의 1도 발휘하지 못했다. 겨우 한 마리의 몬스터도 상대하지 못했다.

루크는 『제7소대』의 중추다. 그가 기세를 타면 모두 기세를 타고, 그의 컨디션이 나쁘면 파티의 보조도 흐트러진다.

자신의 마음을 주체하지 못하기 때문에, 원래는 그가 담당해야 할 지휘도 제대로 이루어지지 않았다.

혹시나가 아니라 역시나 나 때문이야!

레피야는 충격을 받았다.

"루크……!"

무엇보다도, 루크의 악영향은 나노에게도 전염된다.

동요를 거듭하느라 『마법』을 조금도 발동하지 못했다.

밀리리아와 콜은 그런 두 사람을 커버하는 것이 고작이었다.

『제7소대』의 전술설계는 강력한 Lv.3 전열과 후열에 의한 러시 앤 디스트로이.

최악의 경우, 후열인 나노가 제대로 움직이지 못하더라도 전열인 루크가 커버해줄 수 있지만, 그 반대는 없다. 루크가 무너지면 도미노처럼 파티가 붕괴되는 것이다. 밀리리아와 콜이 있는 중견도, 말하자면 루크와 나노를 잘 운용하기 위한 순환기다. 상황을 타개할 결정력은 부족하다. 이제까지 밸런서 역할에 집중했던 폐해가 나타나고 있었다.

우리【로키 파밀리아】와 비슷하네요.

레피야는 뜬금없는 생각을 했다.

핀이라는 강력한 기수 아래 통솔되는 단원들은 그가 무너졌을 때는 어이없이 와해된다. 크노소스에서는 그 덕분에 하마터면 전멸할 뻔했다.

그렇기에 핀은 자신의 컨디션에 세심한 주의를 기울이지만, 제1급 모험자와 같은 강철의 마음을 루크에게 요구하는 것은 잔혹한 일일 것이다.

『워우우우우우우우우우우우우우우우우우우우우!』

"으윽──?!"

『라이거 팽』한 마리의 이빨이 루크에게 육박했다.

나노와 소대원의 절규가 울려 퍼지기── 직전, 레피야는 이미 영창을 마쳤던『마법』을 해방시켰다.

"【아르크스 레이】!"

자동 추적 속성의 대섬광이 루크 일행을 요령 있게 피해 타깃으로 삼은『라이거 팽』을 꿰뚫었다.

"아…… 서, 선배……."

"【위셰의 이름으로 바라노라. 숲의 선구자여, 자랑스러운 동포여. 나의 목소리에 호응해 초원으로 오라】!"

아연실색한 루크와 소대원들을 내버려둔 채 레피야는 다시『병행영창』을 자아냈다.

눈앞의 적을 갈라버리고 소대를 지원하기 위해 달려나가,『라이거 팽』의 무리까지도 상대하며『고속영창』의 기술로 빠르게『소환마법』을 조합했다.

몬스터만이 아닌『인간의 악의』.

던전의『부조리』.

그러한 것들을 소대원들만의 힘으로 돌파하길 바랐지만, 어쩔 수 없다.

레피야는 직접『섬멸』하는 쪽으로 방향을 돌렸다.

"【얼어붙은 하늘, 천상의 비. 숲을 치장하는 백빙이여, 비열한 야만의 무리를 휩쓸라──】."

【엘프 링】에서 이어진 것은【로키 파밀리아】의 동료 아리시아 포레스트라이트에게 받았던 주문.

대륙 북방,『백빙(白氷)의 숲 파나세』가 고향인 그녀의 특기『빙결마법』이었다.

"【동결하라 겨울의 박쇄】!"

영창문의 완성과 함께 레피야의 머리 위에 출현한 것은 푸른색과 흰색으로 빛나는 구체.

학생들과 몬스터를 비추는 우박의 광채는 다음 순간 룸 전역에 쏟아져내렸다.

"【헤일 더스트】!"

헤아릴 수도 없는 무수한 우박의 탄환.

광구에서 뿜어져 나온 마력탄이 곡선으로, 직각으로, 온갖 궤도를 그리고 무시무시한 냉기를 흩뿌리며 몬스터들만을 적확하게 꿰뚫었다. 그야말로 하늘에서 쏟아지는 흉악한 우박과도 같이 전장을 얼어붙게 만들고 뒤흔들었다.

『━━━━━━━━━━━━━━━━━━━━━━━?!』

룸에 남아있던 모든 몬스터가 휩쓸렸다. 절명의 규환조차 얼어붙은『미노타우로스』와『라이거 팽』은 얼음 조각상이 된 직후 분쇄되어 안개 같은 다이아몬드 더스트로 변해 주위에 흩날렸다.

【헤일 더스트】.

레피야의【퓨절레이드 팔라리카】와 같은 광역 공격마법.

화염과 얼음의 속성 차이는 있지만, 무수한 마력탄을 일제히 쏘아내는 점은 비슷하다. 그러나【퓨절레이드 팔라리카】의 사정권이 정면뿐인『부채꼴』인 반면, 아리시아의【헤일 더스트】는『전방위』.

머리 위에 발생한 광구로부터 360도, 임의의 방향으로 소사할 수 있는 것이다.

지금 전장의 중심으로 이동한 레피야가 몬스터들을 섬멸한 것처럼.

【퓨절레이드 팔라리카】보다 위력과 사정거리는 떨어지지만, 범위성은 이쪽이 훨씬 높다. 리베리아가 이끄는『페어리 포스』내에서도 유용하게 쓰이는 마법이다.

어느 쪽이든 일장일단이 있다. 상황에 맞춰 구사하면 된다.

【사우전드 엘프】에게는 그런 반칙도 허용이 된다.

"우윽?!"

직격하지는 않았지만 얼음폭풍의 여파를 받은 루크가 지면에 엉덩방아를 찧었다.

밀리리아와 콜은 선 채로 겨우 견뎌냈지만, 광대한 룸을 동토로 바꿔버린 엘프에게 같은 마도사인 나노는 땅바닥에 털썩 주저앉고 말았다.

"……의도한 건 아니었지만 과제를 발견했네요."

하얀 서리와 푸른 얼음기둥에 뒤덮여 기온이 떨어진 서늘한 미궁 내에서 전투 종료를 확인한 레피야가 돌아보았다.

아직까지 춤을 추는 우박의 파편에 선황색 머리를 찰랑거리며, 아연실색한 『제7소대』 멤버들에게 다가갔다.

"루크, 당신은 항상 냉정하세요. 지휘까지 맡을 거라면 당신이 파티의 생명선이에요. 절대 쓰러져서는 안 되고, 소대원들에 대한 책임을 한 몸에 짊어져야만 해요."

"……."

"그리고 나노, 밀리, 콜은 루크가 없을 때도 파티를 통솔하는 방법을 익히세요. 그에게 조금 지나치게 의존하고 있어요. 각자의 능력을 올리는 것은 물론이고, 포지션도 유연하게 변경할 수 있도록 하세요."

"""*네, 넷!*"""

대답을 못 하고 있는 루크도, 목소리를 한데 모은 나노, 밀리리아, 콜도 레피야를 보는 눈이 달라졌다.

한편 당사자는 낯빛도 태도도 바꾸지 않은 채, 엉덩방아를 찢고 있는 소년의 앞에서 발을 멈추었다.

"루크. 나는 조바심을 낸 나머지 당신이 죽은 사람의 대열에 들어가서는 안 된다고…… 그렇게 생각해요. 당신이 쓰러지면 파티를 위험에 빠뜨리게 되죠. 무엇보다도 동료들이 슬퍼할 거예요."

"……나는……."

레피야가 내려다보고, 루크가 올려다본다.

조금 전까지는 닿지 않았던 말도 지금은 닿고 있었다.

자신의 행동이 무엇을 초래할지를 똑똑히 본 소년은 부끄러워하는 표정으로 입술을 깨물었다.

'조바심을 내서는 안 된다――라.'

그런 루크를 보며, 자신이 했던 말이 그대로 자신에게 돌아온 것을 깨달은 레피야도 한번 눈을 내리깔았다.

그것을 전제로 지금의 그에게 무슨 말을 해야만 하는지 ――지금의 자신에게 어떤 답을 낼지―― 잘 생각하고 말했다.

"그러니까…… 최대한 빨리 강해지는 거예요. 여러분도, 우리 모험자들도."

"에?"

크게 뜨인 눈과 시선을 마주하며 입술에 웃음을 맺었다.

"전 세계의 사람들이 괴로워하고 있다…… 솔직히 당신이 말하기 전까지 저는 거기까진 생각하지 못했으니까요. 제 일 하나만으로도 벅차서."

“……선배…….”

“그러니 저도 강해질 수 있도록 힘을 내겠어요. 당신에게 더 이상 야단맞지 않도록. 그리고 당신의 마음도 이루어질 수 있도록 여러분에게 가르칠 수 있는 것은 모두 가르치겠어요.”

그 말에 거짓은 없었다.

큰 싸움을 거쳐, 소중한 존재를 잃고 자신이 강해지는 것을 하염없이 추구해왔던 레피야는 이때 처음으로 심경의 변화를 맞았다.

이것이 로키의 의도였는지는 알 수 없다.

하지만 그들을 가르치면서 자신의 시야도 넓어지고 성장할 수 있었다는, 그런 생각이 들었다.

“루크. 또 마음에 들지 않는 점이 있으면 속에 담아놓지 말고 계속 말해주세요. 풀이 죽은 것 같지만, 무서워하지 않고 자신의 의견을 말할 수 있는 건 당신의 장점이라고 생각하니까요.”

“뭐, 뭐어?!”

그런 말도 전하자 루크는 이번에야말로 음정이 엇나간 목소리로 반문했다.

레피야는 언제나 예스맨이었다.

아나키티나 아리시아가 『학구』에 왔을 때도 거역할 생각은 못 한 채, 그저 강아지처럼 기뻐하며 “네!” 하고 고개를 끄덕이기만 했다. 아니, 【로키 파밀리아】에 입단한 후로도 그대로여서, 학생의 『연장선상』에 있을 뿐이었다.

루크는 다르다. 자신의 의견을 확실하게 발언하고, 이상하다고 생각하면 윗사람에게도 대든다. 그러면서도 지금처럼 자신의 잘못 또한 인정할 수 있다.

그것은 정말로 부럽고 대단한 점이라고 생각했다.

그러니 꼴사나운 모습을 보여 본인은 풀이 죽었어도, 레피야는 루크를 존경했다.

"아, 아까랑 하는 말이 완전히 다르잖아! 거역하지 말라더니……."

"전부 거역하지 말라고는 안 했는걸요? 의문을 느꼈던 것, 이상하다고 생각한 불만, 전부 쏟아내세요. 그러면 저도 최선을 다해 대답할 테니까요."

그러면 『학구』에서 자라났던 자신들은 틀림없이 더욱 강해질 수 있을 것이다.

레피야는 행간으로 그렇게 말하고, 단검과 완드를 허리에 꽂았다.

어중간한 자세로 일어나 눈을 껌뻑거리던 소년에게 오른손을 내밀었다.

그리고 문득 옛날의 기억을 떠올려, 마침 잘 됐다고, 그것을 말로 바꾸었다.

"괜찮아요. 얼마든지 타이르고 바로잡아줄 테니까요."

손을 내밀며, 레피야는 웃었다.

티 하나 없는 『선배』의 웃음으로.

그 웃음을 본 『후배』 소년은———.

무슨 병이라도 걸린 듯, 펑 소리가 날 것처럼 얼굴을 붉혔다.

요정추주

二

예술적이라고도 할 수 있는 조타로 호협을 통과해,『학구』는 3년 만에—— 그리고 당시의 레피야에게는 처음으로『항구도시 멜렌』에 귀항했다.

"『학구』가 돌아왔다아아아아아아————!!"

"어서 오세요—!"

"이번에는 어떤 모험을 하고 왔어—?!"

항구에 들어선 순간, 레피야는 자기도 모르게 감동하고 말았다.

항만을 따라 수많은 사람이 손이며 깃발을 흔들고, 심지어 악기까지 울려대며 맞이해주었기 때문이다.

오라리오 사람들까지 대거 밀려들어 구경하러 오는『학구 귀항』은 멜렌의 일대 이벤트라 해도 과언이 아니다. 항구만이 아니라 고지대 위, 건물 옥상에 현수막을 들고 폴짝폴짝 뛰는 사람들, 나란히 뛰며 손을 흔드는 앳된 아이들의 모습까지 보였다.

아이들을 태우고 전 세계를 여행하는『학구』의『고향』은 그야말로 자기 자식들인 것처럼 귀환을 기뻐하며 칭송해주었다.

"굉장해, 굉장해요 아리사! 이제까지 들렀던 다른 도시에서도 환영받기는 했지만 이렇게나 사람들이 모여든 건 처음 봤어요! 마치 이야기 속에 나오는 개선 퍼레이드 같아요!"

"응, 그러게. 나도 지난번 오라리오 출항 이후『학구』에 들어왔으니…… 이런 광경은 처음이야!"

아카데믹 레이어의 가장자리, 추락 방지용 난간 앞에 몰려든 학생들 속에서 레피야와 아리사도 흥분하고 있었다. 무언가가 시작되는 것은 아닐까. 그런 기대감을 가슴에 품을 정도로.

"오라리오는『실습』이 시작될 때까지 못 가겠지만, 멜렌 외출 허가는 오늘부터 해금됩니다. 부디 오랜만의 육지를 즐기고 오세요──라고 말하고 싶습니다만."

"『리크루트』를 기다리지 않고 오라리오 측의【파밀리아】가 멜렌 내에서 접촉을 시도하는 스카우트가 매년 다발하고 있다. 이만한 열기 속에서 들뜨는 것도 어쩔 수 없고, 학생 제군이 선택한 진로라면 우리 교사진도 뭐라 하지는 않겠다. 그러나 한때의 감정으로 인생을 망치는 행동은 하지 않도록──."

역시『학구 귀항』은 특별한지, 다른 나라나 도시에 들렀을 때는 없었던 전교 조회까지 열려 교장 발두르와 교사 필두 레온이 주의를 환기시키고 연락사항을 전달했다.

『학구』가 귀항할 수 있는 항구가 있다는 것 자체가 놀랍고, 온 멜렌이 나서 환영하는 모습에 감격했던 레피야도 마음을 다잡았다──환영을 받는 한편 여러 국적의 배로부터 무시무시한 불평이 접수되었다는 것을 알고 얼굴을 실룩거렸던 것은 나중 일이었다──.

"좋아, 오라리오 전야제다. 실컷 놀자! 멜렌에도 창관은 있다고 하니까!”

“갔다간 진짜로 너하고 인연 끊을 거야, 바다인.”

“무, 무서워. 농담 아니고 진짜로 무서워 아리사! 그렇게 쓰레기를 보는 눈으로 내 새로운 성벽을 개발하지 말아줘! 난 가슴 일편단심이라고!”

“레피야, 돈 좀 빌려줘. 연구 때문에 재산 탕진했어.”

“그건 상관없지만요…… 나센은 어딜 가려고요?”

“『멜렌 라~멘』.”

“라, 라멘?”

“아니야.『멜렌 라~멘』. 항구도시인 주제에 어패류가 아니라 돼지뼈 육수를 메인 요리로 하는 사도 중의 사도 가게야. 하지만 맛있어. 찍소리도 못할 정도로. 몸에 나쁜 걸 섭취한다는 걸 아는데도…… 그 기름을…… 몸이 원해…….”

“어, 네에……. 근데 애초에『라~멘』이란 게 뭔가요?”

“육수를 메인으로 건더기가 든 면, 이라고밖에는 말할 수 없어. 면류 요리는 세계 곳곳에 수없이 있지만 그것만큼 중독성이 있는 건 없지. 이렇게 말하는 나도 지난번 귀항 때 포로가 돼버렸어.”

“헤에…… 근데, 에?! 나센은 3년 전에도『학구』에 있었어요?! 혹시 그 귀여운 얼굴로 나보다도 연상?!”

“누가 연하의 프리티 쇼타라는 거야 짜샤. 뒤에서 똥침 놔버린다 이 자식.”

“히익?!”

하늘을 찌르는 백색 거탑을 눈앞에 두고 조바심을 느끼면서도, 학생들은 바다인이 말하는 『전야제』 기분으로 멜렌을 향해 쏟아져 나갔다(레피야가 멜렌의 가게에 대해 잘 알게 되었던 것도 이때였다).

조선소에서 오버홀을 받는 『학구』는 오랜 기간 동안 멜렌에 정박한다.

그것은 『길다』고 할뿐 명확한 기간이 정해진 것은 아니다.

반년으로 끝나는 경우도 있고, 1년쯤 걸리는 경우도 있다.

만전의 정비를 받지 못하면 3년 동안이나 세계를 여행할 수는 없고, 도중에 항행불능에 빠져 침몰해버렸다간 그보다 비참한 일이 없기 때문이다(이 해는 최장인 1년 반 동안 『정박』했다. 그리고 레피야는 정박 중에 【로키 파밀리아】에 입단하게 된다).

따라서 가장 오래 『학구』가 체류하는 이 기간을 노려 입학 지망자가 멜렌과 오라리오에 쇄도하는 것도 늘 있는 일이었다. 사실은 『학구』 학생들의 가장 많은 출신지는 멜렌과 오라리오다. 귀항 때 이렇게나 대대적인 환영을 받는 이유 중 하나는 정말로 자기 아이들이 있기 때문이기도 하다. 이 『전야제』 기간 중에 멜렌의 친가에 돌아가 가족들과 함께 시간을 보내는 학생도 결코 적지 않다.

수많은 이유에서, 『학구 귀항』이라는 이벤트는 하나의 전환점이 된다.

오라리오에 많은 모험자를 배출하는 『학구』가 『졸업식』

이라 부르는 행사——정확하게는 레피야처럼 중도입학자
와 졸업하는 자를 당시에 축하하는 전교생 축하회——를
개최하는 것도 이 시기다.

그리고 그『졸업식』은 오라리오에서의『특별 실습』을 마
친 후에 개최된다.

다시 말해, 던전이다.

"다들 대열을 흐트러뜨리면 안 돼. 신중하게 앞으로——
아니아니, 바다인! 나센! 말하기 무섭게 뭐 하고 있어!"

"너무 예민한 거 아냐 아리사! 평소의 야외조사처럼 착
착 진행해버리면 돼! 아직『상층』이잖아!"

"난 지난번에도 온 적 있어. 그보다도 흙. 벽. 던전 조성
을 채집해야 해. 예전에 모았던 건 이미 실험에 다 써버렸
으니까. 이번에야말로 말도 안 되는 미궁의 정체를 내 손
으로……."

"나센! 몬스터가 와요—?!"

오라리오 입성이 해금된 후, 레피야 일행도 넷이서 당장
던전 어택을 실시했다.

던전.

그것은『위세 숲』에서 레피야도 실컷 들어보았던 장소.
『고대』에는『구멍』이라 불리던 장소였으며, 인류를 멸망 직
전까지 몰아넣었던『괴물의 도가니』이자『마굴』.

첫 탐색 때는 정말로 긴장했다.

그리고—— 금방 익숙해졌다.

정말로 벽에서 몬스터가 태어나는 광경에는 놀랐고, 실제로 기습도 몇 번 당했지만, 저급 몬스터인『고블린』이나『코볼트』는 일격에 쓰러뜨릴 수 있었다. 지상의 같은 종족 몬스터보다는 분명 강하게 느껴져도 그들은 세계를 여행하면서 더 위험한 몬스터와 실컷 싸워보았다.

역시【랭크 업】을 마친 Lv.2란 초인이었다.

다른 나라나 도시 사람들이 두려워하는 수많은 위험지대도 돌파할 수 있다. 그것은『세계 3대 비경』중 하나로 꼽히는 던전에서도 예외가 아니었다.

『상층』에서『고블린』과『코볼트』를 사냥하는 사이에 레피야 일행의 던전에 대한 인식도『이 정도구나』하는 것으로 바뀌었다.

"하지만 엇갈려 지나가는 모험자들과 우리는 뭔가 다른 것 같아. 말로 표현할 수 없는 게 답답하지만,『효율』이라고 해야 하나……."

"맞아. 모험자는 가슴이 크니까. 크진 않아도 모양이 좋은 경우가 많고……."

"가슴하곤 상관없어요. 하지만 아리사 말도 이해가 가요. Lv.을 포함한 기본 능력은 우리가 더 위인데도, 환전소에 가보면 하급 모험자 파티가 더 많은 돈을 번 경우가 많으니까요."

"우선『마석』을 몬스터의 시체에서 추출해 수집하는『전

제』부터 달라. 지상의 몬스터는 몇 세대나 되는 번식을 통해 가슴의 『마석』이 작아졌어. 몸을 해부해도 거의 눈으로 확인할 수 없을 정도로. 하지만 던전에서 직접 태어나는 오리지널은 상층 영역에서도 작아봤자 1C에서 1.5C, 손톱만한 크기야. 이게 직접적인 수입원이니까 『효율』도 올리지 않을 수 없겠지. 서포터라는 『문화』도 거기서 발단한 게 틀림없어. 전문직 서포터는 멸시된다고 하지만 그건 그거대로 던전을 탐색해가는 데에 유용한——"

"그러니까 얘기가 너무 길다고, 나센!"

약 1명 평소와 다를 바 없는 불즈는 내버려 두고, 던전 탐색을 마친 그들은 기숙사의 식당에서 몇 번이나 이야기를 나누곤 했다. 다른 『소대』와도 적극적으로 의견을 교환하면서.

나센이 모조리 해석하고 분석했듯 던전의 생태계나 『지형이 수복되고 벽에서 몬스터가 태어나는』 구조도 흥미진진했다. 내려가면 내려갈수록 경치를 바꾸는, 인류의 지혜로는 헤아릴 수 없는 지하미궁. 레피야는 도달 계층을 갱신할 때마다 심장이 크게 뛰는 것을 느꼈다.

게다가 레피야는 던전 내에서 유독 활약을 하고 말았다. 『포대』라 불릴 정도의 화력이 기회를 얻은 것처럼 맹위를 떨쳤던 것이다. 『제7소대』의 연계는 뛰어나고, Lv.1이라곤 해도 우수한 통찰력을 가진 나센의 지시가 더해지니 레피야의 마법화력은 몬스터들에게 반격의 기회를 주지 않았다.

만능감, 혹은 전능감.

전 세계에 모르는 이가 없는 던전에서 누구보다도 활약할 수 있다는 사실에 고양되지 않고 새침한 표정을 짓기는 어려웠다.

"레피야 대단해! 그렇게나 많던『오크』떼를 한 방에 해치우다니!"

"아, 아리사랑 나센이 지시를 해준 덕이에요……. 전열에서 날뛰는 바다인이 더 대단한걸요."

"그렇지 않아! 바다인도 레피야의 지원이 있으니까 마음 놓고 공격할 수 있다고 했는걸!"

던전의 구조상『전열』과『후열』은 확실하게 역할이 분담된다.

당시의『학구』내에서도 뛰어난『마력』을 가졌던 레피야가 전장의 각광을 받는 것은 어떤 의미에서 당연했으며, 아리사는 흥분한 표정으로 말했다.

"너 모험자 적성 있는 거 아닐까?"

그녀의 그 말이 레피야가『모험자』라는 직업을 의식하기 시작한 계기가 되었는지도 모른다.

그날,『학구』는 멜렌에 귀항했을 때와 견줄 만한 흥분에

휩싸여 있었다.

"얘, 저 마차 아냐?!"

『학구』바로 앞에서 정차해 내려온 캣 피플과 엘프 여성 모험자에게, 이번에도 난간 앞에 모여 있었던 학생들은 환호성을 터뜨렸다.

"【로키 파밀리아】다!"

"검은색 캣 피플과 물엿색 머리카락의 엘프…… 【아르샤】하고 【엘 리프】?!"

"제1급 모험자인 간부들은 없어?"

"멍청아, 둘 다 Lv.4라고!"

"Lv.4인데 간부가 못 되다니 그게 무슨 소리야……."

"【로키 파밀리아】장난 아니다~!!"

『리크루트』를 위해 혼 【로키 파밀리아】를 보고 『학구』의 학생들은 열광에 빠졌다.

아나키티와 아리시아는 쓴웃음을 짓는 것처럼 보이기도 했으나, 그들이 손을 흔들어주자 남학생도 여학생도 고함을 지를 정도였다. 얼마나 굉장했는가 하면, "엘프 쪽이 사실은 더 가슴이 좋다고! 벗으면 더 굉장할걸! 난 알아!"라고 바다인이 칭송하자 "정말 뒈져버려 바다인!!" "진짜로 죽어 바다인!!" "절대 언니들한테 다가가지 마 바다인!!"이라며 아리사를 비롯한 여학생들이 진심으로 그를 두들겨 팰 정도로 굉장했다. 그 광경을 보고 만 레피야도 낯이 새파랗게 질렸을 정도로.

【로키 파밀리아】의 명성은 레피야도 알 정도였으며, 주위 사람들처럼 환호성을 질러대거나 하지는 않았지만, 남몰래 흥분하기는 했다.

『제우스와 헤라를 대신할 새로운 희망』.

『미궁 공략의 최전선』.

『파룸 용자와 엘프 왕족, 그리고 드워프 대전사가 이끄는 대파벌』.

세계 곳곳에서 그런 칭송이 들려오는, 오라리오의 최대 파벌이다.

존경하고 숭배하는 왕족 하이엘프가 속한 【파밀리아】이기도 해서, 의식하지 않았다고 하면 새빨간 거짓말이 될 것이다.

"이렇게『리크루트』를 오기는 했지만…… 알다시피 우리 【로키 파밀리아】는 첫 참가야. 모르는 것도 있을 테니까 그 점은 잘 봐줘."

"물론 이렇게 찾아온 이상 진지하게 대할 생각이에요. 부디 여러분 중에서 함께 어깨를 나란히 할 권속이 나타나기를 바랍니다."

강당을 빌려 열린 설명회에서 본 아나키티와 아리시아는 레피야의 눈으로 봐도 아름다웠으며, 소위『잘 나가는 여성』으로 비쳐, 같은 여자로서 동경하지 않을 수 없는 존재였다.

발두르와 사이가 나쁜 로키가『학구』졸업생을 거두지

않는다는 것은 유명했으며, 이번『리크루트』에서도 상당히 불평했다고 한다. 길드에 몇 번이나 의뢰를 받아 어쩔 수 없이 파견했다나. 실제로 아나키티와 아리시아가『학구』에 찾아온 것도 예정보다 꽤 늦었다.

그래도 다른 파벌에 앞서,『학구』내에서 체류하며 설명회를 열어준 아나키티와 아리시아의 곁에는 항상 사람이 모여 있었다. 이야기며 질문을 하고 싶다는 의욕에 가득 찬 학생들이다. 전투기술학과 사람들을 상대로 열린 설명회에서 간이적인『대련』을 열어준 후에는 그 수가 급증했다. 아나키티는 검기, 아리시아는 마법과 활로 많은 이들을 포로로 만들었던 것이다.

도저히 개인적으로 이야기를 나눌 수는 없겠다고, 레피야는 그렇게 생각했지만,

"안녕, 동포."

"에………에에에엑?! 아, 아리시아 님과 아나키티 님?!"

"『님』은 안 붙여도 돼. 우리 모험자들은 그렇게 예의 바른 인종이 아니니까."

우연히 서고에서 혼자 과제를 하고 있을 때, 마찬가지로 우연히 서고를 찾아왔던 그들이, 놀랍게도 먼저 말을 걸어주었다. 아리시아와 아나키티가『리크루트』를 할 때의 조건 중에는 서고를 비롯한『학구』시설의 이용 및 견학이 있었다고 한다.

공황상태에 빠져버린 레피야가 재미있었는지 두 사람은

그녀를 데리고 나가 사람이 아무도 없는『브레이다블리크』
의 테라스에서 셋이 이야기를 나누었다.

"헤에, 너『엘리트 부대』라는『제7소대』의 일원이야?"

"아, 아뇨, 엘리트는 고사하고 문제아 집단이라……! 규
율도 늘 어기기만 하고, 소대가 해체되지 않는 게 이상할
정도여서……!"

"후후, 모험자도 비슷해요. 아까 아키도 말했지만 예의
바른 사람은 거의 없으니까요."

아카데믹 레이어를 한눈에 내려다보며, 바람의 장난에
머리가 이리저리 흩날리던 레피야는 처음에는 딱딱하게
긴장했지만, 이런 기회는 두 번 다시 없으리라 마음을 고
쳐먹고 과감하게 질문을 해보았다.

"저기, 아리시아 씨, 아나키티 씨! 어째서 오라리오의 모
험자들은 미궁 탐색에만 힘을 쏟는 건가요?"

"이상한 말을 하네. 모험자니까, 라는 대답을 듣고 싶은
건 아니지? 무슨 뜻이야?"

"어……『길드』에 던전에 관한 정보가 모여드는 건 알아
요. 도시를 지탱하는 마석 제품 교역을 위해 모험자들에게
많은『마석』을 모으게 한다는 의도도. 그래도 그런 던전이
라는 비경에서, 눈에 뜨이는 연구가 진행되지 않고 있다는
게 마음에 걸려서……."

『학구』에서『미지』의 포로가 된 레피야의 입장에서 오라
리오의 모험자는『매우 부자연』스럽게 보였다.

인류의 지혜가 미치지 못하는 『알 수 없는 것』이 눈앞에 있는데 아무도 해명하려 들지 않는다.

아니, 하고는 있겠지만 적극적으로 보이지는 않았다.

특히 모험자들은 하루하루 살아갈 돈을 벌기 위해 던전을 탐색하는 자가 압도적으로 많다.

레피야도 【파밀리아】의 시스템은 알고 있다. 주신이 생활을 영위하기 위해 『은혜』를 내려주고, 권속에게 돈을 벌게 한다. 『학구』의 구조가 특별하다는 것도 잘 안다. 하지만 그렇다 해도 어떻게 그런 『미지』의 덩어리를 방치할 수 있단 말인가.

지식욕이 향하는 대로 문제를 남발한다고는 하지만, 던전의 정체에 다가가려 하는 나센 쪽이 훨씬 정상으로 보였다.

"왜 모험자는 던전의 수수께끼를 해명하려 들지 않는 걸까 싶어서…… 이상하다는 생각을 했어요."

오라리오의 방침일까.

아니면 해명할 필요가 없다는 **신들의 신의**?

레피야는 말수가 많아졌다. 긴장과 흥분도 크게 한몫했겠지만, 역시 그녀도 『학구』의 학생이었다.

그 모습을 흐뭇하게 바라보던 아리시아가 대답해주었다.

"요구되는 것이 다르기 때문이에요."

"네?"

그렇게 말하며 조용히 웃음을 머금더니 말을 이었다.

"당신이 생각하는 대로, 모험자들은 하루하루 살아가는

것만도 벅찬 사람들이 대부분을 차지하죠. 부와 명예, 혹은 꿈과 야망, 그러한 것들을 추구해왔던 사람들의 대부분이 현실과 싸우고 있어요."

"……."

"하지만 일부 사람들은…… 우리【로키 파밀리아】를 포함한 상위 파벌은 무엇보다도『강함』이 요구되지요."

"강함……?"

"맞아요. 강함이 필요한 이유는 많지만——『세계의 비원』을 달성하는 것. 모든 것은 여기로 이어져요."

"!!"

그 말에 레피야는 흠칫 놀랐다.

"세계가 바라는『3대 퀘스트』. 제우스와 헤라가 사라진 지금, 누군가가 해야만 하죠. 그리고 그건 오라리오의 모험자로 정해져 있어요."

레피야는 자신이 잊고 있었다는 사실을 인정했다.

아리시아의 말대로, 지금 오라리오에 요구되는 것은『살아 있는 종말』을 타도하는 것. 그것은 천 년 전부터 바뀌지 않았다.

부와 명성, 야망을 추구하기 때문이라는 이유는 개개인 사이에서는 물론 존재할 것이다. 그러나 도시 최대 파벌이라 칭송받는【로키 파밀리아】와【프레이야 파밀리아】가 던전을 공략하고 있는 근본적인 이유는 이것이다.

"이렇게 말하는 저도『용의 계곡』에 가까운 북쪽 대지에 마을이 있죠. 근처의 마을이나 숲을 위협하는 가증스러운 용을 도태시키고 싶기에 오라리오에 왔어요. 일족의 성녀님인 셀디아 님처럼……이라면 주제넘은 소리가 되겠지만, 분노와 사명에 사로잡혀 모험자가 된 건 사실이니까요.”

모험자로서 싸울 동기의 일부까지 말해준 아리시아는 “이제는 셀디아 님과 같은 하이엘프의 혈통 리베리아 님 밑에서 싸울 수 있는 것을 무엇보다도 영광으로 생각하고 있어요”라고 말하며 활짝 웃었다.

“누구나 세계를 구하기 위해 싸우고 있다고는 하지 않겠어요. 하지만 우리는『역할』을 이해하고 있다고 생각해요.”

“『역할』…….”

“게다가 계층을 답파하고 아득히 먼『최심부』에 도달했을 때, 던전의 수수께끼를 해명할 수 있다고…… 모험자는 본능적으로 그 사실을 알고 있는 건지도 몰라요.”

그야말로 아직 던전이『구멍』이라 불리던 시대, 인류의 보루를 세우면서 용병과 탐색자들이『미지』에 끝없이 도전했던 것처럼.

아리시아는 그렇게 마무리를 짓고, 레피야의 의문에 대한 자신의 해답을 제시했다.

넋이 나갔던 레피야는 “고, 고맙습니다!”라고 인사를 했다.

그때의 레피야는 어째서인지 심장이 두근거리고 있었다. 모험자들 중에도 분명 고결하고 반짝반짝 빛이 나는

【로키 파밀리아】의 단원들을 접하면서 고양되었는지도 모른다.

레피야는 자기도 모르게 다음 질문을 하고 있었다.

"저, 저기요! 제가 모험자를 지망한다는 건…… 저기, 어, 이상할까요? 뭐라고 해야 하나, 진로 중 하나라고 해야 하나…… 저, 절대 어중간한 마음이나 불순한 동기에서는 아니지만요!"

아리사에게 『적성이 있다』고 칭찬을 받아서 의식하게 된 것도 있다.

괜찮지 않을까? 하고 찬동해주길 바랐던 것은 아니었다. 다만 자신도 눈앞의 눈부신 존재가 될 수 있지 않을까, 그렇게 감화되었기에 한 질문이었다.

그 질문에 아리시아가 아니라 아나키티는 조금 고민하는 표정을 지었다.

"……『리크루트』로 와놓고 이런 말을 할 자격은 없겠지만…… 추천하진 않겠어."

"네……?"

"난 신이 아니니까 확신을 가지고 말할 순 없지만, 아리시아가 마음에 들어할 정도라면 넌 소질 있는 엘프일 거야. 하지만 만약 남에게 그런 말을 들어서 왠지 그냥 하고 싶어졌던 거라면, 모험자를 지망하는 건 관둬."

마음속을 엿보인 것 같아 레피야는 배 언저리가 뜨거워졌다.

아나키티는 결코 나무라는 것이 아니라『충고』의 음성으로 말했다.

"모험자는 절대 화려한 직업이 아니야. 괴로운 일도……
아니, 괴로운 일이 훨씬 더 많아. 그러니까 나는 지금의 너에게는 추천할 수 없어."

『하다못해 너 자신이 되고 싶다고 생각하지 않는 한은』이라는 그녀의 말에 레피야는 찬물을 뒤집어쓴 기분이 들었다.

실감이 담긴 아나키티의 말은 무엇보다도 옳았으며, 레피야의 동기는 무엇보다도 얄팍했다. 수치심이 엘프의 귀를 태워, 구멍이 있으면 들어가고 싶다는 충동에 시달렸다.

그리고 그런 레피야의 마음 정도는 또렷이 알았을 것이다.

아리시아는 아나키티의 어깨에 손을 얹고 레피야의 눈앞까지 와서는, 말해주었다.

"괜찮아요."

"우……?"

"흥미를 가졌다는 건 전혀 부끄러워할 일이 아니니까요. 그리고『동경』이라면 더 소중히 해야 하는걸요. 중요한 건 현실을 알았을 때 흥미와 동경에만 그치지 않고, 생각하고 행동하는 것이에요. 원하는 것을 위해, 지향해야 할 것을 위해…… 혹은 목표를 발견하기 위해."

레피야의 손을 잡고, 반대쪽 손으로 감싸면서 아리시아

는 미소를 지었다.

언니처럼. 인생의 선배처럼.

"그러니까 아무것도 모르겠다면, 그때는 뛰어들어보세요. 그리고 얼마든지 실패를 하세요. 젊은이의 특권은 실패하는 것이니까요."

『다만 돌이킬 수 있는 범위 내에서요』라고, 아리시아는 처음으로 장난스럽게 웃음을 지어보였다.

눈을 크게 뜬 레피야를 다독이는 그녀의── 엘프 연장자의 모습에 아나키티는 어깨를 으쓱하며 웃고 있었다.

"만약 당신이 내 목소리가 닿는 곳에 있다면. 그때는 얼마든지 다독이고 바로잡아줄게요."

레피야는 지금도 그 말을 기억한다.

어쩌면 레피야가 처음으로 동경했던 모험자는 아리시아인지도 모른다.

그녀에게 손을 잡혔던 레피야는 그날부터 더욱 진지하게 자신의 진로에 대해 생각하게 되었다.

아리시아, 아나키티와 이야기를 나눈 후로도, 학점 취득을 위해 던전에 내려가는 하루하루가 이어졌다.

유사하게나마 모험자의 경험을 맛보면서 많은 생각을 하고, 그래도 답은 나오지 않았다.

『모험자냐, 그 이외의 직업이냐』. 그런 극단적인 생각을 할 정도로 레피야는 오르리오에 많은 영향을 받게 되었다.

“웨일 오빠! 오랜만이에요!”

“여어, 레피야. 역시 왔구나. 너희 어머니 라피가 네가
『학구』에 입학했다는 편지를 보냈을 때부터 오늘 같은 날
이 오지 않을까 생각했지.”

그날, 레피야는 혼자서 어떤 찻집을 방문하고 있었다.

오라리오 남서쪽의 골목길 끝에 있는 가게의 이름은
『위셰』.

짐작한 대로, 레피야와 동향인 엘프가 미궁도시에서 경
영하는 찻집이었다.

너무나 직설적인 그 이름을 들었을 때 레피야는 자기도
모르게 웃음을 터뜨릴 뻔했지만, 기뻤던 것도 사실이었다.
마을의 동포와, 어딘가 멀리 떨어진 고향을 방불케 하는
가게 내부는 회향의 정에 사로잡히게 했으며, 동시에 쓸쓸
함 같은 것도 누그러뜨려 주었다. 애초에 이 카페에 발을
들인 것도 어렸던 자신을 아는 사람과 진로 이야기를 하기
위해서였다.

하지만,

“──웨일, 친척이냐?”

“아니야 헤딘. 마을의 동포야. 친구의 딸이지.”

“그렇겠지. 너하곤 안 닮았으니.”

그날, 가게 안에는 또 한 사람의 손님이 있었다.

마스터와 마찬가지로 안경을 낀 동포.

여성인 레피야가 부러워할 정도로 금색 장발은 아름다

웠으며 피부도 뽀얗다.

남성이면서도 절세의 미모라 할 수 있는 용모에 자기도 모르게 넋이 나갔을 정도였다.

……근데, 어? **헤딘**?

그 이름에 고개를 갸웃거리고 있으려니, 그는 읽던 책을 덮고, 놀랍게도 자리에서 일어나 이쪽으로 다가왔다.

"『학구』의 학생이군. 모험자를 지망하나?"

"네? 네?"

"만약 아직도 진로를 결정하지 못했다면 우리 【파밀리아】를 선택지에 넣어둬라."

"기다려봐 헤딘. 레피야가 스스로 결정한다면 몰라도, 난 이 아이가 너희 【프레이야 파밀리아】에 들어가는 건 반대야. 너희 파벌은 여러모로 살벌하고."

"살벌하지 않은 모험자 집단이 이 오라리오 어디에 있다고. 게다가 나는 오라고 하는 것이 아니다. 가능성을 제시하고 있을 뿐이지."

갑자기 말을 거는 바람에 눈을 깜빡이고 있던 레피야는 그와 마스터의 대화를 듣고 입을 딱 벌렸다.

'에에~~?! 【프레이야 파밀리아】의 헤딘이라면, 헤딘 셀랜드?! 【힐드슬레이프】라는 칭호가 있는 **제1급 모험자**! 그 리베리아 님과 같은, 제일 유명한 엘프 중 한 사람!!'

그 자리에서 고함을 지르지 않았던 것은 기적이라 해도 과언이 아니었다.

설마 『오라리오의 최강 전력 중 하나』와 만날 줄은 몰랐던 레피야는 석상이 되어버렸다.

그것은 아리시아나 아나키티와 만났을 때 이상의 충격이었는지도 모른다.

그보다 마을에서는 염소처럼 느긋한 오빠로 알려졌던 이 마스터는 대체 어떤 경위로 제1급 모험자 같은 존재와 친해졌는가 하고 온갖 의미에서 혼란스러워하고 있으려니, 헤딘은 흠칫거리는 레피야를 보고 말했다.

"좋은 마력을 가졌군. 만약 관심이 있다면 오도록. 네놈은 우리 주인의 눈에 들 거다. ……예감이지만."

그리고 카운터에 금화를 놓고는 가게를 떠났다.

레피야는 그 뒷모습이 사라진 후로도 넋이 나가 가게의 문을 바라보고 있을 수밖에 없었다.

마스터는 "오랜만의 재회니 내가 살게"라며 태평하게 홍차를 끓이고 있었다.

레피야는 지금 막 있었던 사건을 믿을 수가 없었다.

그리고 이때 만났던 헤딘이 장래 적대 파벌의 간부로서 대립하게 되리라고는 꿈에도 생각하지 못했다. 생각할 수 있을 리가 없었다.

"제1급 모험자에게…… 스, 스카우트받았어?"

그것이 레피야에게 오라리오에서 만났던 기념해야 할 만한 첫 스카우트였다.

좋든 나쁘든 레피야는 『모험자』라는 존재를 의식하지 않을 수 없게 되었다.

⊡

"웬일일까, 레피야가 혼자서 내 교직원실에 찾아오다니. 그래서 할 말이란 건 뭘까?"

"그게…… 진로에 대해서, 말인데요…….."

며칠 후.

마침내 머리가 과열된 레피야는 레온을 찾아가 상담을 청했다.

눈치를 챈 발두르의 배려로 교직원실에서 단 둘이. 그가 권하는 대로 의자에 앉아, 레피야는 손을 이리저리 문질러 가며 더듬더듬 말을 시작했다.

아리사에게는 권유를 받고.

아나키티에게는 경고를 받고.

아리시아에게는 동경을 품고.

헤딘에게는 직접 스카우트를 받아버렸다.

『모험자』라는 말이 이제는 레피야를 고통에 빠뜨리고 있었다.

남에게 칭찬을 받고, 궁금해지고, 조금 착각도 해버리고, 해보고, 진퇴를 결정한다.

아마도 많은 아이들이 그렇게 하고 있지 않을까 생각했다. 어쩌면 생각한 것과는 다를지도 모르지만 결심을 하고 해보면 의외로 어떻게든 될지도 모른다.

레피야는 지나치게 많은 생각을 하고 있는 것뿐일지도 모른다.

하지만 『자신이 하고 싶은 것』, 『되고 싶은 것』이 보이지 않는 레피야는 어떻게 해도 걸음을 내디딜 수가 없었다.

"그렇군……. 미리 말해두지만 레피야와 같은 고민을 하는 학생은 많단다."

"……."

"하지만 네 경우에는 아무래도 주위가 내버려 두질 않는 것 같구나. 그게 망설임의 또 다른 요인 또한 되고 있어."

"그, 그럴 수가."

쓴웃음을 지은 레온은 레피야의 이야기에 귀를 잘 기울이며 여러 가지 선택지 또한 제시해주었다. 지금 있는 멜렌과 오라리오에서 이용할 수 있는 인턴, 『학구』의 졸업생이 선택했던 여러 가지 진로 등. 테이블에 대형 파일을 펼쳐놓고 온갖 정보를 짚어주었다.

우유부단한 레피야는 『알미라지』 같은 신음소리를 내며 역시 답을 내지 못했다.

그래도 레온은 싫은 표정 하나 짓지 않고 진로 상담을 계속해주었다.

다리를 꼬지도 않고, 의자에 앉은 채 턱에 손을 짚었다. 그런 생각하는 몸짓 하나만 봐도 보면 볼수록 멋있다고, 머리를 지나치게 써서 몽롱해진 레피야는 뜬금없는 생각을 했다.

곧잘『얼음』에 비유되는 엘프와는 또 다른 단아한 얼굴. 정한하면서도 늠름하다. 이러니 아리사나 다른 소녀들이 빠져들 수밖에 없겠다고 묘하게 납득해버렸다.

레온이 인기 있는 이유 중 하나로『기사 같다』는 형용이 있다.

주신 발두르가 신의 이상형이라고 한다면, 그는 아마도 『기사』의 체현이라 해도 좋을 것이다. 아름다운 자세란 그 것만으로도 사람을 매료시키는 법이다.

레온 본인은 교사의 견본,『이끄는 자』로서 스스로를 엄하게 다스리고 있을 뿐이지만 그것이 매우 잘 어울리는 것이다. 일반적인『교사』라는 이미지를 뛰어넘어『기사』라는 단어로 이어져 버릴 정도로.

누구에게나 진지하게 대하는 그의 모습은, 그렇다, 본래 『기사』의 것에 가까웠다.

"레피야, 마시거라."

"네……? 레, 레온 선생님, 이건…….."

"비밀이다."

이야기가 길어져 밤이 꼬박 깊어졌을 무렵.

레온이 입술에 손가락을 가져다 세우며 내밀어준 따뜻한 포도주의 온기를 레피야는 지금도 잊지 못한다.

질겁할 정도로 사랑에 빠진 소녀의 모습을 구가하는 아리사가 곁에 없었다면.

레피야의 첫사랑은—— 분명 레온이 되었을 것이다.

"레피야. 나는 내가 나아갈 길은 계속 고민하는 것이라고 생각한다. 지금의 너처럼."

"네?"

"그러니까 너는 전혀 잘못하는 게 아니야. 많이 고민하고 망설여라. 다만 그걸 타성으로 바꾸어서는 안 돼."

벽에 몸을 기대고 선 채, 레온은 김이 피어나는 포도주에 자신도 입을 가져다 대며『교사』가 아닌 한 개인의 말을 이어나갔다.

"고민한 끝에 겪은 실패는 너를 현명하게 할 거다. 하지만 고민하지 않은 끝에 겪은 실패는, 많은 경우, 재산이 되진 않을 거다."

"레온 선생님……."

"그러니까 생각해. 답이 나오지 않는다면 더 오래, 더 깊이. 발두르 님도 말씀하셨듯."

『그리고』라는 말을 덧붙이며.

지금의 자신이 전할 수 있는 마음을 레피야에게 제시했다.

"마음이 떨렸을 때, 자신에게 정직해지는 거다."

"『마음이 떨렸을 때』……?"

"그래. 나는 내 마음이 어쩔 수 없을 정도로 떨렸던 그때. 교사가 되기로 맹세했지."

레피야를 부드럽게 내려다보는 사자색 눈은 어른의 눈을 하고 있었다.

그런데도 아이 같은 광채가 눈동자 깊은 곳에서 보였다.

언젠가 자신이 되고 싶은 것을 결정할 때.

레온이 교사를 지망했던 이유를 물어보고 싶었다.

레피야는 그때 분명 그렇게 생각했다.

　

　

레온의 이야기를 듣고, 레피야는 더 생각하기로 했다.

좀 더 자신의 마음과 마주해보기로 했다. 그것은 잘못된 것이 아님을 알았으므로.

"레피야, 18계층에 가자!"

"네…… 네, 네에?! 무슨 소릴 하는 거예요, 바다인! 『학구』 학생이 갈 수 있는 건 15계층까지잖아요?!"

"『언더 리조트』를 꼭 한 번 내 눈으로 보고 싶어! 나센은 이미 이쪽으로 끌어들였다고! 그밖에도 편이 많이 있어. 우리의 모험심을 멈출 방법은 없다!"

"아, 안 돼요! 던전의 금지사항만은 절대 어겨선 안 된다고 레온 선생님도 그렇게나 말씀하셨잖아요오!"

"교칙과 교사의 가르침은 어기기 위해 있는 거야!"

"절대 아니에요! 앗, 바다인! 가버렸어요……. 아~ 진짜, 아리사~! 도와주세요~!"

그리고 『던전 실습』이 최고조에 접어들었을 무렵.

레피야는 『모험자』란 무엇인지를 깊이 알게 된다.

4장

가르치는 이, 배우는 이

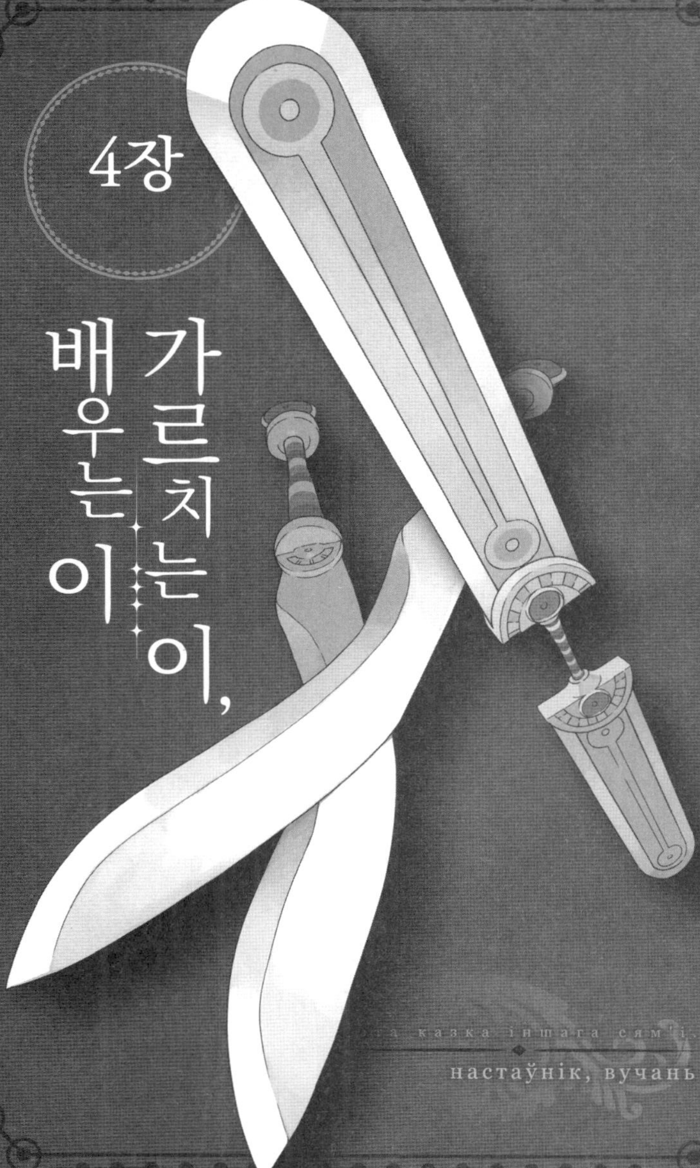

а казка іншага сям'і.

настаўнік, вучань

첫 『던전 실습』을 마친 후, 레피야의 인스트럭트는 원활해졌다.

어디까지나 『제7소대』와의 관계가 신뢰라 부를 만한 것으로 바뀌었기 때문이다.

오라리오 모험자로서의 모습을 보인 레피야는 존경을 모았으며, 나노와 밀리리아는 그녀를 더욱 흠모하게 되었다.

"『암굴미궁』에서 『이상사태』에 말려들었을 때의 긴급수단 중 하나로, 아래 계층을 향해 피난하는 방법이 있어요."

"더 깊은 계층일수록 위험도가 높아지는 던전에서요?"

"세이프티 포인트가 있는 건 알았지만요오…… 위로 돌아가는 편이 더 편하지 않나요오?"

"『수직굴』이라는 지형을 가진 『암굴미궁』이기에 발생할 수 있는 『최악』이자 『최선』이 존재해요. 옳고 그른 걸 떠나서, 나노 말대로 돌아가는 편이 안전하기는 하지만…… 그게 허용되지 않을 경우가 있어요. 혹시 모르니 마음 한구석에는 담아두세요."

"……『수직굴』을 회피하는 게 제일 중요하다는 거겠지. 구멍의 출현은 무작위라지만 정말로 규칙성은 없는 건지……. 없나요, 선배?"

"좋은 질문이에요, 루크. 암굴 내의 『수직굴』은 벌어졌다가 닫히기를 반복하지만, 특정한 포인트가 아니라 시간대에 따라 구멍의 출현이 집중되는 지역이——"

매일 『던전 실습』에서 돌아올 때마다 빈 교실을 빌려 열리는 반성회 겸 이론 강좌.

『제7소대』의 멤버들은 의욕적으로 발언하고, 레피야도 여기에 호응해주었다.

루크는 처음이 처음이었던 만큼 겸연쩍어하기는 했지만, 레피야의 지시를 잘 따르고 모험자로서의 가르침을 청하게 되었다. 말투도 바꾸려고 노력했다.

그의 『세계에서 고통스러워하는 사람들을 구하고 싶다』는 초심은 변하지 않았지만, 자신에게 맞지 않는 진행속도를 바라는 것은 그만두었다. 그는 지금 할 수 있는 일을 전부 받아들이고, 그러면서 자신과 동료들을 죽음으로 몰아넣지 않을 『최대 속도』를 바라게 되었다. 소년의 그 한결같은 자세가 레피야에게는 역시 눈부시게 비쳤다.

"적극적으로 나서기 쉬운 루크에게는 전열수비수의 시점과 기술, 반대로 한발 물러서기 쉬운 콜에게는 적극성과 모종의 공격수단, 밀리에게는 효율적인 마인드 운용과 『병행영창』 기술, 나노에게는 우리 엘프의 『거목의 마음』을……. 나노와 밀리는 제가 가르쳐줄 수 있지만 루크와 콜은 레온 선생님 같은 분들의 힘을 빌리는 편이 좋겠어요."

무엇보다 레피야 또한 『인스트럭터』로서 적극적으로 대처하게 되었다.

물론 이제까지 제대로 하지 않았던 것은 아니지만, 가르치는 즐거움과 인도하는 책임을 선명하게 자각했던 영향이 컸다. 자신에게 배정된 『학구』의 객실에서 노트에 깃털 펜을 놀리는 그녀의 뒷모습에, 차를 가져다주었던 아리사는 "옛날의 우등생 레피야가 돌아왔네"라며 기뻐했다.

그리고 『제7소대』 전용의 『인스트럭션』이 잘 이루어지게 되었다면, 다음은 본격적인 『강연』이 기다리고 있었다.

"──모험자로서 저보다도 현명하고 경험이 많은 분은 셀 수도 없을 정도로 많아요. 그러니 제가 여러분에게 가르칠 것은 『학구』의 학생이 모험자가 되었을 때의 『가치관』 차이에 대해서예요. 오라리오에서 학생 시절의 세계관은 완전히 바뀔 거라고, 그렇게 생각해주세요."

강당.

아레나 형태의 홀에는 현재 빈자리는 하나도 존재하지 않았다. 선 채로 귀를 기울이는 자도 있을 정도였으며, 열렬한 학생들의 눈빛이 단상에서 이야기하는 레피야에게 쏠려 있었다.

불특정다수를 대상으로 한 상급 모험자의 『강연』은 희망자가 쇄도했다.

모험자를 제1지망으로 생각하는 자들이 우선시된 것은 당연하지만, 전투직을 희망하지 않는 학생들도 응모하고 싶다는 목소리가 잇달아 솟아나, 급거 아카데믹 레이어에서도 가장 넓은 『제1강당』을 사용하게 되었을 정도였다.

『학구』의 졸업생 겸 현역 제2급 모험자, 그리고 도시 최대 파벌【로키 파밀리아】의 일원의 『강연』이기도 해서 대인기의 양상을 띠었다. ——여담이기는 하지만 리크루트를 온 일반 모험자들은 이러한 『강연』은 열지 않는다. 『학구』의 졸업생인 레피야이기에 의뢰를 받은 것이었다.

"『던전은 살아있다』. 다양한 학설과 문헌이 이 말을 하고 있지만, 우리 모험자들의 인식은 다릅니다. 『던전은 의지를 가지고 있다』. 무한히 몬스터를 낳는 그 지하미궁에는 명확히 모험자를 **죽이려 하는** 순간이 존재합니다."

『……!!』

"야외조사의 일환으로 여러분도 몬스터의 소굴이나 유적에서 모험을 해봤겠지만, 던전의 경우에는 대자연 그 자체—— 아니, 『천재지변』이 적이라고 파악해두어도 좋을지 모르겠네요. 이제까지 모험자는 몬스터에게 이길 수는 있었어도, 던전에게는 번번이 패배했습니다."

희망자의 수를 들은 레피야는 처음에는 당황하기는 했으나, 단상에 올라가 헤아릴 수도 없는 학생들을 보고도 긴장하지는 않았다.

얼마 전의 자신이라면 긴장했을지도 모른다고, 냉정하게 심경의 변화를 분석하면서 학생들의 반응을 보고 이야기를 이어나갈 여유마저 있었다. 준비된 대형 칠판에 분필 소리를 울리며 유려한 코이네 공통어로 세밀한 그림을 그려 넣었다.

"던전을 보유한 것 이외에 오라리오의 특이한 점을 들자면, 그것은 【파밀리아】의 숫자. 신들이 가장 많이 모인 장소라고도 하는 미궁도시는 소동이 끊일 일이 없죠. 입단 초기, 제가 가장 인상적이었던 말 중에『암습을 조심해라. 우리는【로키 파밀리아】다』라는 것이 있어요. 훗날 저는 몸소 호된 꼴을 당하게 되는데——."

레피야는 던전 이외에도 오라리오의【파밀리아】, 모험자의 마음가짐 등을 시간이 허락하는 한에서 이야기했다. 조사해보면 알 수 있는 정보보다도 자신의 경험담과 그에 얽힌 견해야말로 학생들에게 도움이 되지 않을까 어렴풋이 생각했기 때문이었다.

그리고 그것은 아마도 정답일 것이다.

학생들이 이『강연』에 바라던 것은 교사진이 가르쳐줄 수 있는 지식이 아니라, 당사자의『생생한 목소리』였으므로.

"마지막으로 질문을 받겠습니다. 뭔가 물어보고 싶은 게 있을까요?"

『학구의 교육은 오라리오에서도 통하나요?!』

『도시 내에서 던전계 파벌과 생산계 파벌은 서로 평등하다고 생각하시나요?!』

『길드의 도시 운영에서 의문시되는 정책이 다수 보입니다! 레피야 선배의 의견을 들려주세요!』

레피야가 마지막으로 질의응답 시간을 준비하자, 쏟아지는 질문들.

과연『학구』, 아니, 이것이야말로『학구』라고 해야 할까.

거수와 질문이 끊이질 않았다. 옛날에는 자신도『저쪽』

에 있었다는 데에 깊은 감회를 느끼면서 레피야는 최대한 질문에 대답해주었다.

"『학구』의 교육만이 아니라, 자신이 얻은 지식은 어떻게든 도움이 된다고 저 개인적으로는 생각해요. 다만 얻은 지식을 『지혜』로 가공할 필요가 있겠지만요. 생산직은 지명도 관계로 잘 보이지 않을 뿐 오라리오에는 많은 분이 계십니다. 길드에 관해서는, 치안 면에서는 분명 완전하다고는 할 수 없지만 **오라리오의 존재 이유**라는 관점에서 보자면 저는 일정한 이해를 보일 수 있다고 생각합니다."

『레코드 홀더에 대해 어떻게 생각하시나요?!』

"……뭐, 열심히 하고 있나 보죠."

『같은 지붕 아래에서 사는 【검희】님은 어떤 냄새가 나나요?! 하아, 하아……!』

"당신은 교정이 필요하니 나중에 제 방으로 오세요. 벌을 주겠어요."

일부의 질문에는 대충 넘기거나 생긋 웃으며 대답해주었지만, 질의응답은 막힘없이 진행되었다.

『미도달영역은 어떤 장소였나요?!』

"……길드의 규제 때문에 심층영역의 정보는 말씀드릴 수 없어요. 하지만 제 인상을 말씀드리자면,『지옥』이었죠."

『ㅠㅠ웃……!ㅠㅠ』

"그 전까지의 층역과는 규모가 다릅니다. 척도가 다릅니다. 위협도가 완전히 다릅니다. 그곳은 다른 세계. 한번

『미도달영역』에 발을 들이면 모험자는 한번 『상식을 파괴당합니다』. 저는 그걸 알았어요.”

그리고 시간도 다가와, 마지막 질문.

『세계의 참상에 대해 현재 오라리오의 방식은 옳은가요? 어떻게 생각하십니까?』

루크가 외쳤던 것과 같은 질문.

레피야는 당장은 대답하지 않고, 자신을 바라보는 학생들을 둘러보았다.

강당 안쪽, 넷이 한데 모인 『제7소대』에게도 들려주듯, 자신의 생각을—— 상실과 후회를 맛보았던 지금이기에 말할 수 있는 속내를, 이야기했다.

“지금 세계의 상황은 제우스와 헤라의 3대 퀘스트 실패에서 기인한 것. 그 인식은 틀린 것이 아닙니다.”

『네. 그렇기에 오라리오는 깊은 성의와 조속한 대응을 세계에 보일 의무가——.』

“그러나 뒤집어 말하자면 『그 뒤가 사라졌다』는 것이기도 하지요.”

『!!』

질문한 학생이 눈을 크고, 레피야는 말을 이었다.

“당시 제우스와 헤라의 전력은 틀림없이 『신의 시대』가 시작된 이후 최강이라고 들었습니다. 그런 존재가 패배하고 말았습니다. 오라리오는 고사하고 신들의 예측조차 웃돌았죠.『흑룡』 또한 천 년의 세월을 거쳐 힘을 모으고 있었던 것입니다."

그것은 리베리아가 경솔하게 입을 놀렸던 얼마 안 되는 과거사 중 하나였다.

제우스와 헤라, 그리고『흑룡』에 관심을 가졌던 레피야 자신도 문헌을 조사해보고, 몸을 떨었다.

Lv.8과 Lv.9가 있는 양대 파벌의 패배.

그것이 의미하는 바는, 현재 오라리오의 전력으로는 아무리 높게 쳐주어도『흑룡』을 이길 수 없다는 절대적 사실.

오라리오가 내세우는 던전 공략.

그것은 【파밀리아】의 성장을 촉구하는 시책이며, 세계가 바라는『영웅』을 낳고자 하는『바람』이다. 모험자들이 던전을 탐색하는 것, 【로키 파밀리아】가『원정』에 나서는 것, 그리고 레피야가 자신을 갈고닦으려 하는 것. 모든 것은 이어져 있다.

조금 전에 언급했던『오라리오의 존재 이유』에 대해서도 그렇다.

오락을 좋아하는 신들이 조장한 경향은 있지만, 『워 게임』이 권장되는 배경에는 도시에 피해를 입히지 않고『항쟁』을 억지하는 것 외에도 【파밀리아】끼리 경쟁시켜 서로를 드높여나가자는 노림수가 있다. 적어도 레피야는 그렇게 생각하게 되었다.

아마조네스끼리 서로를 죽이게 하는 투국 텔스큐라——【칼리 파밀리아】과 직면했을 때, 레피야는 끔찍하다고 느꼈지만, 사실은 아무것도 아니다. 오라리오 또한 모종의 『고독(蠱毒)』인 것이다.

복잡하게 얽힌 신들의 의도가 있다고는 해도, 모든 것은 『약속의 땅』인 오라리오가 『다음 세대의 영웅』을 낳기 위한 과정이라 해도 과언이 아니다.

"그렇기에 이제는 만전을 기해야만 하는 겁니다. 실패는…… 모든 하계의 희망이 짓밟히는 것과 같은 뜻이죠. 아마도 『다음』이 인류의 마지막 기회일 거라고, 저는 그렇게 생각합니다."

강당은 정적에 잠겼다.

말소리 하나 내지 않고, 학생들은 레피야의 한 마디 한 마디를 받아들이며 귀를 기울였다.

"모험자인 제 입장에서 말하자면 오해를 초래할 수도 있습니다. 하지만 그래도 말씀드리겠어요. 부디 여러분은 『외부인』이 아닌 『당사자』가 되어주었으면 합니다."

그리고 레피야는 물음에 대한 자신의 답을 제시했다.

"『흑룡』은 오라리오가 토벌할 것입니다. 그렇다 해도 전 세계 사람들이 오라리오에 모든 것을 맡긴다는 것과는 다릅니다. 『서로 지탱하고 서로 돕는다』. 신의 시대에 접어들어 종족의 담을 넘고 있는 우리의 가장 큰 무기는 바로 그것입니다."

오늘까지의 하루하루를 떠올렸다.

던전에 도전하는 【파밀리아】의 결탁을.

파벌의 담을 넘어 크노소스 공략에 임했던 모험자들의
포효를.

선택받지 못했던 자들조차 견인하며 커다란 힘의 파도
로 바꾸던, 『영웅의 자격』을 가진 아이즈와 제1급 모험자
들의 등을.

그 광경을 세계 규모로 일으키는 것이야말로 해답 중 하
나일 거라고, 레피야는 확신했다.

"저도 정진하는 몸. 부디 극소수의 사람들만이 아니라 모
든 이가 힘을 합쳐 하계의 비원을 쟁취하기를 바랍니다——
제 이야기는 이상입니다. 이것으로 강의를 마칩니다"

레피야는 단상에서 가슴에 한쪽 손을 얹고 엘프 식 인사
로 마무리를 지었다.

학생들에게서는 우레와도 같은 박수가 돌아왔다.

"『가르치는 자』로서 관록이 생겼는걸."

단상을 떠나 무대 뒤에서.

자리를 떠나지 않는 학생들이 활발하게 의견을 나누고,
아직도 홀 내의 흥분이 가시지 않는 가운데, 레피야를 맞
이해준 레온이 그렇게 말했다.

"아리사처럼 레피야에게도 교사의 소질이 있어."

"무슨…… 과찬이세요. 저는 그저 모험자일 뿐이고."

"맞아요 레온 선생님! 제가 언제나 선생님 곁에 있다고
해서, 선생님의 오른팔에 어울리는 존재라고 해서 그런 고

백 같은 말씀은……!"

"아리사, 그런 말씀은 안 하셨어요……."

발그레한 뺨을 두 손으로 감싸고 혼자 꺄악꺄악 몸부림을 치는 아리사에게 어이없다는 시선을 보내고, 그래도 얻은 것은 분명히 있었다고, 레피야는 속으로 생각했다.

『학구』 출장 기간이 끝나면 다시 【로키 파밀리아】에서 배우는 하루하루로 돌아간다. 그때, 지도하는 자의 시점을 가졌던 경험은 상대가 무엇을 전하고 싶은지, 어디에 도달했으면 하는지를 더욱 빠르게, 깊이 깨닫게 해줄 것이다.

그리고 학생들에게 요점을 설명하면서 레피야도 『공부』를 할 수 있었다.

보통 무의식적으로, 감각적으로 했던 일들을 언어화한다.

자신의 행동을 돌이켜보고 해설한다.

그것은 자기도 모르게 『본능적』으로 행동하기 쉬워지는 상급 모험자에게 전술의 『복습』과 『예습』이 되었다. 아마도 【로키 파밀리아】 내에서는 핀이나 리베리아가 가장 잘 하는 작업이리라. 이것은 다음 이후의 전투에 반영될 수 있을 것이다.

『배우는 쪽』으로만 만족해서는 안 된다. 그것만으로 만족해버리면 **아깝다**.

레피야는 조금 더 현명해진 기분이 들었다.

타산적이기는 하지만, 처음에는 불만이었던 인스트럭션 활동도 이제는 주신에게 감사할 수 있었다.

그리고 그때.

무대 뒤에 있던 레피야에게, 홀에서 여학생들의 새된 환호성이 들려왔다.

『레피야 선배 역시 멋있어!』

『그치, 그치! 역시 엘프라서 그런가?』

『예쁘고 늠름하달까…… 그 사람이 아직 제2급 모험자라니 믿을 수 없어!』

『동경할 것 같아~!』

들린다. 다 들린단다, 후배들아.

제2급 모험자의 오감을 우습게 보지 말렴.

자기도 모르게 얼굴을 붉히는 레피야를, 레온이 흐뭇하게 웃으며, 아리사는 입에 손을 가져다 대고 쿡쿡 웃음을 참으며 지켜보았다.

"저, 저 같은 건, 대단한 평가를 받을 만한 엘프가 아닌데도……."

"겸손이 지나치면 아니꼽게 들릴 수 있어, 레피야. 그리고 객관성이 결여된 시점은 자신도 주위도 불행하게 만들지."

찍 소리도 안 나왔다.

레피야의 상식이란── 칭송을 받을 만한 기준이란 아이즈나 선배들이었으며, 제1급 모험자들이다.

하지만 오라리오 밖에서 활동하는 아리사나 레온의 기준으로 보자면 레피야도 충분하고도 남을 만큼 뛰어난 인물이었다.

양쪽 다 틀린 생각은 아니며, 양쪽 다 옳다.

『학구 최강 전력』이라 불리는 교사진── 그중에서도 『최초(最超)』라 불리는 레온만은 레피야의 말도 이해하고 이렇게 말해주었다.

"받아들여, 레피야. 정당한 평가는 네가 성장하는 데 필요한 거야."

"……네. 노력할게요."

그 말에 레온은 쓴웃음을 지었다.

수치심과 싸우면서, 정말로 잘 돌아가고 있다고, 레피야는 문득 생각했다.

인스트럭션도 세미나도, 생각했던 것 이상으로.

이것도 자신이 『달라지겠다』고 결심했기에 나온 결과일까? 레피야는 알 수 없었지만, 성장하고 있는 자신은 자각할 수 있었으며, 기뻤고, 영광이었다.

하지만 칭송받는 한편, 곤란한 일도 발생했다.

"우~~~~~……!!"

강연이 무사히 끝난 다음 날.

『제7소대』의 인스트럭션을 위해 자료를 정리하던 레피야는 누군가가 노려보는 것을 느꼈다.

눈물을 맺으며 끙끙거리는 나노였다.

© Kiyotaka Haimura

“어……나노? 제가 당신에게 뭐 잘못한 거라도 있었
나요?”

본인은 매우 원망스러운 눈을 하고 있지만, 눈물을 머금
은 그 모습은 매우 귀여웠으며, 잘 쳐봐야 위협하는 소동
물 같았다. 머리를 쓰다듬어주고 싶었다.

그렇다고는 해도 조금 괴롭기는 했다.

그렇게나 선배 선배 부르며 쫄랑쫄랑 뒤를 따라다니며
어리광을 부리더니.

레피야가 조심스레 묻자, 나노는 마치 애인을 빼앗긴 여
자처럼 목소리를 높였다.

“레피야 선배 도둑고양이이!!”

“에에엑?!”

“루크를 유혹하면 안 된다고 했는데에~!”

아니, 『여자처럼』이 아니라 정말로 애인을 빼앗긴 여자
그 자체였다.

전혀 짚이는 데가 없는 레피야는 괴상한 목소리를 내고
말았다.

“기, 기다려 보세요, 나노. 당신, 대체 무슨 말을…….”

“……구요.”

“에?”

“루크가, 레피야 선배한테 한눈에 반해버렸다구요오!”

눈을 질끈 감고 외치는 나노에게, 레피야는 너무나도 의
아하다는 표정을 지었다.

"하아?"

이해할 수 없는 표정이라고도 할 수 있었다.

누구한테, 누가, 한눈에 반해?

레피야가 자기도 모르게 얼빠진 표정을 짓자 나노는 한층 화를 냈다.

"시치미 떼도 소용없어요오! 처음 던전에 갔던 그 날부터 루크가 선배를 보는 눈이 달라졌다구요오! 레피야 선배는 그걸 알고도 희롱하는 소악마예요오!"

"희롱하지 않았거든요……. 아— 하지만…… 그러고 보니 요즘 루크의 태도가 이상했던 것 같기도……."

어딘가 서먹서먹하네~ 생각하기는 했다.

시선을 느끼고 돌아보면 얼굴을 새빨갛게 물들이며 황급히 눈을 돌리고, 언제나 뭔가 말하고 싶은 것처럼 어물어물하다가, "왜 그러세요?"라고 웃음을 지어주면 "아, 아무것도 아니야!"라며 다른 곳을 본다. 레피야는『역시 미움받고 있구나』하고 생각했는데.

그리고 그 무렵부터 나노는 소중한 사람에게 배신당해 죽은 망령 같은 표정으로 이쪽을 보게 되었던 것 같다.

"루크는 레피야 선배한테 홀딱 반해버렸다구요오!"

"그, 그런 일은 없……."

"있어요오! 소꿉친구인 저는 안다구요! 루크는 이미 선배인데 연하라는 진부한 갭에 뇌쇄 당하는 가엾은 동정남 놈팽이예요오!!"

“아무리 그래도 그건 말이 심해요…….”

그리고 의외로 입이 험하다.

헉헉 어깨로 숨을 쉬며 흥분해대는 나노에게 레피야는 두통을 느끼고 말았다.

“……설령 그게 사실이라 해도, 안심하세요. 제가 그의 마음을 받아줄 일은 없을 테니까.”

“그건 그거대로 화나거든요오! 루크는 엄청 멋있다구요—!!”

“저더러 어쩌라고요…….”

무슨 대답을 해도 파이어인 후배의 분노에 진저리를 치고 말았다.

진퇴양난에 빠진 레피야가 난처한 표정을 짓고 있으려니, 겨우 진정이 됐는지 나노는 얼굴을 슬픔으로 물들이며 띄엄띄엄 말을 시작했다.

“레피야 선배는 열다섯인데 Lv.4고, 【로키 파밀리아】의 단원이고…… 덜렁이에 땅꼬마인 저는 뭘 해도 이길 수가 없어요오…….”

“나노…….”

“멋있고, 예쁘고, 늠름하고…… 루크가 동경하는 것도, 어쩔 수 없어요. 저도, 선배 같은 사람을『고결한 엘프』라고 하는구나 하고, 생각해버렸는걸요…….”

그 말에 레피야는 내밀려던 손을 우뚝 멈추었다.

『고결한 엘프』라는 단어.

그 말을 듣고——.

아아, 그렇구나.

이제까지 품었던『의문』과『당혹감』이 녹아내려, 모든 것이 이어지는 소리가 들려왔다.

어째서 학생들이 자신을 보고 소란을 떠는가.『늠름하다』느니『예쁘다』느니『멋있다』느니, 얼마 전의 레피야 비리디스에게는 어울리지 않는 평가를 받는지, 확실히 이해했다.

지금의 레피야를 통해 그들이 보고 있는 것은—— 피르비스다.

그녀의 전법을 배우고, 그녀를 잊지 않고자 하는 레피야는,『고결한 엘프』였던 그녀의 모습을 닮고 있었다. 아리사에게『어른스럽다』는 말을 들었던 것도 분명 피르비스의 환영을 좇고 있기 때문이리라.

왜냐하면, 그렇지 않다면, 레피야가『고결한 엘프』라는 소리를 들을 리가 없으므로.

'가소롭네요…….'

레피야가 아이즈를 동경했듯.

레피야가 피르비스를 동경했듯.

누군가가 레피야 비리디스를 동경하다니, 생각도 못했다.

소중한 사람을 잃어, 누군가가 자신에게 동경을 품게 되었다고 한다면—— 이런 아이러니가 없다.

"……괜찮아요, 나노. 그런 동경은 일시적인 것일 뿐이니. 단순한 방황일 뿐이에요."

　그러므로 레피야는 자조하는 웃음을 머금으며 그렇게 말했다.

"흐에?"

"제가 얼마나 한심하고…… 못난 엘프인지 알면, 그도 실망해서 정신을 차릴 거예요."

『비참하다』는 단어를 쓰려다, 관두었다.

짜증이 날 정도로 지나친 자기혐오였으므로.

시선을 돌리고 창밖을 보았다. 오늘도 맑게 갠 창공을, 영혼이 돌아가는 곳인 천상을.

『고결한 엘프』라 불리기에는 아직도 부족하다. 모든 것이 부족하다.

『피르비스』에게는 전혀 닿지 못하고 있다.

그녀는 더 강하고, 아름답고, 그리고 슬픈 사람이었다.

그런 사람을, 레피야는 사랑했다.

"──."

그때, 눈앞에 있는 엘프의 눈을 보고 나노는 말을 잃었다.

몸을 떨며, 새파랗게 질렸다.

레피야는 그 사실을 알아차리지 못했다.

"레피야는 괜찮으려나아~."

티오나가 중얼거렸다.

【로키 파밀리아】의 홈, 『황혼관』.

레피야가 『학구』로 출장을 떠난 지 열흘이 지났을 무렵, 응접실의 소파에 버릇없는 자세로 늘어진 채 도시 남서쪽, 레피야가 있을 멜렌 방향을 바라보고 있었다.

“우리랑 달리 레피야는 똑똑하니까 잘하고 있을 거야. 게다가 옛날에 다니던 데잖아? 본인이 더 잘 알겠지.”

“응…… 레피야는 누구하고든 친하게 지내고…….”

함께 소파에 앉아있던 티오네와 아이즈가 대답했다.

그러나 티오나는 어두운 표정을 한 채 말을 이었다.

“그건 별로 걱정하지 않지만…… 이대로 안 돌아오는 건, 아니겠지?”

“그런 일은 없어! ……없겠지?”

“하지만 레피야…… 베이트 씨한테 가버렸으니까…….”

“‘으.’”

어깨를 축 늘어뜨린 아이즈의 말에 티오나와 티오네도 풀이 죽었다.

최근 레피야가 빠진 세 아가씨는 늘 이런 분위기였다.

까놓고 말해, 할 일이 없었다.

물론 아이즈는 아이즈대로 훈련을 하고, 티오네는 핀의 일을 열심히 돕고, 티오나는 나르비 같은 단원들과 던전에 내려갔다. 하지만 그 뭐랄까, 갑자기 평화로워져버린 반동인지, 이렇게 게으름을 피우는 시간이 늘어났다.

크노소스 공략전이 끝날 때까지 계속 싸움만 했으므로,

이것 또한 『모험자들의 휴식』이기는 하지만…… 움직이지 않고 늘어져 있는 만큼 자꾸만 레피야를 생각하곤 했다.

그리고 과도한 불안에 사로잡힌다는 부정적인 연쇄에 빠지고 있었다.

'언제나 있는 게 당연했는데…….'

그래서 쓸쓸한 거라고, 지금은 뻥 뚫린 공석이 된 소파를 보며 아이즈는 멍하니 생각했다.

"안심하그라 티오나. 만약 발두르 그 문디가 레피야 데려갈라 카믄…… 내가 당장 호령해서 『학구』 박살 내삘기라."

"비약이 심해……. 『학구』까지 박살 낼 필요가 어딨어."

"게다가 그거 박살내는 건 우리잖아~."

응접실에 있던 마지막 네 번째 인물.

아침 댓바람부터 술을 마시던 로키를 다 같이 흘겨보았다.

"저기, 왜 로키는 레피야를 보낸 거야? 이미지 체인지? 한 레피야가 걱정됐던 건 대충 알겠지만 말야~. 우리가 옆에 있어 주면 안 됐던 거야?"

"어우, 니는 진짜 느닷없이 핵심을 후벼판데이, 티오나. 역시 내가 인정한 천진난만 캐릭터! 순진무구 아마조네스 장르는 역시 좋구마~!"

"얼버무리지 말구우~!"

티오나가 입술을 비죽거리자.

로키는 남은 술을 꼴깍 들이켜보는, 잠시 간격을 두고 입을 열었다.

“음—……『배우는 사람』이라 카는 건, 극단적으로 말해서, 잘못을 해도 용납된데이.”

“?”

“『가르치는 사람』이 그걸 꾸짖어주고, 심지어 바로잡아주기도 하고. 어리광이 용납된다 카는 건 마 좀 과언이겠지만…… 암튼 의욕이 있으믄 하염없이 앞으로 나아갈 수 있데이. 잘못을 한 채로 고꾸라지는 게 용납된데이.”

“……그건 레피야 얘기?”

고개를 갸웃거리는 티오나, 캐묻는 티오네에게는 대답하지 않은 채 로키는 말을 이었다.

“근데『가르치는 입장』이 되믄 그렇게는 안 된다. 이번에는 지가 이끌어야만 하는『배우는 사람』이 그대로『거울』이 돼서.”

“『거울』……?”

아이즈가 눈을 돌리자, 로키는 빈 잔에 반사되는 자신의 얼굴을 가만히 바라보고 있었다.

“『거울』 앞에 섰을 때, 누가 뭐라 캐도 몬 풀었던 단단한 뭔가를 문득 깨달을 때가 있는기라…… 내는 그런 걸 기대한데이.”

“무슨 소리야?『배우는 입장』 그대로면 아무것도 깨닫지 못한다는 뜻?”

“그런 소린 안 했다. 캐도『거울』이 되고 있을 때는 거울 자신은 어디에도 안 비치는 거 아이겠나?”

"로키가 무슨 소리 하는지 하나도 모르겠어~."

티오네와 티오나의 반응에 로키는 명확한 말은 한마디도 하지 않고 웃기만 할 뿐이었다.

그때 문득, 그녀는 표적을 바꾸었다.

"아이쯔 니는 레피야 어케 생각하노? 위험한 짓거리 대표 대선배로서~."

느물느물 웃으며 아이즈의 옆에 털썩 앉는다.

그리고는 "에잇에잇~" 하며 매끈매끈한 뺨을 검지로 꾹꾹 눌러댔다. 아이즈는 막으려 했지만,

"뭐, 그야 아이즈에 비하면 지금의 레피야는 귀엽지."

"응. 아이즈가 제일 위태로우니까!"

로키와 반대쪽에 앉은 티오네가 역시 뺨을 꾹꾹 찔러대고, 소파 등받이로 돌아온 티오나가 금색 장발을 손에 들고는 좌우로 확 펼쳤다. 세 방향에서 에워싸여 반론도 못한 채 인형처럼 시키는 대로 가만히 있을 수밖에 없었다.

좌우에서도 뒤에서도 치덕대니 아이즈는 햄스터처럼 난감해하며, 그들이 하는 말도 맞다고 느꼈다.

지금의 레피야는 아이즈보다는 위태롭지 않다.

아이즈 본인도 포함해 그들은 그렇게 생각했다.

다만.

"지금의 레피야는, 위태롭진 않지만…… 무섭기는, 해."

아이즈는 자신의 손을 내려다보며 그렇게 중얼거렸다.

"무서워? 그게 무슨 말이야, 아이즈?"

“레피야가…… 레피야가 아닌 무언가가 될 것 같아.”

“레피야가 아닌 무언가?”

“응…… 나한테는 『목표』가 있어. 하지만 레피야한테는, 그게 없어.”

티오네와 티오나가 의문을 제기하고, 로키는 잠자코 바라보았다.

어렸을 때의 자신과 분위기가 겹쳐진 지금의 레피야이기에 아이즈도 알 수 있는 것이 있었다.

그것은 아이즈 자신도 잘 설명할 수 없는 직각적인 부분이었으나, 그래도 틀리지는 않을 거라고 확신할 수 있었다.

그리고 과거의 자신은 물론이고 지금의 아이즈와도 결정적으로 다르기에 『무섭다』는 말을 한 것이었다.

“레피야는 『목표』가 없으니까, 분명, 계속 만족하지 못할 거야. 우리가 이젠 괜찮아, 라고 말해줘도………… 아마, 레피야는 그만두지 않을 거야.”

아마도 지금의 소녀를 막을 수 있는 것은 『단 한 사람의 인물』이며, 그리고 『그녀』는 이미 어디에도 없다. 아이즈에게는 결론이 나왔다.

하지만 그것을 잘 전달할 방법이 없었다. 생각한 것을 말로 담을 수가 없었다. 말하는 것이 서툰 자신에게 다시 한번 실망하며 아이즈는 눈을 내리깔았다.

“미안…… 말을 잘, 못하겠어…….”

“어, 아이쭈. 내는 대충 알아들었고, 아이쭈가 레피야를 잘 생각해주고 있다 카는 기 중요하데이.”

로키는 이제까지의 장난스러운 태도를 접고 머리를 손바닥으로 퐁퐁 두드려주었다.

“마, 그 썩어빠진 『학구』에 보낸 제일 큰 이유는 『원점회귀』데이. ……『모교』라 카는 건 의외로 이것저것 깨닫게 해주는 기 있다카대.”

“원점회귀……?”

“하모. 그리구 레피야가 **자기 자신**을 떠올려주믄 된다꼬, 내는 그리 생각했데이.”

그리고 세 사람의 시선을 받으며 소파에 걸터앉아 천장을 올려다보았다.

“맡겨놓을 수밖에 없지만서도…… 마, 어케 될라나.”

⊡

“헤치!”

레피야는 입을 막고 재채기를 했다.

“어머, 레피야 선배 감기 걸렸어요? 감기네요!”

“아니, 그럴 리는…….”

“레피야 선배, 지금 재채기 귀여웠어요오! 분명 누가 레피야 선배의 귀여운 모습을 보고 싶다고 이야기하고 있었던 탓일 거예요!”

“놀리지 마세요, 나노.”

밀리리아와 나노가 꺄악꺄악 내는 목소리에, 레피야는 뺨의 홍조를 얼버무리기 위해 눈을 내리깔고 필사적으로 새침한 표정을 지으려 했다.

장소는 멜렌 항구 서쪽의 거대 조선소 앞.

『학구』는 현재 뭍에 올라와 있다.

부유장치의 출력을 최대로 하면 해면에서 육지로 올라오는 것도 가능한 흐링호르니는 ——『학구』는 부유장치의 장시간에 걸친 혹사 회피 및 자연보호의 관점에서 해로만을 사용한다—— 한창 오버홀을 받는 중이다.

보통은 도시의 『공업구역』에서 일하는 오라리오의 기사가 총동원되어 선체 밑바닥의 장치나 장갑을 교환하고 수리한다. 이미 겨울의 입구에 들어섰는데도 조선소 내에 피어나는 열기는 기사들을 땀범벅으로 만들고, 드워프를 비롯한 굴강한 사내들이 바지와 탱크톱 바람으로 돌아다니는 광경은 그야말로 공업도시에라도 잘못 들어온 것 같을 착각을 불러일으킨다. 대장간과도 다른 탕탕탕, 쾅쾅쾅 하는 해머의 선율에 레피야는 정서적인 무언가를 느끼고 있었다.

"하던 얘기로 돌아가겠어요. 오늘은 던전 중층 영역에서 『소원정』을 하겠어요. 그리고 18계층 세이프티 포인트로 갈 예정이에요."

오버홀 중에는 컨트롤 레이어, 라이브 레이어, 아카데믹 레이어 3단계로 정비를 받는다.

지금은 컨트롤 레이어를 크게 개수하는 중이다.

주요 주민인 선원이나 메이거스가 쫓겨나고 각각 라이브 레이어나 멜렌에 숙소를 잡는 가운데, 아카데믹 레이어에서 내려온 레피야는『제7소대』멤버들과 함께 오라리오로 출발하려 했다.

"미궁의 낙원『언더 리조트』……! 우와~ 기대돼요오!"

"던전인데『아침』이랑『밤』이 존재하는 환상의 계층…… 나 한번이라도 좋으니까 가보고 싶었어!"

"『학구』재적 중에 18계층까지 갈 수 있는 사람은 극소수라고 들었어요!"

"그 극소수도 명령을 위반하고 죽어가던 녀석들뿐이라고 하지만."

나노, 콜, 밀리리아가 떠들어댔다. 루크도 평소의 침착함을 가장하고는 있지만 기대하는 태도가 뻔히 보였다.

『학구』가 학생들에게 진출 허가를 내린 것은『암굴미궁』까지. 그것도 제15계층까지다.

두 명의 Lv.3을 보유한『제7소대』는 중층 영역을 거뜬히 돌파할 수 있는 전력을 보유했지만, 그래도 역시『모험자』와『학생』은 다르다. 모험자들이『상층』에서부터 쌓아왔던 미궁에 대한『경험』이 부족한 것이다. 그 증거로, 예년의 『던전 실습』에 임한 학생 중에는 큰 부상을 입고 돌아오는 자가 끊이질 않았다. 때로는 사망자가 나오기도 한다.

아무리【스테이터스】로 보완한다 해도, 제15계층이라는

『학구』측의 판단은 옳다는 것이 레피야의 생각이었다.

그런 레피야도 학생 시절에는 죽을 뻔한 적이 있었다.

"기대하는 건 좋지만 이건 결코 소풍이 아니에요."

레피야는 인스트럭터의 표정을 지으며 학생들의 분위기를 다잡았다.

"지난 일주일 동안 여러분은 불만이 없을 정도로 성장했고, 던전에 적응했어요. 『중층』의 몬스터에게는 당하지 않을 거라고 제가 보증하겠어요. 하지만──."

""방심은 금물.""

""던전에서는 무슨 일이 일어날지 모른다.""

"맞아요. 문제없겠군요. 그러면 출발하죠."

루크와 콜이, 나노와 밀리리아가 목소리를 모으는 광경에 레피야는 만족스럽게 고개를 끄덕였다. 인턴으로 가는 사람, 『제7소대』와 마찬가지로 던전에 가는 사람, 각자 목적을 가지고 오라리오로 향하는 주위의 학생들과 함께 조선소 앞에서 출발했다.

이제 슬슬 오라리오와 멜렌을 왕복하는 것도 싫증났다는 학생들도, 한번 도시의 문을 지나면 첫날처럼 흥분한 표정으로 주위를 둘러본다. 『학구』가 체류하는 기간 동안 오라리오는 『학구 특수』를 노리는 상인이나 【파밀리아】로 평소보다 훨씬 성황이기 때문이다.

특제 누가며 벌꿀을 늘어놓은 세련된 과자 가게.

진귀한 책을 놓은 찻집.

아무튼 학생들이 좋아할 만한 임대점포가 즐비하게 늘어서게 된다.

옆길로 조금만 들어가도 세련된 골목길이 나타나니 "여기 정말 오라리오 맞나?" 하고 레피야까지 쓴웃음을 지을 정도였다. 나노와 밀리리아는 쉬는 날이면 다른 여학생들과 함께 추천 스팟을 발견, 아니, 개척하고 다닌다고 한다.

남서쪽의 『교역소』 주변이 특히 시끌벅적한 가운데, 레피야 일행은 도시 북서쪽, 『길드 본부』로 향했다. 미궁 탐색 수속과 함께, 만약을 위해 『중층』에서 무언가 이상사태가 발생하지는 않았는지 정보를 확인하기 위해서다.

"——히익?!"

"응?"

길드 본부 앞뜰을 가로질러갈 때였다.

레피야와 스쳐 지나간 소년이 짧은 비명을 질렀다.

소년은 루크 일행과 같은 『학구』의 학생이었으며, 학원에서 지급하는 해묵은 배틀클로스를 입고 있었다. 종족은 흄 바니. 허리에는 복슬복슬 동그란 꼬리, 머리는 갈색이며 긴 귀가 달려 있었다. 눈은 앞머리에 가려져서 잘 보이지 않았다.

어째서인지 겁을 먹고 있는데, 분명 초면일 터.

그렇다, 초면일 터인데…… 으응~?

'어디서 본 적이 있는 것도 같고…….'

그렇게 레피야가 눈을 가늘게 뜨며 바라보자, 굳어버렸

던 그는 황급히 눈을 돌렸다.

"라피 군, 뭐 하고 있어? 빨리 가자."

"으, 응! 미안, 니이나!"

하프엘프 여학생이 이름을 부르자 소년은 황급히『소대』로 보이는 학생들에게 가버렸다.

"지금 그건……."

"아아,『낙오자 소대』예요."

"낙오자?"

"【발두르 클래스】의『제3소대』인데, 우리『제7소대』하곤 정반대로…… 그러니까,『워스트 파티』라고 불리거든요."

"소대장인 니이나는 굉장히 열심히 하는데, 불쌍해요. 저보다도 똑똑하고 좋은 아이인데…… 게다가 아직 13살이라구요오!"

"낙오자들의 모임이라기보다는 다들 개성이 너무 강해서 전혀 연계가 안 된다는 인상이었지. 대련을 해봤을 때는 그랬어. 분명…… 중도 입학으로 소대를 못 잡은 신인이 들어와서, 지금은 5인 1조가 됐다고 들었는데."

레피야가 고개를 갸웃거리자 밀리리아, 콜, 루크가 순서대로 설명해주었다.

레피야가 재학 중일 때는『워스트 파티』라 불리는 불명예스러운 소대는 존재하지 않았는데, 상당한 문제아들의 집단인 걸까?

적어도 저 흄 바니 소년만 보자면 상당히『뛰어나다』는

인상을 받았는데…… 착각이었을까?

뭐, 레피야가 아리사와 함께 소속했던 과거의 『제7소대』
도 엘리트인 것과 동시에 문제아 집단이기도 했으니.

천재와 바보는 종이 한 장 어쩌고저쩌고하는, 그런 것일
지도 모른다.

"저 소대가 먼저 『중층』까지 가버릴 것 같네요……."

뒷모습이 보이지 않게 될 때까지 『제3소대』를 바라본 후,
레피야 일행은 『길드 본부』로 들어갔다.

수속을 마친 레피야 일행은 북서쪽 메인 스트리트——
『모험자 거리』에서 『소원정』을 위한 아이템을 갖춘 후 던전
으로 내려갔다.

물론 고전하지 않고 『상층』을 답파한 후 『중층』으로 돌입
했다.

"【으르렁거리는 빛줄기, 축복받은 죄의 울음. 광휘로써
고귀를 부수노니. 그렇기에 물어뜯으라 번개의 턱】—— 루
크, 물러나!"

"알았어!"

엄숙히, 꼼꼼하게, 올바르게 자아낸 스펠 워드가 『마력』
의 범람을 낳았다.

선명한 적자색의 매직 서클이 소녀의 발밑에서 꽃피고,

격렬한 스파크를 일으키는 가운데, 루크가 사선에서 대피한 것과 동시에 나노는 세인트 아이언으로 만든 마장을 내밀었다.

"【자르가 아말다】!"

『워어어어어어어어어어어어어어어어어어어어엉?!』

섬전의 직사포.

모두 열 줄기에 이르는 번개가 한데 모이고 겹쳐지며 순수한 포격이 되어 던전과 함께 몬스터를 태워버렸다. 교전하던 세 마리의『라이거 팽』은 흔적도 없이 날아가버렸다.

"나노, 힘을 좀 조절하세요!『드롭 아이템』은 고사하고『마석』도 채집할 수 없게 됐잖아요!"

"헉?! 미안해, 미이짱~!"

"──잠깐만. 옆의 굴에서 또 나온다!"

"나노, 밀리! 대형을 변경해! 얼른!"

밀리리아와 나노가 말다툼을 하는가 싶더니, 전투 종료 후에도 주위를 경계하던 스카우트 콜이 귀를 쫑긋거리며 순식간에 탐색을 마치고, 루크가 두 사람을 보조하고자 몸을 날렸다.

던전이 강요하는『연속전투』속에서도『제7소대』는 냉정하게 몬스터들을 처리하고 있었다.

"처음에는 그렇게 고전했던『라이거 팽』도 어이없이 일축. 트라우마를 가지기는커녕 습성을 이용한 응용까지 하다니…… 으음~ 역시 귀염성 없을 정도로 우수하네요."

파티에서 떨어진 위치에서 레피야가 중얼거렸다. 옆에서 덤벼드는 토끼형 몬스터『알미라지』를 쉬엄쉬엄 해치우면서.

던전 실습이 시작된 지 이미 일주일. 이제 레피야는 학생들에게만 전투를 맡기게 되었다. 긴급상황에는 손을 빌려줄 생각이지만 아직까지 그런 기회는 찾아오지 않았다.

'넷 다 확실하게 성장했고……'

동료의 낯빛을 살피던 나약한 나노는 포격 신호 이외에도 적극적으로 지시를 내리며 소대를 제어했다. 애초에 전장에서 가장 넓은 시야를 확보하는 것은 당연히 후열이다. 나노가 적극성을 익힌 지금, 『제7소대』는 더욱 강해질 것이다.

다른 멤버들도 그녀를 믿고 등을 맡기면서 마음껏 행동한다. 루크가 스스로 중견 위치까지 내려오고 전열을 밀리리아와 콜로 스위치했을 때는 놀랐다. 보아하니 레피야가 없는 동안 훈련을 하며 포지션을 빈틈없이 커버할 수 있게 된 모양이었다.

이쪽을 흘끔 돌아본 밀리리아의 으스대는 얼굴만 없으면 완벽했을 거라고 생각하며, 레피야는 쓴웃음을 지었다.

"응, 개선되고 있네요."

실패를 양식 삼아, 시행착오를 거듭해, 발전시키고 있다.

하루이틀 사이에 익힐 수 있는 것이 아니다. 주어진 과제를 진지하게 마주하며 오늘까지 타협하지 않았던 결과다. 역시 그들은 근면하고 우수했다.

이제 충분한 경험만 쌓으면 그들은 모험자로서도 쑥쑥 두각을 나타낼 것이다.

레피야는『제7소대』의 성장을 솔직하게 기뻐했다.

그야말로 자신의 일처럼.

이것이『가르치는 사람』이 느낄 수 있는 기쁨일 거라고 이해도 하면서.

하지만.

'하지만…… 오늘의 던전은『언짢은 느낌』이 드는걸요…….'

기뻐하는 한편, 레피야는 찌릿찌릿 목덜미를 태우는 감각을 느끼고 있었다.

무언가『위화감』이 들었다.

그리고 그『위화감』이 쌓여 머릿속에서 어렴풋이『경종』을 울리고 있었다.

'주위에 이변은 없고…… 위험한 몬스터의 기척이 있는 것도 아닌데…… 그럼 내가 느끼는『위화감』은 뭐죠?'

동태를 살펴야 할까?

확신을 얻기까지 주위를 탐색해야 할까?

아니면 신중을 기해 돌아가야 할까.

지금의 위치는 제15계층의 정규 루트.『제7소대』와 자신이라면 이 계층의『이상사태』에도 충분히 대응할 수 있다.

이를 전제로 레피야가 혼자 생각에 잠겨 있을 때——

『키키야아아아아아아아아아아아아아아아아아아악!』

"흐아아아아아아아아아아아아아아아아악?!"

바위가 무너지고 던전에서 몬스터가 태어나는 소리와 함께 나노의 비명이 울려 퍼졌다.

후열에서 고립되어 있었던 그녀의 머리 위로 수십 마리의 박쥐 몬스터가 위협성을 터뜨렸다.

"그냥『배드 배트』잖아요! 정말, 놀라게 하지 마세요."

"미, 미안해 미이짱. 우우, 나 오늘 사과만 하고 있어……."

마침 몬스터를 다 쓰러뜨린 밀리리아가 어렵지 않게 화살로 한꺼번에 꿰어버렸다. 루크도 벽을 박차고 도약해 회오리바람처럼 무리를 찢어버렸다.

역시 별 어려움 없이 몬스터를 해치우는 가운데── 레피야만은 낯빛을 바꾸고 있었다.

엘프의 뾰족한 귀를 까닥거리며 흠칫 주위를 둘러보았다.

『키이아아아아아아아──────!!』

『키키이이이이이이이이이이이이이이이이이이이!』

『이이아아이아아아이아아아아이아아아이아아아!』

갑자기 울려 퍼진 것은 수없이 겹쳐진 몬스터의 울음소리였다.

"뭐, 뭐죠?!"

"주위에서『배드 배트』의 괴음파가……!"

"설마 대량발생?!"

현재 위치에서 멀리 떨어진 에어리어, 하지만 온갖 방향

온갖 장소에서 울려 퍼지는 암반을 터뜨릴 것 같은 소리, 그 뒤로 이어지는 찢어지는 규환에 학생들도 긴장하고 자세를 잡았다.

『배드 배트』는 직접적인 전투능력은 거의 없지만 『괴음파』로 모험자의 움직임을 저해하는 박쥐형 몬스터다. 그런 것들이 수십 마리, 아니, 수백 마리는 있을 것으로 보이는 괴음파의 연속에 청각이 뛰어난 수인 콜은 자기도 모르게 귀를 막았을 정도였다.

　——루크가 말한 대로 『배드 배트』의 대량발생.

틀림없다.

레피야의 『위화감』은 이것이었다.

특정한 몬스터와 조우하지 않았던 것.

『암굴미궁』의 어둠에 반드시 있다고 해도 좋을 정도로 숨어있던 『배드 배트』의 모습을 한 번도 보지 못했던 것.

어지간한 『이상사태』가 아니면 던전의 각 계층에는 몬스터의 『절대수』는 고정되어 있다. 아마도 던전이 한꺼번에 낳느라 모습을 볼 수 없었던 『배드 배트』는 지금 이 순간 제15계층 전역에서 일제히 요란한 산성을 올렸을 것이다.

『벽』이 아니라 『천장』 속에서, **암반을 뚫고**.

'——위험해!!'

레피야가 『명확한 위기』를 감지했을 때는 이미 때가 늦었다.

나노의 머리 위, 배드 배트가 발생한 천장이 균형을 잃은 것처럼 **붕괴되었다**.

"아니?!"

"꺄아아아아아아아아아아아아아아아악?!"

몬스터가 태어나며 구멍투성이가 된 천장이 으르렁거리며 일제히 무너졌다.

바위의 흉악한 샤워가 쏟아지는 가운데 【랭크 업】을 이룬 권속들은 무시무시한 반사속도로 땅을 박찼다. 경악하고 비명을 지르며 회피행동을 하는 것이 고작이었다. 『배드 배트』의 대량발생에 의한 부차적인 산물은, 마치 건물이 무너지는 것과도 같은 굉음을 연쇄시키며 온 계층을 충격과 진동으로 에워쌌다.

그리고.

"나노?!"

"아——."

한쪽은 나노와 밀리리아와 콜.

한쪽은 루크.

세 명과 한 명을 갈라놓듯, 그들 사이에 거대한 암반이 낙하했다.

창졸간에 손을 뻗은 루크의 시선 너머에서, 아연실색한 세 사람의 모습이 암반에 의해 차단되었다.

"루크, 안 돼요!"

레피야는 동료들을 따라가려 하는 소년의 몸에 한쪽 팔을 감고 뛰었다.

그리고 그녀의 직감을 긍정하듯, 지면까지도 무너져내렸다.

레피야는 옆 굴로 뛰어들어, 무시무시한 붕괴 범위에서 긴급탈출을 시도했다.

"나노ㅇㅇㅇㅇㅇㅇㅇㅇㅇㅇㅇㅇㅇㅇㅇㅇㅇㅇㅇㅇㅇㅇㅇㅇ!"

소녀를 부르는 소년의 목소리는 바위의 굉음에 덮여 지워졌다.

"로키—! 큰일났어!!"

아침에 이어 아이즈 일행이 응접실에서 쉬고 있을 때.

황급한 발소리를 내며 엘피가 달려왔다.

"던전『중층』에서 대규모 붕괴가 일어났대!『길드』가 발칵 뒤집어졌어!"

"!"

그 보고에 아이즈 일행은 눈을 크게 떴다.

엘피의 말에 따르면, 제15계층을 중심으로『암굴미궁』이 무너지고 진행 루트가 모두 막혀버렸다는 것이었다.

여러 계층에 걸쳐 낙반이 일어나, 현재 제14계층 아래로는 조금도 나아갈 수 없는 상태였다.

"『학구』학생들은?"

제일 먼저 아이즈는 그 사실을 물었다.

미숙한 학생들의 생사, 나아가서는 한 후배의 안부를.

"『학구』 학생들은, 던전에 가기 전에 길드에 수속을 했으니까, 숫자는 알 수 있는데…… 대부분이 지상으로 귀환했지만…………『소대』 둘이, 돌아오질 않았는데…….."

띄엄띄엄 말을 이은 엘피는 낯을 창백하게 물들이며 말했다.

"그중 하나가, 레피야의『제7소대』라고 해요……."

그 말을 듣자마자 아이즈 일행은 벌떡 일어나고 있었다.

"가자! 레피야를 구하러!"

"응, 바위 같은 건 강제로 파버리면 돼."

티오나와 티오네가 동료의 위기에 으르렁거리며 나서고, 아이즈도 그 뒤를 따르려 했다.

하지만 혼자 소파에 앉아 있던 로키가 권속들을 제지했다.

"니들 진정하그래이. 암반에 깔리지만 않았음 레피야는 여유일기라. 지금 걔는 Lv.4인 슈퍼 레피야 아이가?"

"하지만 로키, 혹시 무슨 일이라도 있으면——!"

"게다가 내『은혜』는 안 줄었데이. 적어도 레피야는 아직 안 죽었다카이."

로키의 그 말을 듣고 티오나와 티오네는 열이 오르려 하던 머리를 금세 식힐 수 있었다.

"붕괴된 바위를 억지로 파고 나아가봤자 2차 재해 일으킬 뿐이데이. 전용 장비, 그리고 메이거스의 협력이 필요하제. 가네샤네 언저리가 이미 움직이고 있을기라. 같이 연계하그래이. 티오네, 니가 지휘하그라.”

“알았어!”

“핀이랑 간부진한테는 내가 전해주꾸마. 아이즈도 티오나도 같이 가그라. 저택에 있는 단원들은 전부 끌고 가도 댄다.”

“응!”

“나, 나도 갈게!”

티오네, 티오나와 아이즈, 그리고 엘피가 달려나갔다.

지시를 내리고 순식간에 혼자 남은 로키는 넓은 응접실에 성대한 한숨 소리를 퍼뜨렸다.

“우리 레피야의 중요한 순간인디…… 참말로 분위기 파악 몬한데이.”

자리에서 일어나 창가로 다가간다.

이제는 큰 소란에 휩싸인 센트럴 파크 방향을 바라보며, 신은 투덜거렸다.

“도시가 암만 평화롭다 캐도 던전은 던전이구마.”

“루크, 무사해요?”

그때까지 이어지던 지진 같은 진동이 겨우 가라앉기 시작하는 가운데.

레피야는 옆에서 무릎을 꿇고 있는 소년에게 말을 걸었다.

장소는 제15계층의 옆길. 정규 루트에서 크게 벗어난, 좁고 가느다란 동굴 중 하나였다.

꽤나, 상당히 멀리 도망쳤다. 천정의 광범위한 붕괴는 살인적이어서 아무리 제2급 모험자인 레피야라 해도 도주 이외의 수단을 취하기란 불가능할 정도였다.

지금도 주위에 흙먼지가 끼어 있어 자기도 모르게 얼굴을 찡그리고 말았다.

"나노…… 콜, 밀리…… 젠장!!"

땅에 손을 짚고 있던 소년은 주먹을 쥐더니 힘껏 내리쳤다.

루크는 거친 숨을 몰아쉬며 무력감에 허덕이고, 갈 곳 없는 분노로 떨었다. 그것을 곁에서 지켜보는 레피야 또한 태어나서 처음으로 혀를 찰 뻔했다.

핀이나 리베리아, 가레스라면 『배드 배트』의 이변을 알아차리고 즉시 철수를 지시했을 것이다. 학생이라는 보호 대상을 데리고 있었으면서 『위화감』의 원인을 찾고 있다니, 그런 얼빠진 선택을 내리며 망설이지는 않았을 것이다.

Lv.4가 된 정도로 뭐든 할 수 있을 거라 착각했던 걸까.

자신은 역시 아직 멀었다.

소대원들을 위험에 빠뜨려버린 레피야는 속으로 자신을 욕했다.

"……루크, 숨을 크게 들이마셔요. 그리고 천천히 내뱉고. 호흡이 가라앉으면 내 질문에 답하세요."

꼴사나운 자신에 대한 감정을 조금도 드러내지 않는 레피야는 순식간에 마음을 바꿔 먹었다.

그 목소리를 듣고 조금이나마 이성이 돌아왔는지, 루크는 시키는 대로 심호흡을 하고 일어났다.

"『제7소대』가 붕괴를 경험한 건 이번이 처음인가요?『학구』의 야외조사 중에 비슷한 사고를 만난 적은?"

"……있어. 대륙 남서쪽 테레사스의 유적에서 한번, 죽을 뻔했어. 유적 전체가 무너져서…… 그때는 구조대를 기다리다가 어떻게든 빠져나왔지만……."

"그렇다면 그들은 공황에 빠지는 최악의 사태까지는 가지 않았을 거예요. 던전 안이라고는 하지만 한 번이라도 경험을 해봤다면 기본적인 대처법도 알고 있을 테니까요."

그 차이는 크다.

결코 자기 자신을 잃지 않는다는 것은 던전에서 생존확률을 비약적으로 높여준다.

"문제는 그들이 높은 확률로 **하부 계층에 떨어졌으리라는 것**. 붕괴를 만난 그 지역에서 발판이 뚫렸어요. 암반 속으로 사라진 그들은 아마도 거기에 휩쓸렸겠죠……."

루크를 데리고 도망치기 직전, 레피야는 바닥이 무너졌던 것을 똑똑히 확인했다.

제2급 모험자인 레피야, 소대장인 루크가 없는 『제7소대』는 당연히 추락을 피할 수 없었을 것이다.

"……어째서지."

그때 문득.

냉정하게 분석하는 레피야의 옆얼굴에 대고, 루크는 눈꼬리를 틀어올리며 떨리는 목소리로 외쳤다.

"왜 당신은 그렇게 태연할 수 있는 거야?! 그 애들이 무사한지 어떤지도 알 수 없는데!!"

그것은 타당한 의문이다.

오랫동안 함께 했던 동료와 떨어진 루크가 평온한 심정일 리 없다. 침착함을 유지하는 것도 어려우리라. 자신이 그와 같은 처지였다면—— 엘피 같은 친구들과 떨어져 버렸다면 레피야도 적잖이 동요했을 것이다.

그러므로 레피야는 그를 자극하지 않도록, 그러면서도 의연한 태도로 손가락을 세웠다.

"내가 태연할 수 있는 이유는 두 가지예요. 첫째, 당황한다고 해도 상황은 조금도 달라지지 않는다는 것. 소란을 떨어봤자 체력만 낭비할 뿐이에요. 정신을 피폐하게 만들어봤자 아무 도움도 안 돼요."

"큭……!"

"덧붙여서, 우린 그들이 살아남았으리라고 전제하지 않고선 움직일 수 없어요. 죽었을지도 모르죠. 하지만 반대로 **아직 살아있을지도 몰라요**. 이 가능성이 공존할 때 세 사람을 저버리고 지상으로 귀환한다는 선택을 할 수 있나요?"

이쪽을 바라보던 루크의 두 눈이, 미간에 주름을 지으면서 침묵으로 대답했다.

그의 감정이 가라앉을 타이밍을 재서, 레피야는 두 번째 손가락을 세웠다.

"둘째로, 선배인 내가 이성을 잃으면 당신도 이성을 잃을 거예요."

"!!"

"그러니까 나는 허세라 해도 『학생』인 여러분 앞에서는 의연한 표정을 지을 거예요."

실제로 지금의 레피야는 동요하지 않고 있지만, 설령 이보다 더 부조리한 상황이 닥쳤다 해도 침착함을 유지했을 것이다.

리베리아와 아이즈 같은 사람들이 그랬다.

던전의 이상사태을 마주할 때마다 갈팡질팡하며 겁만 내던 자신의 앞에서, 결코 여유를 잃지 않았다. 결코, 레피야를 불안에 빠뜨리는 언동을 보이지 않았다(겁을 주는 농담은 가끔 했지만).

침착함을 유지하는 것.

멈추지 않고 말을 하는 것.

농담, 허튼소리, 뭐든 좋다.

이렇게 태연하게 굴며 말을 나누는 것은 비상시에 매우 중요한 일이다. 사소하기 그지없는 것이라 해도 안심을 나눌 수 있다.

예전까지는 레피야도 남에게 도움을 받아왔다.

이번에는 레피야가 다른 누군가를 도울 차례다.

"……미안해, 선배. 또 열을 내버렸어."

"아니에요. 상황이 상황이니까요. 어쩔 수 없죠."

몇 초 동안 얼굴을 마주한 후, 루크는 뜨거워졌던 머리를 완전히 식히고 사과를 했다.

처음 던전에서 대들었을 때, 주의를 받았음에도 감정적으로 행동했던 자신을 부끄러워하는 그에게, 레피야는 모험자로서가 아니라 레피야 개인으로서 말했다.

"루크. 쉽게 뜨거워지는 당신의 언동은 모험자가 되기 위해서는 나쁜 버릇일 수도 있지만…… 나는 동료를 생각하는 당신의 그런 면은 싫지 않아요."

레피야는 미소를 지었다.

호감을 느낀다고, 솔직한 심정을 담아서.

그리고 그 미소를 본 루크는 어스름한 암굴 속에서도 알아볼 수 있을 정도로 얼굴을 붉혔다.

허리춤의 파우치에서 지도를 꺼내 시선을 떨군 레피야가 그 사실을 알아차릴 수는 없었지만.

'탈출을 위해 정규 루트에서는 꽤나 멀어졌어요. 다행히 지금의 위치는 알고 있지만…… 다음 층으로 가는 연결통로에서는 멀군요.'

도주 경로를 모두 기억하는 레피야는 맵 위의 현재 위치에서 정규 루트로 가는 길을 스스슥 훑어보았다.

'탈출 루트라면 크노소스도 있긴 하지만…… 우리는 쓸 수 없으니까요. 기밀인 것은 물론이고, 나와 루크가 탈출한다 해도 행방불명된 소대원들을 구하지 못하면 의미가 없으니까요.'

다이달로스의 유산은 각 계층과 이어져 있지만, 『열쇠』를 가져오지 않은 지금은 활용할 방법이 없다. 무엇보다 『문』이 있는 에이리어에서는 거리가 멀었다. 기껏해야 크노소스의 존재를 아는 세력이 구조대로 이용할 수 있는 정도일 것이다.

"……우선 소대원들과 합류하는 걸 최우선목표로 하겠어요."

생각을 굴리던 레피야는 방침을 제시했다.

다행히 계층 내에서 캠프를 할 예정인 『소원정』이었으므로 식량과 물, 아이템은 평소보다 많이 준비했다. 반은 레피야가, 나머지 반은 서포터를 겸임한 마도서 나노가 소지했다. 두 사람이 따로 떨어진 것은 불행 중 다행이었다.

생존한 그들이 고립된 채 활동할 수 있는 시간은 대충 계산해서 약 한나절.

한 곳에 머물며 소모를 억제한다면 이야기가 달라지겠지만, 몬스터가 끊임없이 『연속전투』를 강요하는 환경에서는 보급의 타이밍을 생각해도 그 정도가 한계일 것이다.

그 한나절을 제한시간으로 잡고, 세 소년소녀를 광대한

중층 영역에서 찾아내야만 한다.

"선배…… 우리 말고 붕괴에 말려든 소대나 모험자는……."

"지금은 버리겠어요. 다른 소대가 남아있다 해도 안타깝지만 다 보살필 수가 없어요. 모험자라면 더더욱. 분단된 동료들을 발견하는 것 자체가 애초에 너무나 어려운 일이에요. 있을지도 알 수 없는 불특정다수를 구할 만한 여유는, 우리에겐 없어요."

시간은 없다. 선택지를 잘못 고를 여유도, 고민할 틈도 없다.

레피야가 그렇게 솔직하게 말하자, 루크는 입을 다물었다.

자신들의 파티는 스스로 책임을 져야 한다. 냉정하게 들릴 수도 있지만 결코 틀린 것은 아닌 모험자의 판단을, 마음 착한 소년은 받아들였다.

그도 역시 동료를 구하고 싶다는 아집을 우선시했다.

그리고—— 말은 이렇게 하지만, 그녀는 괴로워하는 사람을 발견한다면 즉각 구해줄 것이 틀림없다.

이것은 루크의 망설임을 없애기 위한 『비정』이자 『거짓말』이다.

"루크. 나는 낙오된 소대원들이라면 틀림없이 『이렇게 할 것이다』라는 걸 알고 있다고 생각은 하지만 의견을 묻고 싶어요. 나보다도 그분들과 훨씬 오랫동안 알고 지냈던 당신의 의견을."

그렇게 전제를 깔고, 레피야는 물었다.

"『구조』를 기다릴지, 아니면 스스로『길을 열지』. 이 상황에서 그들은 어떤 선택을 할 것 같나요?"

그 물음에.

루크는 잠시 눈을 감은 후, 이내 떴다.

"당신과…… 선배와 만나기 전이었다면, 우리는 분명 구조대를 기다렸을 거야."

소년은 과거의 자신들을 떠올리며 말하고, 이내 목소리를 높였다.

"하지만 당신에게 많은 걸 배운 지금은! 분명 **아래 계층으로 갔어!** 운이나 우연에 목숨을 맡기는 짓은 하지 않아! 자신의 손으로 길을 열어나가려 할 거야!!"

위험을 무릅쓰고서라도『모험』을 한다.

『모험자』가 된다.

그 답에 레피야는 웃음을 지었다.

"다행이에요. 나도 같은 생각이거든요. 그렇다면 그들은 18계층으로 갔을 거라고, 그렇게 상정하고 우리도 움직이죠."

"알았어!"

부상을 입고 움직이지 못하는 누군가가 있을 가능성도 존재하지만, 밀리리아는『회복마법』을 쓸 수 있다.

어지간한 부상이 아니라면 이동할 수 있을 것이다.

그들이『모험자』가 되었음을 믿고, 나아갈 수밖에 없다.

"가죠."

계층 내의 붕괴 발생으로부터 겨우 5분.

레피야와 루크는 행동을 개시했다.

"미이짱, 괜찮아……?"

"이 정도 부상은 찰과상이에요. 그보다도 나를 감싼 콜이…….."

"나도, 괜찮아………… 지혈할 수 있어. 그러니까 나노, 울면 안 돼. 수분 한 방울이라도 낭비해선 안 돼."

『팔나』를 받은 권속이 아니었다면 제대로 시야도 확보할 수 없는 어두운 공간 속.

나노, 밀리리아, 콜은 무릎을 꿇은 채 한데 모여 있었다.

붕괴에 말려들어, 소녀들을 감쌌던 웨어울프 소년은 머리와 오른쪽 눈언저리에 열상을 입었다. 옷을 찢어 커다란 안대처럼 감은 천은 금세 새빨갛게 물들었을 정도였다. 시야가 차단된 오른쪽 눈은 지상에 돌아가기 전까지는 제 기능을 하지 못할 것이다.

반면 그의 말대로 피는 확실히 멎었다.

신속한 응급처치를 자신의 손으로 마쳤으며, 아이템 낭비를 꺼려한 콜은 누구보다도 상황을 잘 이해하고 있었다.

지금 자신들은 서바이벌의 상황에 한쪽 발을 담그고 있

다는 걸.

고립무원. 탈출 곤란. 절망적인 상황.

그런 가운데 콜의 왼쪽 눈은 소녀들과 함께 살아 돌아가는 것을 체념하지 않았다.

동료 소년의 그 꿋꿋한 모습을 보고, 울상을 지었던 나노는 열심히 코를 훌쩍이면서도 눈물을 닦았다.

마음 착한 그의 헌신과 용기에 보답하고자,

"콜, 미이짱. 레피야 선배가 가르쳐준 것 기억해?"

"물론이지. 『중층』에서 긴급상황이 발생해서, **지상으로 귀환하기 어려워졌을 경우**, 일부러 아래로…… 세이프티 포인트로 피난하는 방법도 있다."

"처음에는 왜 그런 걸 가르쳐줬는지 너무 이상했지만…… 역시 그분은 모험자였어요."

콜과 밀리리아와 함께 웃음을 나누었다.

"분명 있지, 루크랑 레피야 선배도 우리를 찾고 있을 거야. 그러니까…… 그 사람들을 믿고, 나아가자!"

"선배랑 루크가 죽었을 가능성은 고려하지 않나요?"

"안 해! 왜냐면 루크랑 레피야 선배인걸!"

"하하하…… 그러게. 분명 그럴 거야. 희망은 있어."

활달하게 웃는 휴먼 친구에게 엘프와 수인도 크게 고개를 끄덕였다.

땀이 뺨을 타고 흐르는 가운데, 세 사람은 뜻을 통일했다.

"콜, 지금 위치는 알 수 있어요?"

"응. 지도는 가지고 있어. 추락했던 에이리어 자체는 기억하고…… 정확한 위치는 아직 알아내지 못했지만, 나아가다 보면 16계층 어디쯤인지는 알 수 있을 거야."

"그거 다행이네요. 그럼 3인 1조로 나아가죠. 나노, 당신도 행동해주세요."

"응! 나도 전열, 맡을게! 마인드를 아껴야지!"

루크를 대신해 부소대장을 맡은 밀리리아가 지휘하는 가운데, 나노는 등에 진 백팩을 훌렁 뒤집었다. 산더미처럼 나오는 아이템 속에서 주먹 크기의 철구와 이어진 사슬을 풀었다.

세인트 아이언으로 만든 로드와 연결하면, 아니 이럴 수가, 플레일 타입의 무장—— 소위 말하는 모닝스타가 되는 것이다.

"레온 선생님한테도 자신의 몸을 지키는 방법은 배웠으니까 괜찮아! 나도 싸울 수 있어!"

"마도사가 자기를 지킬 목적으로 모닝스타를 선택한 게 이해가 안 가는데요……. 역시 나노는 머리가 이상해요……."

"밀리, 진정해…… 지금 머리가 아프면 안 돼…… 냉정하게, 냉정하게……."

의외로 공황과는 거리가 먼 그들은 주위를 경계하고 일어났다.

붕괴의 흔적인 바위가 여기저기 널브러진 동굴 형태의 통로 속에서, 뚫려있는 길 하나를 스카우트인 콜이 가리켰다.

"다른 길은 몬스터 냄새가 나. 갈 거라면 이쪽으로 가야 해."

"응…… 가자!"

루크의 선언대로.

그들은『모험』에 나섰다.

거울의 목소리

"발두르 님!"

『학구』의 교장실.

소리를 내며 문을 열어젖힌 레온, 그리고 아리사가 뛰어
들었다.

"잘 와주었어요 레온. 오라리오의 소식은 이미 들었겠죠?"

"예. 던전에서 대규모 붕괴가 일어났다죠? ……상황은
어떻습니까?"

마호가니 소재의 커다란 책상을 사이에 두고 발두르와
레온이 재빨리 정보를 확인했다.

계층 규모의 거대한 『이상사태』가 발생해 오라리오 측이
대처에 내몰린 가운데, 『학구』 또한 움직이려 하고 있었다.

"거의 대부분의 학생은 갇히기 전에 탈출했고 사망자 또
한 나오지 않았다고 합니다. ……하지만 『제3소대』, 그리
고 『제7소대』가 남아있을 가능성이 높습니다."

눈을 감은 신의 얼굴에서는 웃음이 사라지고 없었다.

그 목소리에도, 사실 이상의 정보 이외에는 아무런 감정
도 담겨 있지 않았다.

"레피야……."

눈살을 찡그린 레온의 바로 뒤, 아리사의 얼굴에서는 색
깔이 사라져버렸다.

같은 【클래스】의 후배들, 그리고 옛 친구의 안부를 두고
그녀의 가슴이 불규칙적인 고동의 소리를 연주했다.

"저도 가겠습니다. 오라리오 측에만 맡겨둘 수는 없습

니다."

"네, 부탁드려요. 마릭이나 다른 교사들을 데려가도 좋습니다. 현장의 판단은 레온에게 맡기겠습니다."

"바, 발두르 님! 저도——!"

"아리사, 당신은 남아주세요. 선생님들이 나가버리면 이쪽의 지휘체계가 부족해져요. 지원물자의 공급은 물론이고, 필요하다면『연금학과』의『창고』도 개방할 필요가 있어요."

구조대로 지원은 했지만 대기를 명령받은 아리사는 상황을 정확히 부감하는 신의 목소리에 이의를 제기할 수 없어 쥐어짜내듯 대답했다.

"……네."

레온은 짧게 고개를 끄덕이고 시간을 아까워하듯 방을 나갔다.

"레피야네는…… 무사할까요?"

"생존은 확실해요. 저의 은혜는 수가 줄어들지 않았으니까요. 몸이 멀쩡할지까지는 알 수 없지만…… 그녀와 **그**가 있는 소대라 다행이네요. 최악의 경우는 회피했을 겁니다."

견디지 못하고 묻는 아리사에게, 발두르는 슬쩍 웃음을 지으며 말했다.

의미심장한 발언에 아리사가 의아함을 느끼는 가운데, 그는 이내 웃음을 거두었다.

"우려가 있다고 한다면, 그건 레피야의 **내면**. 극한상태에서 그녀의 마음이 어떻게 기울어질지——.”

——말도 안 돼.

루크는 그 광경을 직접 보고 그렇게 생각하고 말았다.

“【머잖아 불을 뿜을지니. 밀려드는 전화(戰火), 면할 길 없는 파멸. 개전의 뿔피리는 드높이 울려 퍼지고 폭거의 쟁란이 사방을 에워싸노라——】.”

자아내는 『초단문영창』.

그 주문의 규모와 『마력』의 총량만으로도 루크는 몸이 떨리는데, 당사자는 태연한 얼굴을 한 채 **연속으로 사용**하고 있다.

무엇보다도 상식을 의심해버렸던 점은—— 이만한 대규모 섬멸마법이 『공격』을 위해 쓰이지 않았다는 것이었다.

“【불태워라 수르트의 검. 나의 이름은 알브】.”

현재 루크와 레피야의 주위에는 몬스터의 그림자 따위 하나도 없었다.

그런 가운데 조용히 마지막 영창문이 드리워지자, 레피야의 발밑에서 소환된 비취색 매직 서클이 단숨에 펼쳐졌다.

무수한 통로를 가로막은 암반의 밑을 지나, 반경 약 80M의 효과 범위 내, 몬스터와 **사람이 없는지를** 서치한다. 그리고 근처에 모험자도 학생도 없다는 것을 확인하자, 레피야는 너무나도 스스럼없이 광역섬멸마법【레아 레바테인】을 해제했다.

다음으로는 완드를 든 왼손을 전방으로 내밀었다.

"【해방될 한 줄기 빛, 성스러운 나무로 지은 활대. 그대는 명궁일진저】."

낭랑히 울려 퍼지는 것은 그녀의 본가 원조 주문.

손에 든 지팡이가 조준한 것은 진로를 가로막는 거인의 주검과도 같은 바윗덩어리.

그리고 영창 중의 마법과는 별도로 오른손에 준비한 것은 『고리 형태의 소형 매직 서클』.

"【저격하라 요정의 사수. 뚫어라 필중의 화살】————【아르크스 레이】!"

특대 빔이 뿜어져 나가 바윗덩어리를 삼켜버렸다.

어마어마한 충격과 작열음.

암반을 꿰뚫는 정도가 아니라 소멸시켜버리고도 남는 파괴력에, 이미 균형을 잃었던 암굴이 2차 재해를 일으키려 했지만—— 레피야는 즉시 선언했다.

"【카논】!"

스킬【더블 카논】의 스펠 키.

레아 레바테인보다도 먼저 선행영창했던 『마법』이 즉시 발동했다.

"【윈 핌불베트르】!"

그리고 날아간 것은 맹렬한 세 줄기의 눈보라였다.

이번에는 오른손을 내밀며 비취색 매직 서클을 다시 전개한 레피야가 날린 얼음 파도의 포격은 무너지려 하던 통로 그 자체를 즉시 얼려버렸다.

정밀한 제어와 방대한 출력. 흉악한 암반을 얼리고 막아내고 지탱하면서 내부를 공동 상태로 유지한다. 그 무시무시한 냉기에, 팔로 앞을 가리고 있던 루크가 고개를 들자── 그곳에는 『얼음 터널』이 완성되어 있었다.

무너지려 하던 암굴의 안쪽에 설치된 튼튼한 『빙굴』이었다.

"후우…… 한꺼번에 『마법』을 사용하면 마인드 소모도 무시할 수 없네요."

입으로는 그렇게 말하면서도 그녀의 얼굴에는 소모의 빛이 전혀 보이지 않았다.

『삼중 마법』의 연속행사.

첫 마법은 『레이더』. 매직 서클 내에서라면 인간과 괴물을 모두 식별할 수 있는 광역섬멸마법【레아 레바테인】을 넓게 전개해, 모험자나 학생들이 근처에 없는지를 확인한 후, 말려들 걱정이 없다는 것을 안 시점에서【아르크스 레이】의 대포격으로 바위를 철거한다. 그리고 지지대를 잃고 무너지는 암굴을 절대영도의 눈보라【윈 핌불베트르】로 얼려버린다. 내부에 『공동』을 만들면서.

앞길을 차단하는 바위를 날리고, 낙반을 막고, 동시에 나아갈 수 있는 『길』을 연다.

말하기는 쉽다.

그러나 이런 재주를 부릴 수 있는 모험자가 과연 몇이나 될까?

던전의 굴착 작업에 막대한 시간과 노력이 필요하다는 것은 상상하기 어렵지 않다.

그만한 인원을 할애하고, 전용 장비를 사용하고, 세심한 주의를 기울여야 겨우 개통할 수 있는 터널을, 레피야는 겨우 혼자서 뚫어버린 것이다.

터무니없는 마법 행사와, 자릿수가 다른 **괴마력**.

——이것이 Lv.4.

——아니, 이것이 【로키 파밀리아】의 【사우전드 엘프】.

『학구』가 가는 곳마다 몇 번이나 들었던 레피야의 뇌명이 결코 과대평가가 아니었음을, 루크는 새삼 실감했다.

등줄기가 오싹해지는 외경심과 함께, 그녀 또한 『영웅 후보』 중 한 사람임을 깨달았다.

"……말도 안 돼……."

이미 이 『빙굴』의 광경을 **네 번**이나 보았던 루크는, 이번 에는 소리를 내 중얼거렸다. 레피야가 돌아보았다.

"비효율적인 건 인정해요. 하지만 마법을 쏴서 모험자나 학생들이 말려들기라도 하면 큰일이니까요."

"나도 알아…… 알긴 아는데……!"

자신보다도 어린 소녀에게 몇 번이나 도움을 받으며, 루 크는 시시한 남자의 자존심에 희롱당하고 있었다.

그들이 철수했던 에이리어는 붕괴 범위가 넓어 모든 루트가 막혀버렸다. 갇혀버렸다고 해도 할말이 없는 상황이었다. 실제로 루크 혼자였다면 타개하지 못한 채 정말로 구조대를 기다릴 수밖에 없었을 것이다.

그때 레피야가 말했던 것은 단 한마디.

『나아가죠.』

마도사가 있으면 졸도할 만한 『삼중 마법』의 연속 사용으로 쭉쭉 진행해버렸다.

"마인드가 얼마나 있는 거야?"라든가 "보통 이런 생각이 떠올라도 진짜로 하나?"라든가, 그런 말을 중얼거리면서 루크는 자신의 상식이 파괴되어가는 기분을 맛보았다.

"……당신 혼자 암반을 뚫을 수 있다면 탈출 경로를 만드는 게 낫지 않아? 먼저 14계층으로 가는 길을……."

"지상도 이 소란을 듣고, 이미 【가네샤 파밀리아】 같은 분들이 움직이고 있을 거예요. 그러니 그쪽은 그들에게 맡기죠. 저 한 사람보다 많은 인원을 배치할 수 있는 그들 쪽이 훨씬 효율이 좋을 테니까요."

생각을 그대로 입에 담은 루크에게, 레피야는 빙굴을 나아가며 담담히 대답했다.

양측 모두 정규 루트를 파헤치며 나간다면 분명 시간은 단축되겠지만, 행방불명된 소대원들과의 합류는 한시를 다툰다. 그리고 앞서가고 있는 자신들이 그들과 훨씬 가깝다.

우선순위를 혼동하지 않는 레피야의 말에, 루크도 그건 그렇다며 수긍했다.

"그렇다 쳐도 운이 없네요. 다음 계층으로 가는 『수직굴』이 좀처럼 나타나질 않아요."

레피야의 비상식적인 방법으로 무너진 던전 내부를 나아간다고는 하지만, 여기에도 마인드라는 이름의 한계가 있다. 무엇보다도 그녀 자신이 말했듯 비효율적이다.

레피야는 곧이곧대로 루트를 나아가는 것이 아니라, 하부 계층으로 가는 지름길인 『수직굴』을 찾고 있었다. 그러면 미궁 내를 헤매지 않고 제18계층으로 한달음에 날아갈 수도 있기 때문이다.

차라리 【아르크스 레이】를 아래로 쏴서 직접 수직굴을 만들어버리면 되지 않느냐고, 루크는 자포자기하듯 생각도 해봤지만, 아무리 그래도 그건 던전에 수없이 있는 암묵적인 규칙 중에서도 폭거에 속했다. 아래층에 모험자가 있으면 확실하게 죽을 테고, 그렇지 않더라도 높은 확률로 붕괴에 말려들 것이다.

레피야가 리베리아에게 양도받은 광역섬멸마법 【레아 레바테인】은 『가로』를 탐지할 수는 있어도 『세로』는 불가능하다.

"하지만 이미 16계층이잖아. 앞으로 한 번만 『수직굴』을 찾으면 17계층에 도착할 거야."

"그렇긴 하지만요…… 생각보다도 시간을 많이 들였어

요. 우리는 그렇다 쳐도 나노 일행이 걱정이에요.”

루크의 말대로 지금의 위치는 제16계층.

붕괴의 우려가 있었던 제15계층에서 어떻게든 여기까지 도달했다.

레피야가 꺼낸 회중시계를 루크도 흘끔 보니,『제7소대』가 던전에 내려온 지 이미 한나절이 지나려 했다.

슬슬 던전 체류 최장시간을 경신할 것이다.

원래 같으면 몸도 마음도 괴로워졌을 텐데…….

‘……전혀 피곤하질 않아.’

붕괴 탓에 던전이 지형회복을 우선시한 탓인지, 몬스터가 조금도 태어나지 않았다. 그리고 당연히 레피야가 만들어낸『빙굴』안에서는 ──미궁벽이 얼어붙어 버리면── 몬스터가 태어날 수 없다.

낙반에 깔리지 않고 살아남은 몬스터도 나오기는 했지만, 그것도 평소에 비하면 수가 적었다. 레피야가 일단 후열을 맡고는 있어도, 실제로는 루크보다 빠르게 몬스터를 해치우고 있었다. 이젠 그냥 이 엘프 하나만 있어도 되는 거 아닐까.

‘나 여기 있을 의미 없지 않나……?’

전열의 존재이유란? 그런 생각에 빠져들고 말았다.

한층 자신을 비하하고 말았다.

그렇게 되면 당연한 섭리처럼 말수가 줄어들고, 레피야와의 사이에는 침묵의 장벽이 내려앉게 되었다.

“……루크, 창피한 질문 하나 해도 될까요?”

“……뭔데, 창피한 질문이란 게.”

침묵을 견디다 못했는지, 레피야가 물었다.

루크는 의아한 표정을 지었다.

“창피하다기보다는 건방진, 이라고 말하는 편이 맞을지도 모르겠지만요………… 루크 혹시 나한테 관심 있어요?”

꽈아아아아앙!!

루크 소년은 바로 옆의 빙벽에 머리를 격돌시켰다.

“와악?! 괜찮아요, 루크?! 발 미끄러졌어요?!”

눈을 동그랗게 뜨고 완전히 뜬금없는 소리를 하는 연하의 선배에게, 루크는 얼굴을 새빨갛게 물들이며 외쳤다.

“무, 무, 무슨 소릴 하는 거야?! 그럴 리가 없잖아아아!!”

“아, 그렇겠죠? 다행이다아. 그렇게나 적대시하던 루크가 좋아한다고 하면 저 진짜 곤란했을 거예요.”

당황에 당황을 거듭한 목소리로 외치자, 미소와 함께 날아든 카운터가 『푹푹푹!』 마음을 후벼 파며 벌집을 만들었다.

발이 후들거리려 하는 루크를 알아보지 못한 채, 레피야는 진심으로 안도한 표정을 지었다.

“사실은 나노가 이상한 소릴 해서요. 루크가 저를 의식하고 있는 거 아니냐고.”

“……내가 지금, 입 다물고 있는 것도, 그런 거라고 생각했어?”

"네. 미궁 속에 남녀의 감정을 가지고 들어왔다면 단단히 혼을 내줘야겠다고 생각했죠. 아~ 다행이다. 어떻게 대응할지 결정을 못 했거든요."

망할. 이 여자, 기뻐하는 표정 짓고 앉았어.

루크는 화가 난 건지 슬픈 건지 울고 싶은 건지, 마구 뒤섞인 감정으로 주먹을 떨었다.

애초에 본인에게 직접 물어보는 사람이 어딨느냐고!

난 딱히 좋아하는 건 아니지만! 그래, 이런 여자 하나도 신경 쓴 적 없지만!!

하지만 만약, 정말로 좋아했다 쳐도, "절 좋아하나요?"라고 물어보면 "네. 당신을 좋아합니다"라고 즉각 대답할 수 있는 놈이 어디 있어!!

연애가 뭔지도 모르냐?!

역시── 진짜 싫어!

『가르치는 입장』을 다하기 위해 두뇌의 회로가 완전히 『교사』로 바뀐 얼빠진 엘프를, 루크는 시뻘겋게 물든 얼굴로 노려보고 있었다.

"기운, 좀 돌아왔네요."

"아?"

"부디 비굴해지지 마세요. 제가 지금 뭐든 할 수 있는 것처럼 보이는 건 당신보다 『경험』을 쌓았을 뿐이니까요."

그러면서 웃는 레피야에게, 루크는 눈을 크게 떴다.

"그러니까 죄책감 가질 필요는 없어요. 애초에 저는 여러분의 인스트럭터니까, 발돋움을 하는 건 당연하잖아요?”

그 웃음에, 루크는 조금 전과는 다른 수치심을 느꼈다.

자신의 존재 이유가 의심스럽다고, 그렇게 생각했던 속내를 레피야는 정확하게 꿰뚫어 보지 않았을까. 그래서 풀이 죽은 루크가 기운을 내도록 연기를 했던 것이다. …… 아니, 아까의 발언은 전부 본심이었을 것 같지만. 딱히 울지 않았다고. 빌어먹을.

‘나는 **또다시** 선입견으로 이 사람을 보고 있었구나…….’

자세히 보니, 레피야는 항상 주위를 경계하고, 지도 확인도 게을리하지 않았다. 자기 몫의 매직 포션도 꾸준히 보급하고 있었다.

루크가 나설 차례가 없을 정도로 몬스터를 만나지 않았던 것은 그녀가 가장 적절하고도 빠른 루트를 골라 가기 때문이다. 마인드가 무한히 보였던 것은 서바이벌 중에 적절한 보급을 하고 있기 때문이다.

그녀는 모험자로서 『당연한 일』을 할 수 있기에 강하게 보였던 것이다.

루크는 모험자로서 『당연한 일』을 하지 못했고, 아직 알지 못한다.

분명 그뿐일 것이다.

소년은 다시 가르침을 받고, 이번에야말로 열등감 따위와는 작별했다.

“루크, 아직도 동요하고 있나요?”

"……솔직히 말하자면 아직 그래. 이만한 재해를, 아니, 『지형의 악의』를 상정한 적이 없었어. 다른 애들도 마찬가지일 거야."

레피야가 만든 빙굴을 빠져나간 직후, 옆의 굴에서 튀어나와 덤벼든 『헬하운드』를 둘이 동시에 격파했다. 『마석』만은 수집하면서 서둘러 걸음을 옮겼다.

"그럼 당신은 또 한 번 현명해진 거예요. **이게 던전이에요**. 레벨 적정을 훨씬 밑도는 층역에서도 우리를 궁지에 몰아넣고 목숨을 빼앗으려 하는 던전."

루크는 흠칫 숨을 멈추었다.

첫 사선, 『퍼스트 라인』이라 불리는 『중층』에서조차 제2급 모험자 파티를 사지로 몰아넣는다.

혹은, 너무나도 쉽게 죽여버린다.

실제로 레피야가 없었더라면 그들은 전멸했을 것이다.

『던전이 죽이러 온다』.

그 말의 의미를, 루크는 똑똑히 이해했다.

이것이 던전인 것이다.

이 지하세계는 곳곳에 치사성 트랩을 깔아놓고 있다.

"……당신도, 죽을 뻔한 적이 있어?"

조급해지려는 마음을 억누르며, 계층에 갇힌 후 첫 번째 휴식을 취하던 중.

물을 마시고 수통을 이쪽에 건네주는 레피야에게, 루크는 문득 그런 질문을 했다.

"아이즈 씨 같은 분들이…… 【파밀리아】 동료들이 없었다면, 50번쯤 죽었을 거예요."

"뭐?"

루크는 말문이 막혔다.

농담은, 아니었다.

눈앞에 있는 엘프는 진심으로 『50번 이상의 임사』를 체험했다고 말하고 있었다.

이렇게 엄청난 실력의 마도사가, 그 정도로——?

생각이 겉으로 생생하게 드러났는지, 레피야는 아연실색한 루크에게 쓴웃음을 보였다.

"제가 루크랑 같은 Lv.3이었을 때는 더 미숙했어요. 동료들의 발목을 엄청나게 잡았을 정도로."

"……지금은, 그렇게 강한데도?"

"네. 50번 죽을 뻔하고서야 겨우 이 정도예요. 그래서 저도 더 정진해야만 해요."

루크보다도 강하고 루크보다도 어른인 엘프는, 다시 한 번 웃었다.

그녀에게 받은 수통도 입에 대지 못할 정도로 당황하고 있으려니, 그녀는 주위를 경계하며 목소리를 바꾸었다.

"루크, 만약 당신이 저를 『강하다』고 생각한다면…… 저에게 배운 것을 다른 누군가에게 전해주세요. 당신의 피가 되고 살이 된 것들을, 하나라도 많은 사람에게 나눠주세요."

휴식을 마치고 나아가며, 고운 엘프의 옆얼굴이 독백하

듯 말을 이었다.

 "선배의 가르침을 후배에게 이어주는 것. 그것이 『배우는 자』의 의무라고…… 이번 인스트럭션을 경험하면서, 저는 그렇게 생각했어요."

 루크에게는 그 말이 다른 그 누구도 아닌, 한 개인으로서 『레피야의 말』인 것처럼 들렸다.

 그녀가 생각하고 느낀 것을, 있는 그대로 전했다.

 실감과 만감이 담겼기에, 루크의 마음에는 강하게 와 닿았다.

 "그리고 하나라도 많은 사람을 구해주세요. 누군가의 슬픔을 하나라도 많이 줄여주세요. **소중한 사람을 잃지 말고.**"

 ──그렇기에.

 상념이 담긴 본심이었기에, 루크는 그 말에 등줄기가 오싹 떨려왔다.

 경계를 잊고, 자기도 모르게 옆에 있는 소녀를 쳐다보고 말았다.

 정면을 바라보는 요정의 두 눈은 아무것도 비추지 않고 있었다.

 '뭘 보고 있는 거야. 어딜 보고 있는 거야───── **누구야, 당신은.**'

 그때 루크의 뇌리에 떠올랐던 것은 『제7소대』의 밀리리아와 콜.

 그리고 웃음을 짓는 나노.

얼빠지고, 손이 많이 가고, 그런 주제에 툭하면 누나 행세를 하려 드는 소꿉친구.

그런 소중한 이들이 갈기갈기 찢겨 피바다 속에 잠긴 광경을—— 레피야의 눈을 보면서 떠올리고 말았다.

폐부가 얼어붙는 착각을 느끼며, 루크는, 입술을 떨었다.

"당신은…… 누군가를, 죽게 한 적이 있어?"

자기도 모르게 그렇게 묻고 말았다.

"죽였어요."

호흡이 멎었다.

"이 손으로. 어쩔 수 없었다고는 하지만. 제가, 그 사람을 죽였어요."

그것은 고백이 아니었다. 참회도 아니었다.

그녀에게는 그저 사실이었다.

마치 미궁의 어둠이 소녀의 마음에서 끌려 나온 것처럼, 그 정보를 루크에게 전했다.

그때의 상황은 루크도 알 수 없다.

깊은 부상을 입고, 괴로워하는 그 사람에게 고통을 주지 않기 위해, 숨통을 끊어주었던 것인지도 모른다.

자신들이 살아남기 위해 울면서 저버렸던 것인지도 모른다.

루크는 알지 못한다. 그러나 지금은 그런 일은 아무래도 상관없었다.

지금 그녀는 자신이 어떤 표정을 짓고 있는지, 알고 있을까?

어떤 눈을 하고 있는지, 알고 있을까?

"……크윽!!"

계속 생각했던 것이 있었다.

그녀는 강하다.

하지만 그녀의 강함은—— 이따금 **무섭다**.

그녀는 태연히 자신을 궁지로 몰아넣는다.

그녀는 냉정하게 삶과 죽음의 경계를 가늠하는 것처럼 느껴졌다.

그녀는, 나노가 흠모하고, 루크도 호감을 가진 『레피야 비리디스』가 아닐 때가 있다.

『변모』라는 말로는 표현할 수 없는 그 눈의 변화. 루크는 그것이 두려워 초조함에 사로잡힐 때가 있었다.

그러나 가장 마음에 들지 않는 것은——.

"루크?"

"……아니. 아무것도, 아니에요."

그가 주시하는 것을 알아차린 그녀가, 레피야가 돌아보았다.

그 군청색 두 눈에는 지금 루크가 비치고 있다.

소년은 그 눈에서 도망치듯 고개를 숙이고 주먹을 꽉 쥐었다.

동료들을 구하고 싶다. 동료들과 만나고 싶다. 한시라도 빨리.

곁에 있는『그녀』를『혼자』놔두지 않기 위해.

그렇게, 생각하고 말았다.

"흐에～～?!"

나노 일행은, 도망치고 있었다.

몇 번째인지 모를 몬스터 무리와의 조우에, 암굴 통로를 격주하고 있었다.

"저렇게 많은 건 반칙이야～～～～?! 포메이션 같은 거 의미 없잖아～～!"

"됐으니까 뛰어 나노!!"

우는 소리를 늘어놓는 나노의 바로 뒤에서, 콜이 여유라고는 한 점도 없는 목소리로 외쳤다.

『미노타우로스』와『헬하운드』, 덤으로 가증스러운 적『라이거 팽』까지.

던전 최대의 무기인『물량』으로 죽이려 드는 어마어마한 수의 몬스터들.

전열인 루크가 빠지지 않은, 원래 상태의『제7소대』였다면 힘으로 제압하는 것도 가능했으리라. 하지만『연속전투』를 강요당한 나노 일행의 체력은 지금 현저히 깎여나갔다. 제대로 맞붙는다는 선택지는 고를 수 없을 정도로.

미궁의 곤경. 가혹한 서바이벌.

입맛을 다시는 던전이 그들을 확실하게 몰아붙이고 있었다.

"——【움트는 떡잎, 신록의 빛. 뻗어라, 뻗어라, 뻗어라. 나무를 타고 꽃을 적시고 숲을 수놓아라】."

그런 가운데 엘프 밀리리아가 영창을 감행했다.

순수한 마도사인 나노와 비하면 마력은 부족하지만, 【스테이터스】 중에서도 『기교』와 『민첩』이 높은 그녀는 그야말로 『활』과 『노래』에 뛰어난 숲의 사냥꾼이었다.

아직 Lv.2면서도 레피야의 가르침을 떠올리고 『이동』과 『영창』, 그 두 가지 행동에만 집중하며 『병행영창』을 연주했다.

"【그리고 묶으라. 야만의 무리를 벌하라. 이곳은 그대가 수호하는 숲의 사당——】!!"

무너지려 하는 벽, 튀어나온 바위 돌기.

질주하는 가운데 미궁의 온갖 조성물을 한 손으로 치자 ——씨앗을 심듯 어루만지자—— 빛의 입자가 생겨나더니 이내 여러 개의 소형 매직 서클이 전개되었다.

그리고 포효를 터뜨리는 몬스터들이 지나가기 직전, 『마법』을 발동시켰다.

"【실버 바인】!"

매직 서클에서 단숨에 뻗어 나온 무수한 빛의 채찍, 아니, 『마력의 넝쿨』.

녹색 빛을 띤 넝쿨은 그야말로 트랩과도 같이, 사냥감을 쫓는 데만 열중했던 몬스터들을 묶으며 구속했다.

『워어어어어어어어어억?!』

『크아아앙──?!』

팔다리며 몸통을 붙들린 몬스터의 무리는 땅 울리는 소리와 함께 쓰러졌다.

그녀의 특기인 『속박마법』.

보기 좋게 맞아떨어진 『마법』에 쾌재를 부를 틈도 없이, 밀리리아는 달리며 상반신을 틀고, 조준.

발이 허공에 뜬 채 몸을 틀며 활시위에 메긴 세 대의 화살을 순식간에 속사했다.

탈출하려고 몸부림을 치던 몬스터들의 머리를 한 치의 오차도 없이 꿰뚫어 절명시켰다.

"──!! 나노!"

"응!"

유려한 사냥꾼의 기술에 전속력으로 달리던 콜은 한 손으로 지면을 깎으며, 반전.

나노와 함께 몸을 돌려 두 자루의 단검으로, 지금 막 탈출하려던 『미노타우로스』와 『헬하운드』의 목을 그어버렸다.

"아자아아아아아아아아아아아아아아아아아아아!"

마무리는 나노의 모닝스타.

　머리 위에서 높이 호를 그리는 사슬 너머, 주먹만한 철구가 소녀의『마력』을 흡수해 사람 머리통만한『빛의 구』로 변하고, 여기에 무수한 마력의 스파이크까지 만들어냈다.

　『학구』가 자랑하는『연금학과』의 발명품《매직 스타 해머》가 몬스터들에게 작렬했다.

　『커어어어엉?!』

　마도사라고는 하지만 Lv.3의【스테이터스】가 날린 치졸한 강격.

　쓰러졌던 몬스터들을 한꺼번에 분쇄하며 지면에도 무수한 균열과 충격을 일으켰다.

　몬스터의 포효는 사라지고, 학생들의 숨소리만이 울려 퍼지게 되었다.

　"해냈어, 미이짱〜……."

　위기를 타개한 공로자에게 달려가려 하던 나노의 말은 중간에 끊어졌다.

　어깨로 숨을 쉬는 밀리리아는 힘없는 걸음걸이로 몬스터의 주검에 다가간 후, 박혀 있던 화살을 잡아 뽑았다.

　"이제, 남은 화살은 다섯 대……."

　오른손에 남은 두 대의 화살에 낯을 찡그리며 허리의 화살통에 집어넣었다.

　나노와 콜은 아무 말도 할 수 없었다.

　그녀의 지금 모습이 자신들의 현재 상황을 생생하게 말해주고 있었기 때문이다.

“콜…… 남은 아이템은?”

“……포션이 한 병, 매직 포션이 반 병…… 식량은 떨어지고, 물도 얼마 안 남았어.”

통로 한복판에서, 몬스터의 시체를 방치해둔 채 숨을 고르며, 겨우 셋이 둥글게 둘러앉았다.

백팩을 맡은 소년의 꺼질 듯한 목소리에, 무릎을 마주 대고 앉은 밀리리아와 나노는 지친 낯빛을 더욱 선명하게 물들였다.

현재 위치는 제17계층.

붕괴로 인해 진로가 차단되고, 몇 번이나 방향전환을 할 수밖에 없었지만, 어떻게든 여기까지 도달했다. 그러나 그들에게는 마침내 『한계』의 발소리가 사박사박 다가오고 있었다.

아이템의 소비가 심했다.

평소보다도 훨씬.

콜의 예상대로라면 조금 더 버텨줘야 할 물자가 동이 나려 했다.

던전의 『극한상태』.

우습게보고 있었다. 이 상황이 가져올 육체의 소모를. 정신의 마모를. 막대한 스트레스를.

끊임없이 미궁에게 위협당하면서 물과 식량과 회복도구, 『소원정』을 위해 준비했던 아이템을 다 써버리려 하고 있었다.

'이미 던전에 들어온 지 하루가 지났어…….'

떨리려 하는 손가락을 억누르며 콜은 레피야에게 받은 회중시계를 꺼냈다.

『Lv.2라면 보급 없이 하루는 던전에서 활동할 수 있어요.』

레피야는 그렇게 말했다. 하지만 그것은 『모험자라면』이라는 주석이 붙는다.

모험자를 지망하는 학생일 뿐인 그들은 압도적으로 경험이 부족하다. 몬스터와의 교전 하나를 보더라도 소모의 정도가 크다. 가능할지는 둘째 치더라도, 『마석』을 노리는 일격필살로 전술을 바꿔야만 했을 것이다.

흐트러지려는 호흡을 열심히 다잡았다.

자신이 지금 공황상태에 한 발을 담갔다는 자각이 있었다.

시간 감각이 이상했다. 하늘이 닫혀있는 탓이다. 계속 어둠에 싸인 지하미궁은 마음을 압박한다. 아직 하루밖에 지나지 않았다니. 이래서는 지상의 구조대도 시간이 더 걸릴 것이다. 레피야 일행은 자신들을 발견해줄까? 안 돼. 이러면 안 돼. 다른 사람의 힘에 기대려 하다니. 하지만, 하지만, 하지만——.

아직 열다섯인 콜은 짧은 생애 속에서 지금이 가장 괴로운 국면이라고 단언할 수 있었다.

그러면서도 약한 소리를 하려는 또 한 사람의 자신과 필사적으로 싸우고 있었다.

그리고 그것은 입을 꾹 다문 밀리리아와 나노도 마찬가
지였다.

——위험해.

소대장인 루크가 없는 지금, 소대의 컨디션을 항상 신경
쓰고 있는 콜은 와해가 눈앞에 있음을 깨닫고 말았다.

"미이짱, 콜…… 아이템, 써. 물도 필요 없어. 난 Lv.3이
니까. 너희보다, 괜찮아."

"……무슨 건방진 소릴 하고 있나요, 덜렁이 나노. 당신
을 늘 지켜주는 게 누군지 알기나 해요? 당신이야말로 보
급하세요. 필요할 때 움직이지 못하는 마도사만큼 큰 짐도
없으니까."

입을 연 나노에게 콜이 흠칫했다.

서툰 웃음을 짓는 그녀를 밀리리아가 노려보고 되받아
쳤다.

동료들은 물자를 둘러싼 싸움을 일으키는, 그런 최악의
사태는 저지르지 않는다. 머리에 들어있지도 않았다.

콜이 전에 있었던 소대에서는 그 일이 일어났다.

지금보다도 훨씬 미지근한 야외조사 중에 조난 당해, 학
생들끼리 주먹다짐이 벌어졌다. 콜은 아연실색해 보기만
할 뿐 아무것도 못 했다. 부대는 해산했다.

——콜은 이『제7소대』를 좋아한다.

서로를 존경하고, 돕고, 유대감으로 엮여 있다. 엘프니
휴먼이니, 종족 같은 건 아무 상관도 없다. 너무나도 좋았

다. 그러니 잃고 싶지 않았다.

콜은 포션을 밀리리아에게, 매직 포션을 나노에게 떠넘겼다.

멍한 표정을 짓는 두 사람을 향해, 일어나서, 웃었다.

천을 풀자, 지혈이 되었을 머리의 상처가 욱신거렸다.

멋을 부렸던 남자의 훈장이었다.

콜이 형처럼 흠모하는 루크의 흉내였다.

"나아가자. ……앞으로 조금만 가면 18계층에 도착해."

그 말에는 다분한 희망이 담겨 있었다.

그래도 나노와 밀리리아는 마음 착한 소년의 말을 믿었다.

그가 준 마지막 보급품으로 보급을 마치고, 자리에서 일어나, 힘차게 고개를 끄덕였다.

스카우트인 콜이 선두에 서서 걸어나갔다.

'이게 마지막 루트……. 만약 여기도 붕괴로 가로막혀 있다면, 끝장이다. 마음이 꺾여서, 돌아갈 수 없게 돼. 지상에는, 두 번 다시――.'

둘둘 만 지도를 한 손에 움켜쥐며, 콜은 기도했다.

――이대로는 안 돼.

――제발.

――가게 해줘.

콜의 그런 『기도』는 모험자가 가장 해서는 안 될 어리석은 행위였다.

희망에 매달렸다가 떨어졌을 때의 충격은 헤아릴 수 없다. 그렇기에 베테랑 모험자일수록 항상 지금보다도 최악의 사태를 상정하고 움직인다. 콜은 스스로 자기 목에 밧줄을 감고 말았다.

하지만 던전의 변덕이었을까.

그들은 버림받지 않았다.

"……! 됐다, 됐어, 밀리, 나노!『대통로』로 나왔어! 여기서부터는 외길이야!"

"지, 진짜?"

"하하………… 저의 평소 행실 덕이에요!"

제17계층 가장 안쪽의 대형 룸으로 이어지는 대통로.

거인이 지나갈 수 있을 정도로 거대한 통로는 그 붕괴 속에서도 막히지 않았다. 무너진 흔적은 분명 여기저기 있었지만, 여기까지 오면 이제는 전진만이 남았다.

나노는 기뻐하며 소리를 지르고, 밀리리아는 안도의 웃음을 머금었다.

콜 또한 활력을 되찾고, 마음을 다잡아 몬스터의 습격을 경계하며 나아가는 속도를 높였다.

희망을 보고, 웃음을 머금고, 나아가고, 나아가고, 나아갔다.

나아가고, 나아가고, 계속 나아가—— 차츰 들려오는『충격』과『포효』에 웃음을 지우고, 그래도, 나아갈 수밖에 없었다.

그리고, 보고야 말았다.

『절망』이라는 두 글자를.

"――――――――――――――――."

그들이 도달한 제17계층 가장 안쪽의 대형 룸.

또 다른 이름은 『통곡의 대벽』.

이음매가 존재하지 않는 거대한 벽은 이제 안쪽에서부터 무너져 잔해의 무더기로 변한 가운데, 룸의 주인은 까마득한 시야 저편에서 포학의 극에 달해 있었다.

『워어어어어어어어어어어어어어어어어어어어어어어어어어어어어어어어어어어어!!』

제17계층의 『몬스터렉스』.

그들이 처음으로 보는 던전의 계층 터주, 골라이아스.

이제까지 조우했던 몬스터 중에서도 가장 강할 것이 분명한 거인은 눈 아래의 사냥감에게 거목과도 같은 두 팔을 휘두르고 있었다.

"끄아아아아아아아아아아아아아아아아아아아아아아악?!"

"젠장맞을, 너무 강해에에에에에?!"

"이딴 걸 어떻게 빠져나가!"

비명을 지르는 것은 상급 모험자 파티였다.

그들 또한 붕괴에 휘말려 지상으로 귀환할 방법을 잃었으리라.

나노 일행보다도 빠르게 결단을 내리고, 임기응변을 발휘해, 한발 먼저 이곳에 도착해―― 그리고 계층 터주의 벽에 부딪쳤다.

대형 룸 제일 안쪽에 존재하는 제18계층 연결통로를 지키듯 자리를 잡은 골라이아스를 빠져나갈 수가 없다. 계층 터주 외에도 존재하는 무수한 잡졸 몬스터가 강행돌파를 어렵게 만들었다.

"……골라이아스의 인터벌은 아직 이틀 이상 남지 않았나요?"

"보고한 모험자가 착각했거나…… 던전이 어지간히 심술쟁이거나, 둘 중 하나겠지."

중층 영역을 공략하기 전에 『길드 본부』에서 레피야와 함께 틀림없이 확인했던 게시판의 정보를 떠올리며, 밀리리아가 엘프의 고운 얼굴을 가증스럽다는 듯이 일그러뜨렸다. 콜은 스스로 생각해도 전혀 웃기지 않는 공허한 농담을 할 수밖에 없었다.

무너진 『통곡의 대벽』은 상당히 수복된 상태였다.

골라이아스가 태어난 지 이미 오랜 시간이 경과했다는 뜻이다. 그렇다면 이곳에 일찍 도착했다 해도 그들의 운명은 뻔했을 것이다.

주먹을 휘두르면 모든 것들이 부서진다.

발을 구르기만 해도 룸 전체가 충격에 휩싸인다.

존재 자체가 천재지변과도 같은 거인 괴물을 보며 『제7소대』는 아연실색 얼어붙었다.

"이, 이봐, 꼬마들! 보고만 있지 말고 좀 거들어! 도와달라고오오!!"

이쪽을 알아차린 모험자 하나는, 자세히 보니 예전에 나노 일행에게 『패스 퍼레이드』를 했던 우락부락하게 생긴 남자였다. 홀 입구에 서 있던 『제7소대』에게 고함을 질러댄다.

나노 일행은 흠칫 어깨를 떨었다.

필사적인 표정, 여유라고는 한 점도 없는 목소리.

학생보다도 훨씬 경험이 많은 모험자들조차 빠져나올 수 없는 『궁지』.

자기들보다도 훨씬 몸집이 크고 강할 것 같은 거친 자들이 도움을 청하는 광경은 학생들에게는 그저 공포일 뿐이었다.

던전은 그들의 눈앞에 다시금 들이댔다.

『절망』과는 또 다른 극한의 『선택』을.

"……미이짱, 콜……."

그리고 아무도 움직이지 못하는 가운데.

입을 열었던 것은, 나노였다.

"저 사람들…… 도와주자."

밀리리아와 콜이 흠칫 놀라 돌아보았다.

그런 소녀는 세 사람 중에서도 제일 낯빛을 새파랗게 물들인 채, 그래도 말했다.

"죽게 내버려 둘 수는, 없어……!"

"기다려요! 지금 상황이 어떤지 알기나 해요?!"

"나도 알아! 우리가 얼마나 지쳤는지, 저 몬스터가 얼마나 강한지, 지긋지긋할 정도로 잘 알아!"

목소리를 높이는 밀리리아에게 나노가 외쳤다.

자랑하는 배틀 유니폼은 너덜너덜하고, 무기도 흠집투성이에, 얼굴도 피로 지저분했다.

그런 상태에서도 소녀는 목소리를 높였다.

"그치만, 그래도 우린, 『학구』의 학생인걸!"

엘프 소녀와 수인 소년이 눈을 크게 떴다.

"세계를 돌아보고 왔어! 많은 사람을 구했어! 루크랑 같이 슬퍼하고, 괴로워하는 사람들을 구할 수 있도록, 열심히 노력했어! 그런데 던전에선 누군가를 저버릴 거야?!"

"웃……!"

"난 그런 건 싫어!"

『학구』의 학생이라는 자긍심과 책임. 『제7소대』가 나누었던 맹세.

그것을 드높이 외쳤다.

"……레피야 선배가 가르쳐준 거, 기억해?"

갑자기 그녀의 목소리가 부드러워졌다.

"『아무리 두려워도, 아무리 거부해도, 사람은 모험을 해야만 할 날이 온다』."

"……그게, 지금이라고?"

"나도 몰라! 그치만 레피야 선배라면! 아무리 너덜너덜해져도, 아무리 힘들어도, 분명 저 사람들을 구하러 갈 거야!"

나노는 웃었다.

막 태어난 새끼사슴처럼 팔다리를 후들거리며.

그래도 만면의 웃음을 머금었다.

"난 그 사람에게 가슴을 펼 수 있는 모험자가 되고 싶어!"

콜은 웃었다.

웃을 수밖에 없었다.

그 말이 맞다고, 떨리는 가슴으로.

"……가자, 밀리."

"……아아 진짜! 바보 나노! 바보 콜!!"

엘프 소녀가 힘껏 외치고는 선두에서 달려나갔다.

나노도, 콜도 뒤를 따라 거인의 포효가 쩌렁쩌렁 울려 퍼지는 전장을 향해 발을 디뎠다.

사실은 셋 다 알고 있었다. 싸울 수밖에 없다는 것을. 이곳에서 도망쳐봤자 제18계층에 도달하지 못하는 한 미래는 없다. 또한 진리를 배우고, 옳은 것을 믿는 『학구』의 학생이 모험자들을 미끼 삼아 자신들만 세이프티 포인트로 도망칠 수는 없다.

그렇다면 역시, 나노의 말대로, 지금 여기서 『모험』에 몸을 던질 수밖에 없는 것이다.

"【우레여, 하늘의 칭호여. 땅의 혈통을 배신하매 그대의 목소리를 나누어주소서. 달리는 나의 몸에 뇌명의 축복을】——【자르가 예일】!!"

개막 공격은 나노였다.

대형 룸의 한복판까지 나아가, 몬스터들을 사정권에 둔 그녀는 머리 위에 매직 서클을 펼치고 번개의 비를 퍼부었다.

경악하는 모험자들을 피해 몇 줄기나 되는 번개의 탄환이 잡졸 몬스터들을 꿰뚫는 가운데, 회갈색의 거구 일부가 타들어 간 골라이아스는 마도사 소녀에게 눈을 돌렸다

"무서워어……! 무섭지만, 이쪽을 더 봐아—!"

『몬스터렉스』의 위압감에 진심으로 떨면서, 그래도 나노는 주문을 외우고 여봐란듯이 『마력』을 발산시켰다. 골라이아스라 해도 Lv.3 마도사의 마법은 무시할 수 없었는지, 놀랍게도 발밑에 굴러다니던 바위를 움켜쥐고는 힘껏 집어던졌다.

나노가 놀라 영창을 중지하고 황급히 도망치는 가운데, 밀리리아와 모험자들은 순식간에 움직였다.

"우리 바보 마도사가 주의를 끄는 동안 빨리 도망쳐요!"

"너희들……! 『학구』학생 놈들은 진짜 착해빠진 놈들뿐이구만!"

나노의 『마법』으로 대부분이 자취를 감춘 잡졸 몬스터를 상대로 얼마 남지 않은 화살을 쏘며 밀리리아가 지원공격을 가했다. 모험자들은 여기에 밉살맞은 쾌재를 불렀다.

골라이아스의 주의가 쏠린 틈을 타, 그들은 시키는 대로 줄행랑을 쳤다. 부상을 입은 동료를 부축하며, 잡졸 몬스터의 추격을 뿌리치고 거인의 발밑 바로 옆을 가로질러서

는 룸 안쪽의 연결통로로 나아갔다.

『워어어어어어어어어어어어어어어어어어어어어어어어어!』

여기에 분노하는 골라이아스.

시선 너머의 나노, 발밑의 모험자, 어느 쪽의 대응도 어중간해졌다. 『마법』에 타들어 가며 몇 번이나 발을 구르는 모습은 마치 분을 참지 못하는 것처럼 우스꽝스러웠으나, 그렇다 해도 상대는 『몬스터렉스』. 내리찍히는 발이 바닥을 부수고 살인적인 암석의 비를 퍼부었다.

암석의 탄환을 피하고, 진동하는 바닥에 몇 번이나 넘어질 뻔한 밀리리아는 입술을 깨물며 불안정한 자세에서도 최적의 한 발을 날려댔다.

"역시 너희 쓸모 있어! 우리 【파밀리아】에 와라!"

"농담은 그 얼굴만으로도 충분해요!"

우락부락한 리더 모험자가 동료의 화살통을 빼앗아 밀리리아에게 던져주었다.

최후방을 맡은 그를 남겨두고, 모험자들은 모두 철수한 후였다. 남은 것은 학생들뿐.

"갑니다!"

"응! 콜!"

"뒤에 따라갈게! 먼저 가!"

집단에서 떨어진 몬스터를 베며, 후열의 나노 주위를 지키던 콜이 외쳤다.

밀리리아의 말에 두 사람은 달려나가고, 가공할 계층 터주를 향해 빠르게 거리를 좁혔다.

『————————————————————!!』

너희만은 놓치지 않겠다는 양, 골라이아스는 포효를 터뜨렸다.

계층의 주인이 포효하는 목소리에 불려나와, 나노 일행의 후방, 대형 룸의 입구에서 새로운 몬스터의 무리가 우르르 쏟아져 들어왔다. 원시적이고도 가장 성가신『동료를 부른다』는 행위. 밀려드는 괴물의 파도에 나노 일행은 눈빛을 바꾸며 달리는 속도를 높였다.

몬스터들이 등 뒤에서 맹렬히 쫓아왔지만, 문제없다. 먼저 달려나갔던 나노 일행이 연결통로 앞에 도달하는 것이 더 빨랐다. 그러므로 타이밍을 맞춰야 한다. 기회는 한 번뿐——.

나노, 밀리리아, 콜은 순식간에 눈빛으로 의사소통을 마쳤다.

엘프 사냥꾼이 거인의 주위를 선회하며 위협사격을 가하고, 지팡이를 든 마도사는『그 때』를 대비해 힘을 모았다.

그리고 웨어울프 스카우트는 골라이아스의 사정권 안쪽을 아슬아슬하게 가늠하고—— 허리에 찬 파우치에 손을 가져갔다.

"3, 2, 1——— 가라!!"

파우치에서 꺼낸 구체형 아이템의 버튼을 누르고,『마

력』을 불어넣어, 투척한다.

　콜이 던진 아이템은 큰 호를 그리며 거인의 눈앞에서 눈부신『빛의 꽃』을 피웠다.

　『~~~~~~~~~~~~~~~~~~~~~~~~~~~~~~~~~~~~~?!』

　학구가 자랑하는『연금학과』의 특제 매직 아이템,『라이트 플라워』.

　머리 위 높은 곳에서 작렬한 섬광탄이 골라이아스의 시야를 앗아갔다.

　거인이 발버둥을 치며 괴로워하는 가운데, 콜의 신호와 함께 땅을 박찬 나노 일행은 일제히 연결통로를 향해 전력 질주했다.

　"하핫, 너희들 최고다!"

　모험자 뺨치는 연계를 보여주고 달려오는 학생들을 향해 리더 모험자가 환호성을 터뜨렸다.

　『제7소대』는 우수했다.

　『학구』측의『즉각 전력』이라는 평가는 조금도 틀림이 없었으며, 상급 모험자들도 인정할 만한 실력으로, 몸이 움츠러들 만한 궁지를 결의와 담력으로 벗어났다.

　레피야의 가르침을 흡수한『제7소대』는 최적의 선택을 내려, 계층 터주를 한순간이라고는 하지만 희롱할 수 있었다.

　그러나.

역시, 그들은 『경험』이 부족한 **학생**이었다.

『워어어어어어어어어어어어어어어어어어어어!!』

"———."

가장 후방에 있던 소년의 뒤를, 한 마리의 『라이거 팽』이 급습했다.

""콜?!""

찰나, 돌아보며 건틀렛을 내밀어 막기는 했지만 콜은 몬스터에게 밀려 쓰러지고, 먼저 연결통로로 뛰어들려 하던 나노와 밀리리아는 발을 멈추고 말았다.

친구들의 비명이 귀를 두드리는 가운데, 무시무시한 힘과 기세를 실어 송곳니를 박으려 하는 몬스터에게, 콜은 막무가내로 격투를 벌였다.

'따라잡았어?! 이놈 한 마리만?! 그렇게나 멀었는데! 대체 어떻게——?!'

그 증거로 자신들을 쫓아오는 몬스터 집단은 지금도 멀리 있다.

극심한 혼란에 사로잡힌 콜은—— 깨닫고 말았다.

건틀렛을 쩌적쩌적 울리며 지금도 팔과 함께 물어뜯으려 하는 강한 교합력을.

온통 곤두선 몬스터의 털을. 병든 것처럼 핏발이 선 몬스터의 두 눈을.

지금도 입가에 진득하게 묻어 있는 혈육과, 반짝이는 『자남색 결정』을.

『강화종』——!!'

콜은 충격에 사로잡혔다. 그리고 모든 것을 깨닫고 말았다.

이곳에 오기 조금 전의 조우.

그들이 쓰러뜨리고, **방치해버렸던** 몬스터의 무리.

『제7소대』는 피폐해진 나머지, 시체에 묻혀 있던 『마석』의 처리를 게을리하고 말았다——.

"——빌어먹을!!"

저항을 계속하면서 콜은 자신을 향해 욕설을 퍼부었다.

이 『라이거 팽』은 먹었던 것이다. 그들이 방치해두었던 동족의 주검에서, 수많은 『마석』을. 그리고 강화된 잠재능력으로, 파티 최후방의 콜을 따라잡았다.

육체의 소모와 정신의 압박 때문에 머리에서 지워졌던 전투의 뒤처리.

극한상태에서 온 부주의.

하잘 것 없는 사소한 과오.

그러나 그것이 던전에서는 문자 그대로 『목숨』을 앗아간다.

콜은 자신들의 실수를 저주했다.

레피야 선배는 『무슨 일이 있어도 마석만은 반드시 처리해라』라고 그렇게나 말했는데!

"크으윽?!"

돌아온 밀리리아가 화살을 쏘아 『라이거 팽』의 관자놀이를 꿰뚫었다.

그래도 쓰러지지 않는 몬스터는 나노의 지팡이 강타를 받고서야 겨우 숨이 끊어졌다.

겨우 몇 순간의 공방.

달려온 나노와 밀리리아가 콜을 일으켜 세웠으나, 그러나, 그럼에도, 이미 늦었다.

『워어어어어어어어어어어어어어어어어!!』

두 팔을 휘두르며 고통스러워하던 골라이아스는 설마 의도했는지, 놀랍게도 등부터 후방으로—— 연결통로가 있는 벽을 향해 쓰러지고 있었다.

"으, 으아아아아아아아아아아아아아아아아악?!"

아연실색한 우락부락한 얼굴의 모험자 사내가, 떨어지는 거대한 그림자에 절규하고, 연결통로 안으로 도망쳤다.

다음 순간, 굉음을 울리며 대형 룸 제일 안쪽의 벽이 무너졌다.

"……그럴, 수가……."

분쇄음과 진동의 여운이 이어지는 가운데 중얼거린 것은 나노였다.

거인이 부스스 몸을 일으키자, 그곳에는 흔적도 없는 연결통로의 광경이 펼쳐져 있었다. 다음 층으로 가는 유일한 동굴은 찌그러지고 내부까지도 짓눌렸으며, 결정타로 붕괴된 암석이 주위를 막고 있었다.

미궁벽 일각이 거인의 프레스에 이기지 못한 것처럼 움

푹 주저앉아버렸다.

희망의 퇴로를 잃고, 나노는 무릎에서 힘이 빠져 그 자리에 주저앉았다.

숨을 쉬는 것도 잊은 콜과 밀리리아도 얼굴을 절망으로 물들였다.

『오오오오오…….』

시야가 회복되어 일어난 골라이아스가 가엾은 학생들을 노려보았다.

몬스터의 무리도 그들을 따라잡았다.

정면에는 무시무시한 거인, 후방에는 어마어마한 수의 괴물.

죽음을 면할 수 없는 포위망에, 나노 일행은 이번에야말로 마음이 꺾이는 소리를 들었다.

골라이아스가 땅을 울리는 소리와 함께 다가왔다. 몬스터들이 포위망을 좁혔다.

괴물의 무자비한 폭력이 학생들의 몸과 마음을 갈기갈기 찢으려 하던——.

"【퓨절레이드 팔라리카】!"

그때였다.

괴물 이상으로 흉악한 마력탄의 폭우가 대형 룸에 쏟아져내린 것은.

『〜〜〜〜〜〜〜〜〜〜〜〜〜〜〜〜〜〜〜〜〜〜〜〜〜〜〜〜〜
〜〜〜〜〜〜〜〜〜〜〜〜〜〜〜〜〜〜〜〜〜〜〜〜?!』

어마어마한 화염의 화살이 몬스터의 등을 꿰뚫고 폭쇄하며 타올랐다.

골라이아스마저 자기도 모르게 발을 멈춰버릴 정도의 어마어마한 화력. 순식간에 단말마의 비명이 연쇄하는 가운데, 시간이 얼어붙은 것처럼 멈춰섰던 학생들은 흠칫 후방을 돌아보았다.

시야 너머. 대형 룸의 입구 앞.

그곳에는 장검을 든 소년, 그리고 완드를 내민 엘프가 서 있었다.

"루〜크으, 레피야 선배에〜〜〜〜〜〜〜〜〜〜〜〜〜〜〜!"

밀리리아와 콜이 눈을 크게 뜬 가운데, 나노는 제일 먼저 울음을 터뜨렸다.

⊡

늦지 않았다.

시선 너머에서, 결원 하나 없는 소대원들을 본 레피야는 곧바로 달려나갔다.

"루크, 소대원들을 회복시켜주세요! 아이템 다 써도 상관없어요!"

"알았어!"

Lv.4와 Lv.3의 질주는 순식간에 거리를 좁혀버렸다.

레피야는 나란히 달리던 루크를 둔 채 뛰어나가, 기습당해 당황하는 몬스터의 무리에게 단검을 휘둘렀다.

“흡!”

『크가아악?!』

단검 《재의 티어페인》으로 『미노타우로스』를 갈라버리고, 멈추지 않은 채 한쪽 발로 도약해 허공에서 춤을 추며 물 흐르듯 『알미라지』 무리를 해체했다. 온몸이 불타 절규를 터뜨리며 뛰어드는 『라이거 팽』에게는 가차 없이 발끝을 꽂아 목을 꺾어버렸다.

【퓨절레이드 팔라리카】의 일제포화를 맞고도 완전히 없애지 못한 몬스터 무리의 주의를 한데 모으며, Lv.4의 【스테이터스】로 날뛰었다.

“밀리, 포션이야! 회복해!”

“……네, 네!”

“나노도 울지만 말고 얼른 일어나!”

“루우~쿠우~~!”

레피야가 주의를 끄는 동안 루크는 몬스터의 포위망 일각을 돌파해 소대 멤버들과 합류했다.

루크의 뺨에는 상처가, 방어구에는 파손된 흔적이 몇 군데나 보였다.

골라이아스의 포효를 듣고 무리를 해 이곳 제17계층을 강행돌파했으리라. 그가 던져준 병을 받아든 밀리리아는 자기도 모르게 눈물을 머금고, 나노는 젖은 얼굴을 팔로 북북 닦았다.

"루크……."

"뭐냐 콜. 잠깐 못 보던 사이에 미남이 됐는데?"

피에 물든 반다나를 감은 웨어울프 소년에게 루크는 씨익 웃어주었다.

콜은 잠시 멍하니 있다가, 활짝 웃고는 그가 건네준 포션을 머리에 끼얹었다.

웃음을 거둔 루크는 상처 입은 동료들을 감싸듯, 다가오는 몬스터들을 분노의 표정으로 휩쓸기 시작했다.

'지금 가진 아이템으로 소대원들을 완전히 회복시키는 건 무리겠지만, 한동안은 루크 혼자에게 맡겨도 되겠네요.'

시야 가장자리로 그들의 모습을 확인한 레피야는 전황을 냉정하게 부감했다.

주위에는 잡졸 몬스터가 15마리, 계층 터주가 하나.

계층 터주는 그렇다 쳐도, 주위의 적은 지금의 레피야라면 금세 해치울 수 있는 범주였지만——.

'——이쪽을 보고 있어.'

골라이아스는 당장 덤비려 하지 않은 채 가만히 시선을 보내고 있었다.

마치 지식을 얻은 『갓난아기』처럼 레피야 일행을 살피는가 싶더니, 그 두터운 흉근을 부풀리며 대음성을 터뜨렸다.

『워어어어어어어어어어어어어어어어어어어어어!』

자기도 모르게 귀를 막고 싶어질 정도의, 미궁 구석구석까지 퍼지는 포효.

조금 전 나노 일행을 궁지에 몰아넣었던『동료를 부르는 목소리』였으며, 이곳으로 달려오기 전에 레피야 일행도 들었던 울음소리였다.

제2급 모험자의 지각망은 금세 몬스터가 이동하기 시작하는 듯한 수많은 기척을 포착했다. 대형 룸의 입구에는 몬스터가 삼삼오오 모여들기 시작했다.

지형이 파괴되어 새로운 개체를 낳을 수 없는 던전을 대신해, 제17계층에 남아있는 몬스터들을 모을 생각인 걸까.

적의 행동 하나로 전황이 바뀌었다.

'저 골라이아스…… 지성이 **높아요.**'

레피야의 이 생각을 들었다면 나노 일행은 연신 고개를 끄덕였으리라.

마도사에게 돌을 던지고 퇴로를 차단한 시선 너머의 계층 터주는 특수하다면서.

던전 안에서 태어나는 동종의 몬스터 중에는 당연히 약한 개체도 있거니와 강한 개체도 존재한다. 그리고 그 법칙은 긴 인터벌을 가진 계층 터주에게도 적용된다.

아무래도 저 골라이아스는『강한 개체』인 모양이었다.

하필이면 이런 때에.

레피야는 눈살을 찌푸렸다.

'이 대형 룸에 몬스터가 쇄도한다면 뒤쪽 통로로 도망쳐

도 의미는 없어요. 언젠가 대군에게 붙들리겠죠.'

나노 일행의 체력이 회복되어도 정신적인 소모는 어떻게 할 수 없다. 끝이 보이지 않는 강행군에 지금의『제7소대』를 끌어들이는 것은 피하고 싶었다.

게다가『통곡의 대벽』에 이어진 대형 통로는 골라이아스도 이동할 수 있다. 더 좁은 공간에서 골라이아스와 잡졸 몬스터가 뒤섞여 대난투를 벌이는 것은 피하고 싶었다.

제18계층으로 가는 연결통로가 무너진 지금, 이 상황을 타개하려면『적의 우두머리』를 격파하는 것이 가장 타당하다.

레피야는 이쪽을 노려보는 거인과 시선을 마주했다.

'선행영창해둔『마법』은 소환마법이 하나. 지금부터 초장문영창은…… 무리겠지요. 저 골라이아스는 내가 노래하기를 **기다리고 있어요**…….'

대형 룸에 들어오기 전, 만약을 위해 스킬【더블 카논】으로 고리 형태의 매직 서클을 부여해두었던 왼손.

현재진행형으로 모여드는 몬스터.

그리고 지금도 자신을 좇고 있는 거인의 안구.

그러한 요소를 전부 고려해, 레피야는 기사회생의『포격』을 버렸다.

골라이아스와 몬스터의 협공 속에서『제7소대』를 지켜내며 초장문영창을 단행하는 것은 불리하다. 레피야는 결단을 내리고『우선순위』를 정했다.

“루크, 소대원들을 데리고『통곡의 대벽』으로!”

“『통곡의 대벽』?! 그게 무슨 소리야, 선배!”

“저 벽에서 골라이어스 이외의 몬스터는 태어나지 않아요! 대벽을 등지고 진형을 짜세요!”

지속적으로 밀려드는 몬스터를 베어 쓰러뜨리며 루크는 레피야를 보았다.

배후습격을 막을 의도. 소년은 그렇게 판단했다.

회복되었다고는 하지만 지금의 소대원들에게 등을 지키게 하는 것은 위험하다. 실제로 루크도 숨이 턱까지 차려 했다. 당연하다면 당연하다. 조난 전까지 포함하면 이미 하루 이상 던전 내에서 몬스터와 싸웠으니까. 소대원들의 물자 소비가 심했듯, 루크도 잠재적인 스트레스가 몸에 쌓이고 있었다.

홀 한복판에서 싸우며 사방을 포위당하는 것보다는 벽을 등지고 세 방향에 집중하는 편이 실제로 부담은 줄어들 것이다.

‘하지만 그렇게 소극적인 작전으로 가도 괜찮겠어, 선배?!’

이 상황에서 공세에 나서지 않고 수세로 가도 될 것인가.

루크가 자기도 모르게 돌아보자 레피야는 날카롭게 외쳤다.

“어서!”

꾸물거리다 몬스터가 지금보다 더 모여들면『장문영창』도 어려워진다.

군청색 눈으로 그렇게 호소하면, 소년은 경험이 많은 모험자의 말을 믿을 수밖에 없었다.

"너희들 뛰어!"

"으, 응!"

Lv.3의 완력으로 몬스터들의 벽을 억지로 비집어 열고, 대형 룸을 횡단한다.

『제7소대』가 『통곡의 대벽』으로 진로를 잡은 순간, 레피야는 즉시 영창을 개시했다.

"【위셰의 이름으로 바라노라! 숲의 선구자여, 숭고한 동포여──】!"

『워어어어어어어어어어어어어어!』

아니나다를까, 『마력』에 이끌려 골라이아스가 움직이기 시작했다.

레피야는 자신을 향해 직진하는 거인을 노려보며 선행 영창이 끝난 『마법』과는 별도의 소환마법을 조합해 위대한 하이엘프의 힘을 불러냈다.

"【종말의 전조여, 새하얀 눈이여. 황혼을 앞두고 바람을 일으켜라】."

레피야가 재해와도 같은 골라이아스의 맹공을 버티며 아슬아슬하게 주문을 자아내는 한편, 루크 일행은 대형 룸의 서쪽 끄트머리, 『통곡의 대벽』에 도착했다.

"도착했어, 선배!"

『통곡의 대벽』은 레피야가 말한 대로 골라이아스밖에 태어나지 않는 거대한 벽이다.

지금도 거인이 설치고 있는 이상 다른 몬스터가 태어나는 일은 없다.

아직 바윗덩어리가 널려 있는 대벽 앞에서 루크가 돌아보았다.

"빨리 당신도 이쪽으로———."

거기까지 외친 루크의 말은 중간에서 끊어졌다.

무시무시한 계층 터주와 몬스터들의 공격에 위협을 받으면서도 춤을 추듯 싸우는 레피야는——— 영창을 완료하고, 루크 일행을 향해 **왼손을 내밀고 있었다.**

『제7소대』의 시간이 얼어붙은 가운데, 포문과도 같은 완드에서 눈보라를 발사했다.

"【윈 핌불베트르】."

푸른 얼음의 광채가 학생들의 시야를 메웠다.

눈을 의심하며 몸을 움츠린『제7소대』. 그러나 그『마법』은 그들을 얼리지도, 상처 입히지도 않았다.

피어나는 냉기에 몸을 떨며 조심스레 눈을 뜬 루크 일행은, 경악했다.

"얼음이, 주위를 뒤덮었어……?!"

정면, 좌우, 그리고 머리 위가 얼음덩어리와 고드름으로 차단된 것이었다.

밖에서 보면 우툴두툴하고 거대한 얼음의 삼각뿔이 형성되었음을 알 수 있을 것이다.

몇 마리나 되는 몬스터가 공격을 펼치고 불을 뿜어도 두꺼운 얼음벽은 전혀 무너지지 않았다.

각도를 조정해 발사한 세 줄기의 눈보라는 그야말로『얼음의 결계』가 되어 루크 일행을 가둬놓은 것이다.

"안 되겠어, 루크! 나갈 수가 없어!"

"안쪽에서도 파괴할 수 없어요!"

"……뭐야 그게……. 웃기지 마, 웃기지 말라고!!"

무기로 몇 번이나 얼음벽을 두드린 콜과 밀리리아의 목소리에, 아연실색해 서 있던 루크는 몸을 부들부들 떨며 노성을 터뜨렸다.

"왜! 왜 이러는 거예요, 선배?!"

나노의 눈물 젖은 목소리도 바깥에 있는 그녀에게는 닿지 않았다.

"난폭한 짓을 해서 미안해요."

빙결마법을 쏜 레피야는 한 차례 크게 후퇴해 골라이아스와 몬스터들로부터 거리를 벌렸다.

저『얼음 결계』는 그리 쉽게는 깨지지 않는다. 적어도 레피야가 죽어도 남아있을 것이다. 최악의 경우가 닥치더라도 지상에서 온 구조대, 혹은 제18계층에서 연결통로를 개통시킨 원군이 오기를 바라야지.

지금의 상태로 레피야는『제7소대』를 지켜낼 자신이 없었다.

그러므로 그들을 멀리 안전지대에 떨어뜨려놓고 결계

안에 가두었다.

레피야는 자신의 목숨보다도 루크 일행을 『우선순위』에 두었던 것이다.

더 확실한 가능성을 선택하고.

무엇보다── 싸워보고 싶었다.

심층의 계층 터주 우다이오스와 혼자서 싸웠던 아이즈처럼, 자신도, 저 『괴물』과.

"죽을 생각은 없어요. 질 마음도 없고…… 그야 여기서지만 『나를 지키며 모두를 구한다』는 건 꿈이나 마찬가지니까요."

자신이 『마법검사』가 된 이유를 중얼거리며, 가만히 눈을 가늘게 떴다.

빙결마법을 골라이아스에게 쏠 수도 있었지만, 분명 해치울 수는 없었을 것이다. 발을 멈추고 영창에 전념하는 『진심의 포격』이라면 몰라도 『병행영창』으로는 마력을 다 모을 수 없는 만큼 위력도 정밀도도 떨어진다. 적어도 지금 레피야의 기술로는 그렇다. 레피야가 사랑하던 『미추의 소녀』에게는 아직 조금도 닿지 못한다.

그러므로 『마법검사』가 된 각오를 자신의 몸에 장전했다.

전방에는 흉악한 거인과 잡졸.

후방에서도 속속 새로운 몬스터가 나타난다.

대형 룸의 거의 한복판에 선 레피야는 오른손에 든 단검을 휘두르며 왼손에 든 완드를 겨누었다.

감상에 젖을 틈 따위 주지 않고, 거인 괴물은 포성을 터 뜨렸다.

『고오오오오오오오오오오오오오오오오오!』

하나뿐인 적을 향해 전투의 함성이 터져나오고, 몬스터 들이 움직였다.

레피야는, 노래했다.

"【숭고한 전사여, 숲의 궁수대여. 밀려드는 약탈자 앞에 서 활을 들라. 동포의 목소리에 호응하여 살을 시위에】!"

다수 대 1.

초난전이 예상되는 이 압도적으로 불리한 상황에서『병 행영창』을 할 수 있는 국민과 시간은 제한적이다.

행사할 수 있는 것은 단문영창인【아르크스 레이】, 그리 고 첫 공격으로 한정한다면 광역공격마법【퓨절레이드 팔 라리카】.

두 배의 영창을 해야만 하는 소환마법은 불가능하다고 판단해도 좋다.

왼손에 지금도 남아있는『선행마법』을 어디에 쓸지가 승 부처이며, 레피야의 히든카드가 된다.

"【머금어라 불꽃, 삼림의 등화. 쏘아라 요정의 불화살. 빗발처럼 쏟아져 야만의 무리들을 불태우라】!"

적이 빠르게 다가오고 골라이아스가 투석을 시작한 순 간, 레피야는 달렸다.

스스로 정면을 향해 달려나가며 영창을 완료시키고, 해

방했다.

"【퓨절레이드 팔라리카】!"

『——————————————————————

—————우우우?!』

포격 발사에 어울리지 않는 초근거리.

광범위하게 난사된 노도의 불화살이 돌격하던 몬스터들을 모조리 화장시켰다.

몬스터들만이 아니라 지면까지도 분쇄하며 방대한 연기가 피어나는 가운데 골라이아스는 한순간 레피야의 모습을 놓치고 갈팡질팡했다.

"——【해방될 한 줄기 빛, 성스러운 나무로 지은 활대】!"

그 한순간의 허를 찔러, 질주한다.

연기를 뚫고 자신의 품으로 파고드는 엘프에게 계층 터주는 틀림없이 경악했다.

그의 앞에 펼쳐져 있던 잡졸 몬스터의 벽은 이미 없었다. 주문을 연주하며 육박하는 레피야에게 접근을 허용한 골라이아스는 반격을 위해 그 거대한 팔을 휘둘렀다.

그 공격에도 레피야는 움츠러들지 않았다.

그녀의 숙적인『토끼』를 흉내 내듯, 가속했다.

"쉭!!"

『끄으윽?!』

팔이 휘둘러지기 전에 품으로 침입해, 그대로 적의 오른발을 스치고 지나가며 단검으로 베었다.

거목에 칼날을 꽂은 것처럼 둔중한 소리와 손맛. 적의 가죽을 가르고 살을 헤집으며 피를 뿜게 만들었다. 뒤늦게 휘둘러진 팔이 후방의 지면을 뜯어내는 노도와도 같은 파쇄음을 쩌렁쩌렁 울렸다.

골라이아스의 무시무시한 『내구력』에 굴하지 않고, 단검은 날 하나 빠지지 않았다.

그러나 대형 무기가 아닌 《재의 티어페인》으로는 결정타를 입힐 수 없었다.

레피야가 승리를 쟁취할 방법은 역시 『마법』밖에 없었다.

"【그대는 명궁일진저! 저격하라 요정의 사수】!"

마법을 발사하자마자 다음 탄환의 영창을 개시해야만 하는 강제적인 전황. 『마법』의 연속 행사에 벌써부터 마인드가 후들거리지만 알 바 아니었다. 오히려 비상시만 아니었다면 레피야는 이 상황에 감사하고 싶었다.

『마법검사』인 자신이 싸우기에는 틀림없이 최고의 환경과 최강의 적.

골라이아스의 추정 퍼텐셜은 Lv.4 ── 숫자는 레피야와 호각.

이것을 넘어선다면 자신은 더 강해질 수 있다.

그것을 확신하며 레피야는 가슴속으로 울부짖었다.

표정은 얼음처럼 차갑게 한 채, 가슴으로는 그 어떤 것보다도 뜨겁게.

거인과 일정한 거리를 유지하고 항상 움직여 교란하며

과감하게 단검으로 베었다.

'예전의 나 같으면 있을 수 없는 일이었어——.'

3년 전, 아니, 몇 달 전의 레피야가 상상할 수 있었을까.

계층 터주의 품에 파고들어, 홀로 싸우는 자신의 모습을.

아무리 온몸을 전의로 불태워도, 그래도 반드시 마음의 일부는 떨렸다.

아무리 달라졌다 해도 아직까지 다 지울 수 없는 나약한 『레피야 비리디스』가 존재했다.

거인의 하울이 마음을 흔들었다.

거인의 위용이 기억을 환기시켰다.

추억 저편에서, 한심한 목소리가 들려온다.

약하고, 울보이며, 너무나도 싫어하는, 옛날 자신의 목소리가——.

"아, 아아——."

3년 전.

현재와 같은 장소, 『통곡의 대벽』이 우뚝 솟은 제17계층의 대형 룸에서, 레피야는 낯을 새파랗게 물들인 채 떨고 있었다.

"나센…… 아리사…… 여러분……."

무시무시한 거인을 보고, 피에 물든 채 쓰러진 동료들을 보고, 따닥따닥 이를 울렸다.

그날, 『제7소대』는 다시 교칙을 어겼다.

제18계층을 보고 싶다는 문제아 바다인의 발안으로, 제 1소대와 제2소대 멤버들까지 끌어들여, 12명의 학생이 『암굴미궁』을 공략했던 것이다. 물론 아리사와 레피야는 말렸다. 하지만 그런다고 멈출 바다인이 아니었으며, 심지어 나센도 『언더 리조트』에 관심을 가지고 협력했다. 선생님들에게 이르기 전에 『학구』를 뛰쳐나간 그들에게 한숨을 쉬며, 레피야와 아리사도 어쩔 수 없이 뒤를 쫓아왔던 것이다.

어딘가 낙관적인 생각이 있었다.

이제까지도 괜찮았으니 앞으로도 괜찮을 거라고.

『암굴미궁』은 이미 몇 번이나 탐색했다. 게다가 이번에는 2개 소대가 더해진 중규모 파티다. 대부분이 Lv.2여서 모험자의 소규모 원정대 같은 분위기였다.

그러므로 걱정은 있었지만, 분명 제18계층에 도달하고 말 거라고, 마음속 어디선가 생각하고 있었다.

그 『괴물 거인』을 직접 볼 때까지는.

"이럴 리가…… 이럴 리가…… 이럴 리가……!"

이미 모험자가 토벌했다고 들었던 골라이아스는 사실 살아있었으며, 몸을 숨기고 있던 대형 통로에서 기습을 가했다.

비명을 지르며 대형 룸까지 쫓겨나온 후, 처참한 연회가 시작되었다.

우선 파룸 나센이 쓰러졌다.

공격의 직격을 받은 것은 아니었다.

그저 거인이 주먹을 내리치고, 대지가 부서지고, 솟아난 바위에 맞았다.

그리고 짓이겨진 토마토처럼 피를 흘리며, 움직이지 않았다.

다음은 아리사.

아직 숨이 남아있는 나센을 구하려다, 몬스터에게 포위 당한 채 유린당했다.

울부짖는 그녀를 바다인이 지키고자 분노의 포효와 함께 뛰어들고, 한쪽 팔을 희생해 아리사와 나센을 구출했다.

그리고, 거기까지였다.

"도망쳐, 도망쳐 레피야아아아아아아아아아아아아아아아아아아!!"

자책과 후회를 머금은 대음성을 터뜨리며, 한쪽 팔로 무턱대고 배틀액스를 휘두른 바다인은 『미노타우로스』의 무리에 에워싸여 바람 앞의 등불 신세였다.

다른 소대 멤버는 계층 터주의 하울링을 받아 강제정지에 빠져 제일 먼저 당했다. 골라이아스가 휘두른 거대한 팔에 부서지며 춤을 추었다.

눈에 눈물을 머금은 레피야는 얼어붙어 있을 수밖에 없었다.

마음속 어디선가, 바다인만 있다면 어떻게든 될 거라고

생각하고 있었다.

경박한 문제아에, 하지만 정한하고 든든하고, 오빠처럼 소대원들을 지켜봐 주는, 정말로 강한 그만 있으면, 어떤 궁지도 헤쳐나갈 수 있을 거라고, 그렇게 생각하고 있었다.

하지만 그런 바다인마저 한쪽 팔을 잃고, 얼굴을 절망으로 물들였다. 『미노타우로스』에게 목숨을 잃으려 한다.

던전은 비웃고 있었다. 이 『약속의 땅』이 어째서 『세계의 중심』이라 불리며 두려움의 대상이 되는지, 『고대』로부터 이제까지 얼마나 많은 인류의 목숨을 앗았던 『마굴』인지. 그것을 잊었던 학생들을 내려다보며 냉혹한 손으로 뺨을 쓰다듬고, 목을 단숨에 꺾어버리려 한다.

레피야의 마음은 너무나도 쉽게 꺾였다.

"【해방, 될…… 한 줄기, 빛…… 성스러운 나무로, 지은…… 활대……】."

공포에 사로잡힌 레피야는 절망에 떨리는 목으로 허덕이듯 주문을 토해냈다.

발은 움직이지도 않았다.

도망칠 수도 없었다.

지금 당장이라도 주저앉아버릴 것만 같았다.

그래도 노래하지 않는다면, 혼자서 싸우는 바다인이, 피바다에 잠긴 나센이, 너덜너덜해진 아리사가 죽고 만다.

강하게 움켜쥐고 떨어질 줄 모르는 손으로, 흔들리는 지팡이를 겨누며, 전율에 취해버릴 것만 같은 레피야를 거인의 그림자가 덮었다.

"＿＿＿＿＿＿＿＿＿＿."

악몽의 상징이 천천히 주먹을 쳐들었다.

심장이 파열될 것 같던 순간, 영창을 마친 레피야는 창졸간에 『마법』을 쏘고 있었다.

"아, 【아르크스 레이】!!"

뿜어져 나간 섬광의 화살, 정면에서 내리꽂히는 거인의 주먹.

무시무시한 빛의 물보라가 발생하며 시야가 새빨갛게 물들었다.

드높은 작렬의 소리와 함께 레피야는 뒤로 날아가버렸다.

"아윽?! …………큭?!"

그리고 골라이아스는 뒤로 벌렁 몸을 젖혔을 뿐이었다.

레피야가 혼신의 힘을 다해 쏜 포격과 충돌한 주먹을 머리 위로 들고, 넉백을 일으킨 자세로.

그 주먹은 연기를 뿜어냈을 뿐, 상처 하나 입지 않았다.

레피야의 『마법』은 거인의 일격을 겨우 막아냈을 뿐이었다.

"아, 아…… 아아……!"

골라이아스는 천천히 자세를 바로잡고는, 아무런 온도도 없는 괴물의 눈으로, 벌벌 떠는 나약한 요정을 노려보았다. 바다인이 힘이 다한 것도 그때였다.

레피야는 너무나도 무력했다.

레피야 일행은 이제 저항할 수 없었다.

그때, 레피야를 비롯한『제7소대』는 비참할 정도로 궤멸되었던 것이다.

‘——그때 이후로 나는 얼마나 변했을까요?’

당시 기억의 플래시백이 작열의 감정을 낳았다.

비참했던 자신. 무력했던 자신. 울기만 했던 자신. 그 연장선상이『소중한 것을 잃어버린 결과』에 이른 것이라고, 지금의 레피야는 믿어 의심치 않았다.

비참한 기억을 덧칠하듯, 그리고 당시의 자신에 대한 분노와 증오를 부딪치듯, 목소리를 터뜨렸다.

"【뚫어라 필중의 화살】!"

『오오오오오오오오오오오오오오오오오오오오오오오!』

울려 퍼지는 영창과 함께, 미친 듯이 날뛰는 골라이아스가 철권을 쳐들었다.

눈 아래의 레피야에게 조준을 맞춘 오른손. 과거의 자신을 절망으로 떨어뜨렸던 거대한 주먹.

과거의 기억을 지금과 겹쳐본 레피야는 눈꼬리를 틀어올렸다.

그 후로 자신은 얼마나 강해졌을까?

——시험해주겠어!!

"【아르크스 레이】!!"

© Kiyotaka Haimura

앞으로 내민 완드에서 뿜어져 나간 대섬광, 그리고 동시에 내리꽂힌 골라이아스의 주먹.

충돌하는 서로의 필살과 필살.

엘프와 몬스터의 얼굴을 비추는 격렬한 섬광.

그리고 잠시간 맞버틴 후, 레피야의 마법이 **어깨와 함께 거인의 팔을 날려버렸다.**

『~~~~~~?!?!?!』

주먹에서 어깨에 걸쳐 오른팔을 잃은 골라이아스는 처절한 절규를 질렀다.

초열의 연기가 뿜어져 나오는 어깻죽지를 왼손으로 붙들고, 머리에서 늘어진 검은색 머리카락을 이리저리 흔들며 대형 룸을 진동으로 감싸고 몸부림쳤다.

너무나도 거대한 그 음성에, 결계로 외부와 차단되어 있던 나노 일행조차 공포에 질렸다.

이제까지 들어본 적이 없는 끔찍한 괴물의 통곡을 이끌어낸 것이 과연 누구인지를 제대로 이해한 학생들은 낯을 창백하게 물들였다.

"【해방될 한 줄기 빛, 성스러운 나무로 지은 활대. 그대는 명궁일진저】!"

레피야는 그 광경에 아무런 감회도 품지 않은 채, 결과만을 받아들이고 이내 새로운 탄환을 장전했다.

질주에서 『병행영창』을 거쳐 골라이아스의 숨통을 끊으

려 하는 그녀에게, 겨우 입구에서 이곳까지 도달한 원군 몬스터들이 그렇게는 안 된다고 덤벼들었다.

"방해하지, 마!!"

눈을 크게 뜨며 레피야는 살육을 개시했다.

검을 휘둘러 갈기갈기 찢고, 팔꿈치와 무릎으로 뼈를 부수고, 달라붙으려 하는 몬스터들에게 어쩔 수 없이『마법』을 사용했다. 어마어마한 섬광이 몬스터의 대군 일부를 송두리째 도려내는 가운데, 그래도 끊이질 않는 몬스터의 증원군이 그녀에게 달려들었다. 고통스러워하던 골라이아스도 두 눈에 핏발을 세우며, 잡졸 몬스터를 날려버리는 것도 아랑곳 않고 공격을 감행했다.

형세는 순식간에 역전되었다.

힘에서 압도적인 개체와, 40에 이를 것 같은 군체.

휘두르는 거대한 일격은 직격을 막아도 여파만으로 레피야의 가녀린 몸을 날려버리고, 발톱과 이빨은 그녀의 몸 일부 어딘가를 깎아냈다.

천이 찢기고 피가 튀었다.

귀 끄트머리가 뜯기고 선황색 머리카락 일부가 베였다.

흉악한 괴물들의 포효가 가학적인 홍소의 음색으로 바뀌었다. 그런 환청이 들렸다. 하지만 그래도 레피야의 표정은 흔들리지 않았다.

절망도, 전율도, 공포조차도 없었다.

움직임은 멈추지 않고, 노래도 자아내며 끊임없이 검을

번뜩인다.

그녀의 마음을 메운 것은 자문의 목소리뿐.

그 사람이라면 어떻게 움직일까?

그 사람이라면 어떻게 대처할까?

피르비스 씨라면 어떻게 맞설까?

물음에 대답하는 것은 육체였다. 그녀의 움직임을, 그녀의 자세를, 그녀의 병행영창을, 온갖 거동을, 레피야의 온몸으로 추종하고 투영했다.

"하아아아아아!"

가속한다. 가속한다. 가속한다.

『알미라지』를 양단했다. 『미노타우로스』를 마법으로 소멸시켰다. 『라이거 팽』을 『헬하운드』의 불꽃으로 태우고, 그 검은 개의 무리조차 거인의 공격을 유발해 폭산시켰다. 질주하고 영창하고 도약하고 번뜩이고, 완드와 단검을 휘둘렀다.

송곳니에 뺨이 도려져나가도, 허벅지가 발톱에 찢겨도 모든 공방을 다음 스테이지로 밀어올렸다.

익숙해졌어.

나는 『마법검사』에 익숙해졌어!

거인에게도 괴물의 무리에게도 굴하지 않고 싸우고 있어!

자신도 지키고, 모든 이를 구할 수 있는 강한 존재에 다가가고 있어!!

'──그런데도.'

마음속 깊은 곳의 어둠.

그 한구석에 도사린 『하얀 요정』.

그것은 언제부터 보이게 되었는지 확실치 않은 『그녀』의 환영.

그런 『그녀』는, 웃어주질 않는다.

당신처럼 되고 있는데, 강해지고 있는데, 지금의 나를 보고 슬퍼하는 표정을 짓는다.

어째서?

어째서 당신은 그런 표정을 하나요?

모르겠다.

모르겠지만, 좀 더 잘 하면, 내 안의 그녀는 분명 웃어줄 것이다.

그녀에게 좀 더 다가갈 수 있다면, 그 사람은 분명 나를 칭찬하고 웃어줄 거야!

"그러니까!!"

마법이 작렬하고 무수한 괴물이 재로 돌아갔다.

피가 안개처럼 피어나는 전장에서, 레피야는 비장한 노래를 자아내며 검의 선율을 끊임없이 연주했다.

"로키."

저택의 구름다리에서 『바벨』── 그 아래에 펼쳐진 던전을 바라보던 로키는 등 뒤에서 들려온 목소리에 돌아보았다.

눈앞에 서 있던 것은 리베리아였다.

"오~? 리베리아, 니 여기 있어도 되나? 레피야 걱정해서 그짝에 간 줄 알았데이."

"가레스가 갔다. 『흙장난은 엘프의 영역이 아닐 텐데』라고 하더군."

로키는 그것도 그렇겠다고 생각했다.

분명 굴착 작업에서 흙의 종족인 드워프를 능가할 이는 없다. 광산이나 탄광과 떼려야 뗄 수 없는 그들이 있다면 엘프가 나설 자리는 없다.

다른 파벌만이 아니라 『학구』 측까지 동원된 지금, 인원은 펑크가 날 정도로 과도할 것이다. 설령 광대한 던전이라 해도 붕괴가 일어난 것은 모두 3계층 정도에 불과하다.

"그럼 한가한 리베리아는 내 말상대 해줄라꼬 온기가?"

"반은 그렇다."

"그럼 나머지 반은 『은혜』의 수가 줄었나 확인하러 온기가?"

"……알고 있었다면 빙빙 돌려서 물어보지 마라."

눈을 감은 채 탄식하는 리베리아에게 로키가 잇싯싯 웃었다.

신의 통찰력에 비난하는 듯한 시선을 보내며 하이엘프

가 대답을 채근했다.

"그래서 수는?"

"안심하그라, 안 줄었다. 레피야는 무사하데이."

"……지금 상황에서는『아직 무사하다』고 말하는 편이 정확하겠지."

로키는 웃음기를 거두고 리베리아를 돌아보았다.

"리베리아 니는 레피야가 죽어삘 거라 생각하나?"

그 물음에 리베리아는 잠시 입을 다물었다.

"레피야가 던전으로 갈 때, 나는 반드시 수를 써둔다. 엘피나 아리시아에게도 부탁하고, 결코 그 아이를 혼자 둔 적이 없었다."

"혼자 두믄 무리하니께?"

"그래. 정확하게는『사로잡혀 버리기 때문』이다. 지금은 없는 환영에."

그녀가 무슨 말을 하려는지를 이해한 로키는 잠자코 귀를 기울였다.

"봉쇄된 던전에서, 거의 틀림없이 고립상태……『학구』 학생이 곁에 있다 해도, 이미 레피야는 막을 수 없을 것이다. 사지에 직면한 순간, 오늘까지 함양했던 것을 모두 쏟아내 확인하려 들겠지. 자기 자신의 선택을."

지금의 던전에는 레피야의 의지를 움직일 만한 모든 요소가 갖추어져버렸다.

리베리아는 그렇게 말하고, 조금 전의 로키가 한 말을

긍정했다.

"자신의 망집에 몸을 바친 자는 언젠가 반드시 던전에 잡아먹힌다. ……나는 그것을 몇 번이나 보았어."

비취색 눈이 먼 곳을 보듯『바벨』을 비추었다.

그녀가 품은 우려를, 로키는 부정도 긍정도 하지 않았다. 그저 말했다.

"그렇제~. 지금 레피야는 **레피야를 그만둘라칸다.**"

"발두르 님. 레피야의 마음이 기울어졌다는 것은…… 무슨 뜻인가요?"

『학구』중앙의 브리지.

한 차례 지시를 내리고, 이제는 현장의 보고를 기다리는 것만 남았을 무렵, 아리사는 발두르가 했던 말에 대해 물었다.

남신은 천천히 대답했다.

"인스트럭션 일정을 통해 생각에 여유가 생겼을 거라고는 생각하지만…… 그래도 레피야의 가음 속 천칭은 흔들리고 있어요. 본인조차 자각하지 못하는 영역에서."

그렇기에 자신이 지적해도 깨닫지 못한다.

【로키 파밀리아】나 발두르, 레온이 타일러도 효과가 없었다. 레피야 자신이 알아차리지 못했기 때문이다.

신의 그런 말을 이해하지 못한 아리사는 큰 당혹감을 내비쳤다.

발두르는 조용히 웃음지었다.

"아리사. 당신은 레피야와 재회했을 때 어떻게 느꼈나요?"

"……다른 사람처럼 느꼈어요. 머리를 자르고, 어른스러워지고, 예뻐져서. 레피야는 모험자가 되어버렸다고……."

"그렇군요. 저는 실제로『다른 사람』으로 보였답니다."

"!!"

발두르의 그 단언에 아리사는 눈을 크게 떴다.

동시에 그녀는 떠올렸다.

——『**몰라보게 달라졌어요**』.

이 교장실에서 레피야와 재회했을 때, 발두르는 그렇게 말했다.

그것이 비유가 아니라 말 그대로의 의미였다면.

신의 눈에도『레피야 이외의 누군가』로 비쳤다면.

"로키가 직접 레피야를 리크루트로 파견했다고 들었을 때는 예감 같은 것이 있었답니다. 그리고 그녀와 얼굴을 마주했을 때, 그 예감은 확신으로 바뀌었죠. 분노인지, 후회인지, 혹은 속죄인지…… 레피야는『다른 누군가』가 되려 하고 있어요."

그 말에 아리사는 어깨를 떨었다.

오늘까지 몇 번이나 목격했던, 어딘가 먼 곳을 바라보는 듯한 레피야의 옆모습.

그것이 레피야가 아닌『다른 누군가』로 보일 때가 분명히 있었다.

아리사가 알 리 없는, 젖은 까마귀 깃털색 장발의 엘프가, 레피야와 겹쳐 보이는 순간이.

"아마도 잃어버린 자의 『환영』을 좇아, 레피야는 그자를 위해 자신의 몸을 바치려 하고 있을 겁니다."

말문이 막힌 아리사와는 달리, 신은 아무 감정도 담지 않은, 있는 그대로의 사실을 늘어놓듯 말했다.

"만약 몸도 마음도 『환영』을 따라잡아 버린다면, 그때는…… 설령 살아 돌아온다 해도, 그것은 이미 우리가 아는 레피야 비리디스는 아닐 거예요."

몇 겹이나 되는 괴물의 절규가 메아리쳤다.

대지의 진동처럼 거인의 신음이 새어 나왔다.

단 한 마리의 요정이 펼친 검무와 가극을 막지 못한 채, 피바다와 고통의 목소리를 연쇄적으로 울렸다.

레피야는, 울부짖었다.

영창의 선율을 결코 끊이지 않고, 마르지 않는 목청을 『미추의 소녀』에게 겹치고, 그녀를 자신 위에 덧씌워나갔다.

영창은 가속했다. 막힘이 없어졌다. 군더더기가 사라졌다.

그녀의 노래를, 그녀의 고결함을, 기품 있고 아름다웠던 그녀의 존재를 반영한 자신의 존재를 덧칠해나갔다.

조금만 더. 조금만 더.

아직 이기지 못해. 하지만 이젠 이길 수 있어.

조금만 더 약한 나를 죽이고, 강한 그녀에게 한 발 더 다가가면, 이 무시무시한 몬스터의 바다를 건너, 높은 거인의 정상을 제압할 수 있어.

또 버려야 할 게 뭐가 있지?

또 바꿔야 할 부분이 뭐가 있지?

피르비스는 나를 위해 한쪽 팔만 빼고 모두 먹혔어.

그렇다면 나는 한쪽 팔 정도는 잃어버려도 되지 않을까?

그녀의 아픔과 슬픔을 한쪽 팔만큼이라도 이해해줄 수 있다면 분명 마음속에 머무른『그녀』도 웃어줄 거야.

가자.

갈 수 있어.

나는 진정한『마법검사』에,

피르비스에 이를 수 있어.

해방의 순간을 이제나저제나 고대하는 왼손의 매직 서클. 전황의 히든카드이자 결정적인 시한폭탄이 초읽기를 개시했다.

몬스터를 노려보고, 골라이아스를 꿰뚫어보고, 오직 홀로 싸우는『마법』에 손을 뻗었다.

"【카논】——!!"

자신의『선택』을 던전에 때려 박고자 했던, 그 순간.

"레피야 선배에에에!!"

드높은 마력의 포효가 솟아나더니 『얼음 결계』가 부서졌다.

"?!"

레피야와 몬스터들의 경악이 서쪽으로 향했다.

우뚝 솟은 『통곡의 대벽』 밑으로.

반짝이는 다이아몬드 더스트와 **전류의 물거품**을 뿌리며, 너덜너덜해질 정도로 상처 입은 『제7소대』가── 나노 일행이 모습을 나타내고 있었다.

부서질 리가 없다. 부서질 리가 없었다.

고위 마도사인 레피야가 만들어낸 『얼음 결계』를, 학생들이 부술 수 있을 리가.

그들은 쏘았던 것이다.

나노의 『마포』를.

피해를 각오하고, 안쪽에서 결계를 폭쇄시키기 위해, 번개의 밀착 거리 포격을, 몇 번이고 몇 번이고.

"어째서──."

검도 노래도 멈추고 아연실색한 레피야가 중얼거렸지만 달려오는 자들은 그 다음 말을 잇게 두지 않았다.

"그야 당연히 당신을 구하려고 그러지!"

화상을 입고, 흐르는 피까지 새까맣게 타버린 몸으로,

레피야를 에워싼 몬스터에게『제7소대』가 돌격한다.

소녀 하나만을 노리고 등을 드러냈던 몬스터들은 완벽하게 허를 찔렸다.

"왜 제멋대로 굴고 있어! 왜 이렇게 독선적이야! 나는 야단쳤던 주제에 당신이『죽는 사람』이 되려고 하면 어떡해!!"

몬스터의 벽을 베며 루크가 부르짖었다.

"모험자는 서로 돕는 거라고 가르쳐주시지 않았나요?!"

"절대 혼자선 던전에 이길 수 없다고, 선배가 그랬죠!"

화살을 시위에 메기는 밀리리아가, 나이프를 몬스터에게 꽂는 콜이 필사적으로 호소했다.

"선배! 혼자 가지 마! 우리 놔두고 가지 마아!『외부인』같은 건 싫어어! 같이 싸우게 해줘!!"

마인드를 잃고 비틀거리면서도 다가온 나노가 눈물 섞인 목소리로 외쳤다.

그들의 말은『레피야의 말』이었다.

『가르치는 이』로서 레피야가 생각하고, 레피야가 마주하고, 레피야가 이끌어낸『그녀 자신의 가르침』이었다.

학생들에게 전했던 거짓 없는 가르침이, 모두 지금의 레피야에게 돌아오고 있었다.

멍하니 멈춰선 그녀에게,『거울』의 말이 되어 돌아오고 있었다.

"들어줘, 선배! 난 누군가를 구하고 싶었어! 그건 건방진 사명감이고, 분명 단순한 자만이었을 거야!"

회색 머리카락을 나부끼며, 루크가 혼자 골라이아스에게 돌진했다.

노성을 터뜨린 거인의 주의를 혼자 끌며, 너무나 큰 위압감에 검을 쥔 손을 떨며, 그래도 자신의 마음을 고함으로 바꾸어 레피야를 위해 부르짖었다.

"그래도 지금은! 조금 동경하고 있어! 모험자를, 당신을!!"

레피야의 손이 떨렸다.

심장이 하나의 소리를 연주했다.

"그러니까! 누군가가 지켜주기만 하는 건 싫다구!!"

소년의 모습을 한 거울이 비춘 것은 『옛날의 레피야』였다.

약하고, 무르고, 울보에, 하지만 동경을 좇고 또 좇던 소녀.

좌절하고, 몇 번이나 쓰러지고, 그래도 동경을 멈추지 않았던 레피야 비리디스의 원점이었다.

"선배, 어딜 보고 있나요! 당신은 대체 누굴 보고 있는 건가요!"

지저분해진 적금색 머리카락을 출렁이며 나노가, 밀리리아와 콜이 열어준 길을 따라 다가왔다.

비틀거리는 발걸음으로, 숨을 헐떡이며, 몬스터의 포효가 뒤섞이는 가운데 레피야만을 바라보았다.

"난 무서워요! 레피야 선배는 레피야 선배인데, 가끔 『다른 누군가』가 되려고 하는 게! 레피야 선배가 어딘가로 가버릴 것 같아서, 무서워서 참을 수가 없어요!"

얼어붙은 채 움직이지 못하는 레피야의 앞까지 다가와 고함을 질렀다.

"여기에는 없는 누군가를 보지 마세요! 우릴 보라구요오, 선배!!"

소녀의 모습을 한 거울에 비친 것은 과거의 자신조차 아닌—— 아연실색해 눈을 크게 뜬『피르비스』였다.

환영을 좇고, 소녀의 거죽을 뒤집어쓰고, 소녀의 가면을 쓴, 거짓된 하얀 요정이었다.

『거울』에 비친 광경이 모든 것을 레피야에게 일깨워주었다.

잘 닦인 순수한『거울』이 지금의 레피야에게『진실』을 들이댔다.

"레피야는 레피야예요!"

아리사는 외쳤다.

설령 신의 말씀이라 해도, 친구를 위해 그것을 부정하고 친구의 유대감을 손으로 잡아끌듯 내뱉었다.

"누구보다도 다정하고, 누분가를 위해 울며 상처 입고! 그 아이는 아무리 우수해도 서툴고, 올곧으니까요! 누군가 다른 사람이 된다니 절대 그럴 수는 없어요!"

눈가에서 흩어지는 물방울이 친구를 떠올리며 반짝였다.

"예. 그렇고말고요, 아리사. 아무리 궤적을 따라가고, 가죽과 가면을 뒤집어쓴다 해도, 완성된 것은 왜곡된 무언가

일 뿐. 썩어 문드러진 주검을 끌어안는 것보다도 처참한, 가엾은 산 자의 말로일 뿐이죠."

몸을 내미는 소녀에게, 발두르는 서글픈 미소를 지으며 긍정했다.

지금도 방황하는 한 학생을 근심하고, 또한 믿는다는 듯 고개를 들며 마음을 떨쳤다.

"그녀는 레피야 이외의 그 누구도 될 수 없어요."

"그래도—— 아무리 자신을 그만둔다 해도, 레피야는 피르비스 셜리아는 될 수 없다."

어떤 빛의 신과 같은 답을, 리베리아는 바람에 실었다.

로키와 함께, 소녀가 있는 던전을 바라보며.

"지금의 레피야라면 『하나의 결과』에 도달해버릴 것이다. 그러나 그런 것은 단순한 자기만족에 불과하지. 언젠가 모순을 일으켜 자멸할 것이다. 해답이란 것은 결국 뻔한 법."

아이즈와의 차이는 그 점에 있었다.

아이즈는 위태롭다.

그러나 그녀는 『무언가』가 되려고는 하지 않는다.

아이즈는 자신의 『목적』을 위해 하염없이 강함을 추구하고 있을 뿐이다.

타인의 환상을 찾아 헤매는 레피야는, 아이즈와는 달리, 자신의 손으로 망가지려 하고 있다.

“하모, 니 말이 맞데이. 바로 지금, 분명, 레피야는 자기 안에서 모순을 일으키고 있을기라. 『배우는 사람』이라 카는 『거울』이, 풀리지 않던 딴딴한 거를 들이대줘서 말이제.”

로키가 레피야를 『학구』에 보내고, 발두르가 『제7소대』를 레피야에게 맡겼던 이유.

그것은 학생과 마주하면서 올바르게 있고자 하는 소녀가, 자신이 품은 모순을 깨달아주기를 바랐기 때문에.

올바른 것을 자각해나가면서 떠오르는 『잘못』을 알아주었으면 했기에.

『교사란 학생을 이끌고, 동시에 학생에게 배우는 생물이다』.

레온의 말을 빌리자면 그렇다.

레피야는 잘못을 품은 채 나아갈 수 있는 『배우는 자』가 아니라, 올바른 것을 깨닫는 『가르치는 자』가 되어야만 했다.

“깨달아줘, 레피야!”

창문 밖을 향해 아리사가 외쳤다.

“떠올려라, 레피야!”

미궁을 노려보며 리베리아가 불렀다.

“되찾으세요, 레피야.”

눈을 감은 채 발두르가 고했다.

“응. 얼마 안 남았데이, 레피야.”

흐름이 바뀐 바람에 눈을 뜨며 로키가 말을 건넸다.

""""너는 다른 그 누구도 아닌 레피야 비리디스다.""""*

다른 장소, 다른 시점에서 네 개의 목소리가 겹쳐진 그 순간.

누구나 방황하는 미궁 속에서, 레피야는, 심장의 고동을 들었다.

"부탁이야, 선배!"

"제발요, 선배!"

골라이아스의 팔을 타고 오르다, 내동댕이쳐져 등부터 처박히면서도, 그래도 장검을 지면에 꽂고 일어나는 루크가.

레피야의 눈앞에서 지팡이를 떨어뜨리고, 두 손으로 너덜너덜한 어깨를 붙잡은 채 눈물을 흘리는 나노가.

함께 외쳤다.

""당신을 지키게 해줘!!""

『거울』이 소리를 내며 깨졌다.

과거의 레피야가, 거짓된 피르비스가 사라지고, 모순이

라는 이름의『진실』을 볼 수밖에 없었던 레피야의 앞에, 학
생들의 숨김없는 마음이 터져나왔다.
　군청색 눈동자가 떨렸다.
　고집스레 묶여 있던 결의와 각오가 풀렸다.
　희뿌옇게, 손에서 따뜻한 빛이 솟아났다.
　왼손에 부여되었던 매직 서클이——『요정의 고리』가 기
다리고 있었다.
　피르비스의 목소리를, 리베리아의 목소리를 빌려, 레피
야에게 묻고 있었다.
　『너는 무엇을 선택할 거냐?』라고.
　"나, 는……."
　새하얗게 물든 머릿속과 입술에 마지막 선택이 맡겨
졌다.
　상처투성이 몸의 안쪽에 무수한 마음이 교차하던, 그때.
　『크아아아아아아아아아아아아아아아아아아아!』
　"우웃——!"
　"꺄악?!"
　멍하니 서 있던 레피야와 나노에게, 밀리리아와 콜의 방
어를 뚫은『헬하운드』가 뛰어들었다. 레피야는 나노를 밀
치고 검을 되돌려 그 몸을 갈랐다.
　시간이 없다. 몬스터는, 던전은 고민 끝에 답에 도달하
도록 기다려주지 않는다.
　그러므로 레피야는 창졸간에 읊조리고 있었다. 자신의

마지막 선택을.

가공할 괴물에게 포위당해 낯을 일그러뜨린 학생들의 시선을 받으며, 자신에게 매몰되듯 작은 목소리로, 선택했던 노래의 파편을 긁어모았다.

그리고 외쳤다.

"——【모여라 대지의 숨결. 나의 이름은 알브】!"

자신이 선택한 답을.

"【베르 블레스】!"

그리고 태어나는 비취색 빛.

발동한 것은 별을 태우는 번개도, 적의 공격을 때려 부수는 방패도 아니었다.

언제나 레피야를 이끌어주었던 『스승』의 마법—— 빛이 되어 동료를 감싸는 『방호마법』.

놀라는 나노에게, 루크에게, 그리고 밀리리아와 콜에게, 녹색 빛의 가호가 부여되었다.

몸의 상처를 치유하고 물리, 마력 두 속성의 공격으로부터 지켜주는 마력의 옷을 두른 『제7소대』는 아연실색해, 마법을 행사한 모험자를 보았다.

압축된 시간 속에서, 레피야는 그 말을 전했다.

"나를 지켜주세요."

눈을 크게 뜬 학생들에게, 선택을 들려주었다.

"나는 마도사. 나를 지켜주는—— 아니, 지키겠다고 말해준 당신들을 구하고 말겠어요!"

그 말에.

그 답에.

『제7소대』는 눈물을 흘리고, 얼굴을 한껏 찡그리며, 웃었다.

"""*알겠습니다!*"""

네 개의 목소리를 한데 모으며 『제7소대』는 분기했다.

한계를 넘은 육체를 넘쳐나는 감정으로 덮어버리며, 떨어진 무기를 주워, 움켜쥐고, 자신의 몸을 지켜주는 빛의 가호를 빌렸다.

그 순간, 그들의 마음은 하나가 되었다.

"방원진형! 3분, 아니, 1분만 버텨주세요!"

몬스터의 바다 중심에서 레피야는 자신의 바람을 전달했다.

그녀의 뇌리에 스친 것은 제24계층에서의 전투. 무수한 식인꽃에 에워싸였던 그 절망적인 방어전 속에서, 레피야는 『3분』의 시간을 요구했다.

그러나 지금은 다르다.

장절한 결의를 자신에게 장전하고, 도시 최강 마도사에게 육박하겠노라 맹세했다.

"밀리, 콜! 좌우의 미노타우로스를 붙잡아놔아아아아아아아아!! 나노, 마지막이 되어도 좋으니 영창을 시작해!"

힘을 긁어모아 루크가 맹렬히 달려나갔다.

목을 떨며 지시를 날리고, 골라이아스의 앞에서 잠시 이탈해 진형 옆으로 뛰어나왔다. 밀리리아와 콜이 고함을 지르며 측면의 적과 충돌하는 가운데, 군청색 눈동자와 시선을 나누고, 그녀의 정면을 위협하는 몬스터를 유린했다.

전열공격수의 파괴력, 그리고 이제까지 배운 전열수비수의 방어를 동시에 해방시키며, 소대의 그 누구보다도 크게 활약했다.

"【위세의 이름으로 바라노라】!"

영창을 개시하는 레피야는 단검 《재의 티어페인》을 칼집에 거두고, 이제까지 계속 벨트에 꽂아놓았던 로드를 뽑았다.

한손검 정도의 길이를 가진 그것을, 오른손에 바꿔 든 완드와, **연결**.

일부의 기믹이 가동하고 가변해, 그녀의 키를 웃돌 정도의 스태프—— 마치 리베리아의 《마그나 알브스》와도 같은 마장으로 변모했다.

《쌍장(雙杖)의 페어리 더스트》.

완드와 로드 두 자루가 하나인 레피야의 새로운 무장은, 한 쌍을 이루는 지팡이.

완드는 피르비스의 장비 《수호자의 화이트 토치》에서, 로드는 레피야의 지팡이 《숲의 티어드롭》의 잔해로 만든 것이며, 오라리오 최초라 할 수 있는 『연결장치』를 가졌다.

"【숲의 선구자여, 숭고한 동포여. 나의 목소리에 호응하여 초원으로 오라. 이어지는 유대, 낙원의 계약. 원환을 돌며 춤을 추라】!"

레피야의『학구』시절 지식까지 쏟아부은 전용장비는 사용자가『마법검사』가 아닌 순수한『후열 마도사』로 돌아왔을 때 진정한 위력을 해방한다.

연결되면 완드와 로드에 갖춰진 서로의『마보석』이 공명해 폭발적인『마력』의 파도를 만들어내는 것이다.

"【이르라 요정의 고리. 부디—— 힘을 빌려주기를】!"

벌려진 다리는 어깨너비, 스태프는 두 손과 수평으로 들고, 레피야는 드높이 노래했다.

선황색의 거대한 매직 서클을 전개하고, 방어하는 루크 일행의 얼굴을 강한 빛으로 비춰나갔다.

"【엘프 링】!"

소환마법을 외우고 필살의『마법』을 불러내려 하는 레피야는—— 한순간 눈동자에『그때』의 정경을 비추었다.

"아, 아…… 아아……!"

너무나도 무력하고, 어쩔 수 없을 정도로 저항이 불가능했던, 과거의 제17계층.

거인의 힘에 너무나도 쉽게 살육당하려 했던 레피야 일행을 구해주었던 것은—— 선렬한 금색의 광채였다.

"어——?"

레피야를 밟아 으깨려 하던 거인의 손이 베이고, 학생들과 바다인을 잡아먹으려 하던 몬스터의 머리가 날아갔다.

후퇴하는 골라이아스의 절규가 울려 퍼지는 가운데, 땅바닥에 주저앉아 있었던 레피야는 『금색의 동경』과 만났다.

"……괜찮아?"

자신과 한 살 정도 차이밖에 나지 않을 소녀.

아름다운 금발금안의 그녀가 바로 【검희】라는 이름을 떨치는 아이즈 발렌슈타인이었다.

"우왓, 뭔가 상황이 장난 아니네~!"

"『학구』학생이야? 죽기 전에 얼른 구하자!"

아이즈는 티오나, 티오네와 함께 던전 깊은 곳으로 가던 도중, 전멸할 뻔했던 『학구』학생들을 우연히 구해주었을 뿐이었다.

하지만 레피야는 눈앞에 선 아이즈의 아름다움에, 압도적인 강함에, 시선은 물론 의식마저 빼앗겨버렸다.

"……너, 마도사?"

"어…… 아, 네, 넷! 마도사예요! ……하지만, 아무 도움도, 안 돼서……."

레피야는 어깨를 떨며 대답했으나, 이내 땅바닥으로 눈을 떨구었다.

겁을 먹기만 한 채 아무 힘도 되지 못했던 자신. 간신히

쏜『마법』조차 통하지 않았다.

무력감에 지배당해, 마음이 수복 불가능할 정도로 균열을 일으키려 했을 때,

"마법, 쏴."

그 목소리가 들려왔다.

눈을 크게 뜨고 고개를 들자, 아이즈는 레피야를 가만히 바라보고 있었다.

"여기서 안 쏘면, 넌 일어나지 못해……. 그러면, 안 될 것 같아."

직감적인 생각을 전하는 아이즈의 말은 이해하기 힘들었다.

이해하기 힘들었지만, 절망에 삐걱거리는 레피야의 마음을 흔들어주었다.

"저, 저는, 약하고…… 겁쟁이고! 혼자선, 마법 쓰는 것도, 못해서……!"

"하지만, 구해야만 하는 사람, 있는걸?"

무력함을 두려워하는 레피야의 마지막 저항을, 아이즈는 고개를 갸웃하며 너무나 쉽게 차단해버렸다. 그녀의 시선을 따라가 보니, 잘린 한쪽 팔을 티오나가 들이밀어 상처에 신음하는 바다인이, 장발을 출렁이는 티오네가 지켜주는 아리사와 나센이 있었다. 주위에 쓰러져 있는 학생들도.

아이즈와 티오나, 티오네가 모든 이들을 지켜줄 수는 없

었다.

"우리가 몬스터에게서 지켜줄게. 마도사인 너는 몬스터에게서, 우릴 구해줘."

나는 리베리아한테 그렇게 배웠어.

아이즈는 마지막에 그 말을 덧붙이고, 바람이 되었다.

격렬했다.

장절했다.

압도적이었다.

사람은 저렇게까지 아름답고도 강할 수 있구나. 그렇게 생각할 정도로 【검희】의 모습은 무시무시했다. 금색 장발이 빛나는 궤적을 그리고, 은색 세검이 그야말로 필살의 기적이 되어, 절망적이었던 전장을 희망의 빛으로 비추기 시작했다.

오직 혼자서, 그녀는 무시무시한 괴물과 맞서고 있었다.

그야말로 이야기의 한 구절처럼, 괴물을 압도해나갔다.

그것은 그야말로 『영웅의 자격을 가진 자』의 늠름한 모습이었다.

혼자서 골라이아스를 밀어붙이는 그 광경을 아연실색해 바라보던 레피야는 마음이 떨렸다.

한 줄기 『동경』의 빛이 ── 레온이 가르쳐주었듯── 가슴속을 떨게 했다.

그리고 레피야는 이끌리는 것처럼 일어났다.

"【숭고한 전사여, 숲의 궁수대여】……!"

그것은 이제 막 익힌 『마법』.

당시의 레피야가 사용할 수 있었던 최대한의 노래.

그때 레피야는 분명 동경했다.

강하고 호쾌한 아마조네스 자매를.

무엇보다도, 누구보다도 장렬한 금발금안의 검사를.

『무언가가 되고 싶다』는 마음은 그때 『이런 사람이 되고 싶다』는 바람의 윤곽을 띠었다.

그것이 아이즈와 티오나와 티오네를, 모험자를 동경했던 레피야 비리디스의 원점.

"——【퓨절레이드 팔라리카】!"

레피야의 의지가 담긴 화살은 몬스터들을 꿰뚫고 동료들을 구했다.

광범위하게 전개된 화염탄이 허공에 호를 그리며 거인을 쓰러뜨리는 아이즈의 얼굴을 또렷이 비추었다.

"굉장해~! 리베리아 마법 같아~!"

"뭐야, 제법이잖아 너. 혹시 생각 있으면 우리 【파밀리아】에 오지 그래? 단장님한테 추천해줄게."

대량의 불똥이 피어나는 가운데, 그때까지도 주저앉아 있었던 레피야에게 티오나와 티오네가 웃음을 지어주었다.

"……해냈네. 굉장했어."

눈을 촉촉이 적시며 흐느끼는 레피야에게, 아이즈는 웃음을 지어주었다——.

'——잊고 있었어. 그때의 마음을.'

자신은 누구였던가를.

자신은 무엇을 생각하고, 왜 지금 이 장소를 지향하려 했는가를.

"【——머잖아 불을 뿜을지니】."

당시의 기억보다도 훨씬 고도한 마력제어와 압도적인 주문영창을 행사하며, 모험자가 된 자신의 『시작』을 떠올린다.

그때, 처음 느껴보는 감정을 품고, 마음과 몸을 떨었다.

그 후로 아무리 좌절을 맛보아도, 무릎이 꺾여버린다 해도, 레피야는 그때의 감정을 떠올리면 아무리 괴로워도 언제나 일어날 수 있었다.

"【밀려드는 전화, 면할 길 없는 파멸. 개전의 뿔피리는 드높이 울려 퍼지고 폭거의 쟁란이 사방을 에워싸노라】."

조금 전 자신에게 호소했던 소년의 눈빛을 돌아보았다.

『거울』에 비친 약한 자신을.

아무리 시간이 지나도 동경을 차마 버리지 못했던 꼴사나운 자신을.

레피야가 레피야인 이유를 떠올렸다.

——나는 레피야 비리디스.

——위셰 숲의 엘프.

——신 로키와 계약을 맺은, 이 오라리오에서 가장 강하고 고결하고 위대한 【파밀리아】의 일원.

마을을 뛰쳐나와, 『학구』에서 배우고, 아이즈의 곁에 도달했다.

그 호기심이, 그 의욕이, 그 동경이, 모든 것이 이어져 지금의 레피야가 있다.

소중한 것을 잃고, 과거를 싫어하게 되었더라도.

레피야가 걸어왔던 궤적은 레피야 자신조차 부정할 수 없는 것이었다.

"【이르라 홍련의 불꽃, 무자비한 맹화. 그대는 업화의 화신일진저】."

피르비스 씨.

피르비스 씨.

역시 저는 안 되겠더라고요.

자신도 지키고, 다른 사람들도 구하는, 그런 요정이 되고 싶었지만요.

지금도 이렇게 보호받고 있어요.

보호받고 말았어요.

저는 역시 『레피야 비리디스』 그대로였어요.

주위에서 싸우는 학생들을 바라보며, 가슴속으로 참회의 말을 이어나갔다.

하지만—— 마음속의 피르비스는 웃어주었던—— 그런 기분이 들었다.

『워어어!!』

이제까지 없었을 정도로 고양되는 마력에 골라이아스가 조바심을 머금은 포효를 터뜨렸다.

지성을 가진 거인은 무슨 수를 써서라도 요정을 없애고자 절대적인 명령을 내렸다.

"【그리고 묶으라. 야만의 무리를 벌하라. 이곳은 그대가 수호하는 숲의 사당】!"

레피야를 일제히 집어삼키려 하는 몬스터들에게, 싸우면서 마법의 설치점을 준비해두었던 밀리리아가 최후의 마인드를 쥐어짜내 『마법』을 발동시켰다.

도합 5군데. 레피야를 지키려는 것처럼 활짝 꽃핀 신록의 매직 서클에서 『마력의 넝쿨』이 뻗어 나와 몬스터를 속박하고 구속하고 그 자리에 묶어버렸다.

『크우우?!』

해치우지는 못하더라도, 겹겹이 뒤얽힌 몬스터들은 『방벽』 그 자체가 되었다. 레피야를 없애고자 혈안이 된 후속 부대의 길을 가로막고, 그 고기방패에 공격을 가하면 분노의 포효가 솟았으며, 이내 몬스터끼리 싸움이 벌어졌다.

"잘했어 밀리!"

영창이 완료될 때까지 몬스터가 레피야에게 손을 대게 해서는 안 된다.

함께 환호성을 지르는 『제7소대』의 의식은 마지막으로 남은 거인에게만 쏠렸다.

『━━━━━━━━━━━━━━━━━!!』

대호령과 함께 자신도 전진하던 외팔의 골라이아스에게 루크와 콜이 뛰어들고, 밀리리아는 떨리는 손가락으로 화살을 시위에 메겼다.

Lv.4의 계층 터주. 모험자도 아닌 학생들이 막을 수는 없었다.

그래도 『제7소대』는 온갖 지혜를, 온갖 임기응변을, 온갖 대응책을 다해 덤볐다.

이쪽을 돌아보지도 않는 골라이아스의 다리에—— 레피야가 새겨놓은 상처 부위에 루크가 Lv.3의 전력을 담은 일격을 가했다.

움직임이 둔해진 틈을 타 콜이 나노의 무장에서 받아온 사슬을 두 다리에 얽었다.

팔이 하나밖에 남지 않아 불안정해진 균형에 마지막 일침을 가하듯, 밀리리아가 괴물의 눈을 화살로 꿰뚫었다.

비명을 지른 골라이아스는 땅을 울리며 넘어졌다.

"【모든 것을 일소하여 위대한 전란에 막을 내릴지니】."

『크아아아아아아아아아아아아아아아아아아아아아아아아아아아아아아아아아아아——!!』

머리카락이 곤두설 정도의 노성을 지르며 사슬을 뜯어버리고 분연히 달려 나오는 계층 터주에게, 루크 일행이 달려들었다가 튕겨나왔다.

영창 완료까지 이제 겨우 10초.

그래도 부족했다.

골라이아스가 내민 손이 레피야를 움켜쥐는 쪽이 더 빠르다.

"───."

──제24계층의 방위전.

──수많은 식인꽃.

──그때도 보호만 받았던 자신.

그 순간 격렬한 기시감이 레피야를 엄습했다.

레피야를 짓이겨버리려 하는 몬스터의 돌격을 마지막으로 막아냈던 것은, 피르비스가 썼던 하얀 방패였다.

아무리 말을 꾸며도, 이제 더 이상, 그녀는 없다.

레피야의 집중이 끊어질 뻔했던 그 순간.

"우오오오오오오오오오오오오오오오오오오오오오오오!"

머리에서 피를 흘리는 루크 일행이 끊어진 사슬을 붙들고, 손바닥이 벗겨지든 말든 혼신의 힘을 다해 잡아당겼다.

그런 것으로는 거인의 돌격은 막을 수 없다. 멈출 수 있을 리 없다.

그렇지만 정말로 한순간, 골라이아스의 움직임이 둔해졌다.

그리고 『그 한순간』으로 충분했다.

"""나노오오!"""

세 사람의 목소리가 매직 서클 안쪽, 레피야의 눈앞에서 영창을 하던 소녀에게 닿았다.

감겼던 두 눈을 힘차게 뜨고, 나노는 급속도로 육박하는 거인을 향해 자신의 지팡이를 내밀었다.

"【자르가 아말다아아아아아아아아아아아아아아아아아아아아아아아아아아아아아아아】!!"

열 줄기의 번개가 다발로 겹쳐지고 한 줄기의 굵은 벼락이 되어, 눈을 크게 뜬 골라이아스에게 직격했다.

무시무시한 번갯불의 포격은 거인의 발을 땅에서 떼어 내고, 귀를 찢을 듯한 천둥소리와 함께 후방으로 튕겨내 버렸다.

——괜찮아.

마인드를 다 쓴 나노가 무너지고, 루크 일행도 쓰러지는 가운데.

눈을 뜬 레피야의 등 뒤에서, 분명히, 누군가의 목소리가 들렸다.

눈에 조용히 물방울을 머금은 레피야는, 마치 손이 얹힌 것처럼 온기가 깃든 자신의 어깨에 투명한 미소를 떨구었다.

"【——불태워라 수르트의 검. 나의 이름은 알브】!"

그다음으로는 눈꼬리를 틀어 올렸다.

수평으로 든 《쌍장의 페어리 더스트》에서 폭발적인 『마력』이 해방되어, 드높은 공명음과 함께 매직 서클을 펼쳤다.

대형 룸 전역을 뒤덮는 특대 전개.

골라이아스가, 몬스터들이, 발밑에서 솟아나는 『마력』의

숨결에 얼어버린 가운데, 레피야는 그 위대한 『마법』을 시
전했다.

　"【레아 레바테인】!!"

　업화의 포효를 지르는 홍염의 광채.
　지면에서 사출된 헤아릴 수도 없는 불꽃의 극대기둥이
몬스터들을 꿰뚫고 불태웠으며, 재조차 남기지 않은 채 으
르렁거리는 불길의 길동무로 삼았다. 그것은 골라이아스
도 예외가 아니었다. 거대한 몸을 꿰뚫리자마자 불에 타버
린 계층 터주는 고통에 몸부림칠 틈도 없이 소멸했다.
　소각의 연쇄.
　모든 것을 앗아가는 불꽃 세계의 포효.
　말을 잃어버린 루크 일행만은 불기둥에 타지 않은 채,
폐가 그을리지 않도록 숨을 멈추고 불의 파편이 흩날리는
머리 위를 그저 올려다보고 있었다.
　도시 최강 마도사 리베리아의 『전방위 섬멸마법』.
　특성은 『완전조준』. 대전개된 매직 서클 내의 적과 아군
을 순식간에 구별해 적만을 없애는 필살의 마법은 괴물들
의 포효를 태워버리고 대형 룸을 홍련의 영역으로 변모시
켰다.

“……나노.”

“아——.”

뒤로 벌렁 넘어진 채 찬란한 홍염의 세계에 넋을 잃어버린 소녀에게 누군가가 손을 내밀었다.

상처 입은 엘프 마도사.

나노가 공포를 품어버렸던 그늘을 가진 모험자 선배.

하지만 그런 그늘도 사라져버린 그녀는 선황색 머리카락을 찰랑이며 미소를 지었다.

“나를 지켜줘서 고마워요. ……여러분에게 진심 어린 감사를.”

아름다운 엘프의 웃음에, 드러누워 있던 나노는 왈칵 눈물을 쏟았다.

마인드 다운을 일으켰음에도 소동물처럼 발딱 일어나선 내밀어준 손을 무시하고 와락 끌어안았다.

레피야가 놀라거나 말거나, 그녀의 목덜미에 얼굴을 묻고는 울기 시작했다.

“우에에에에에에에에에에에에에에에에에엥……! 레피야 선배에에에~……!!”

“나노, 나노? 전 괜찮은걸요? 당신이 더 많이 다쳤으니까, 무리하지 말고…….”

“싫~~~어~~~요~~~~!”

어머니에게 매달린 딸처럼 떼를 부리며 울부짖으며 훌쩍거린다.

　오열 속에서 다행이야, 다행이야 하고 중얼거리며 눈물로 레피야의 옷을 적셨다.

　레피야가 난감해하고 있으려니, 너덜너덜해진 루크와 콜, 밀리리아도 다가와 따뜻한 웃음으로 두 소녀를 바라보았다. 참을 수 없었던 밀리리아도 눈물을 줄줄 흘리며 레피야에게 안겼다.

　——아아, 이런 부분까지 닮을 필요는 없는데.

　동경하는 선배들에게 도움을 받았던 과거의 자신과 지금의 그녀들을 겹쳐 보며, 레피야는 그들 몰래 웃음을 머금고, 살짝 눈물을 흘렸다.

　"17계층까지 오긴 했지만 말야~! 괜찮은 걸까나아! 다른 계층에서 도움을 기다리거나 하고 있진 않을까나!"

　우르가를 한손에 들고 뛰어가는 티오나의 말에, 선두에서 달리던 티오네가 대꾸했다.

　"계층을 하나씩 빈틈없이 뒤지면 한이 없어! 레피야도 그건 알고 있을 거야! 그렇다면 구조대가 찾기 쉬운 에이리어에 있겠지!"

　"응…… 레피야가 고른다면, 이쪽…… 세이프티 포인트일 거야……."

　"저, 저도 그렇게 생각하지만요…… 여, 여러분 역시 너무 빨라요~!"

티오네의 대각선 뒤에서 아이즈가 고개를 끄덕이고, 그들에게 뒤처져 엘피가 숨을 헐떡이며 외쳤다. 제1급 모험자들을 따라잡는 것이 고작인 그녀를 티오나가 "영차" 하고 안아들어 왼쪽 어깨에 걸머지자 "으햐악?!" 하고 비명이 솟았다.

아이즈 일행의 장비는 온통 지저분했다. 낙반을 일으킨 바위의 철거작업에 긴 시간을 들였기 때문이다.

가레스 일행의 진력 덕에 정규 루트의 길이 확보되자마자 네 사람은 뛰쳐나와 이곳 제17계층까지 뛰어내려왔던 것이다.

"아무튼『통곡의 대벽』까지 가서————!"

티오네의 말을 가로막은 것은 어마어마한 진동이었다.

마치 터무니없는『마법』이 작렬한 듯한 세계의 진동에 놀라움을 드러낸 그들은 얼굴을 마주보고, 가속했다.

몬스터와의 조우가 조금도 발생하지 않은 것도 한몫해서 대형 통로까지는 순식간에 도달했다.

그리고 마침내 계층 제일 안쪽의 대형 룸이 보였을 때.

"!"

"에…… 저거, 누구야?"

"우리보다 먼저 도착했다니?"

아이즈, 티오나, 티오네는 등을 돌린 채 서 있던 인물에게 두 번째로 놀랐다.

상반신을 덮은 은백색 갑옷. 키는 크고 손에는 큰 장검을 들었다.

굳어버린 티오나의 어깨에서 엘피가 슬금슬금 내려오는 가운데, 그 사자색 머리카락과 『기사』를 방불케 하는 뒷모습에 아이즈는 흠칫 눈을 크게 떴다.

"【나이트 오브 나이트】……."

그 호칭이 들렸는지, 시선 너머의 남성—— 레온은 이쪽을 돌아보았다.

아이즈 일행을 발견한 그는 어째서인지 웃음을 머금은 채 슬쩍 몸을 옆으로 치웠다.

길을 열어, 대형 룸 안의 광경을 그들에게 보여주었다.

"아……!"

"레피야~!"

"일단은 안심이네……. 학생들도 있는 것 같고."

"다행이다아, 무사해서~! 그래도 룸메이트인 이 엘피를 내버려 두고 다른 애들하고 친하게 지내는 건 좀 그렇지 않나 싶거든요, 저는~!"

아이즈와 티오나가 기뻐하고, 티오네가 가슴을 쓸어내리고, 엘피가 평소와 같은 분위기로 떠들며 눈물을 감추었다.

레피야는 학생들에게 에워싸여, 그중 한 사람을 끌어안은 채 등을 두드려주고 있었다.

"……레피야, 웃을 수 있게 됐네."

“응…….”

태양처럼 활짝 웃는 티오나에게, 아이즈도 눈을 가늘게 뜨며 고개를 끄덕였다.

난처한 표정으로—— 그러나 『진짜 레피야의 웃음』을 보이고 있는 소녀를, 아이즈 일행은 한동안 지켜보았다.

당신에게 받은
나의 흔해빠진 답

골라이아스와 몬스터를 쓰러뜨리고, 나노와 밀리리아의 눈물을 온몸으로 받은 후.

레피야는 구조하러 와준 아이즈 일행과 함께, 막혔던 연결통로를 어떻게든 뚫고 일단 제18계층으로 내려갔다.

레피야의 소모가 심하기도 했지만, 『제7소대』의 피로는 더 깊었다. 그들을 위해서라도 충분한 휴식을 취한 후 지상으로 귀환하기로 하고『리빌라 마을』로 향했다.

『학구』 내에서는 『제7소대』 외에도 『제3소대』가 행방불명되었다고 해서 그것만이 마음에 걸렸으나—— 공연한 걱정이었다.

"그런데 왜 당신이 여기 있는 거죠?"

"아, 아하하하……."

리빌라 마을에 도달해 맞닥뜨린 휴먼 소년—— 너덜너덜해진『학구』 지급 배틀 유니폼을 입은 벨 크라넬에게 레피야가 눈을 흘겼다.

이야기를 들어보니, 이런저런 사정으로 학생이 되어 낙오자『제3소대』와 함께 행동했다고 한다.

『길드 본부』 앞뜰에서 스쳐 지나갔던 예의 휴 바니는 벨이었던 것이다.

『제7소대』보다도 먼저 던전에 내려와 있었던 『제3소대』는 제1급 모험자인 벨의 판단으로 한발 먼저 세이프티 포인트로 피난해 무사했다나(레피야 일행이 쓰러뜨렸던 골라이아스에게 쫓겼다고는 하지만).

변장까지 하고『학구』에 잠입했던 이유에는 아무래도 발두르나 레온이 한 몫 하고 있었던 것 같았지만 ——안 그랬으면 레피야가『변태에다 저질에다 학생에게 군침 흘리는 전 인류의 적』이라고 매도하며 지팡이로 때려죽였겠지만—— 레피야 일행이 오기 전에『모험』이라도 하고 왔는지, 소대의 하프엘프 소녀가 뺨을 붉히며 흘끔흘끔 벨을 쳐다보는 광경에는 역시『울컥』했다.

"『학구』의 후배한테 손대지 말아 주시겠어요?! 이 만년 발정 토끼!"

"안댔어요 안댔어요, 안 댔다고요오?! 그러니까 아이즈 씨『만년 발정 토끼가 뭐야?』하고 티오나 씨 티오네 씨한테 물어보지 마세요오!"

"애초에『길드』에서 엇갈려 지나갈 때 왜 날 보고 비명을 질렀던 거예요!! 실례천만이잖아요! 태워버릴 거예요!"

"히이이익?! 죄송해요! 하지만 그런 면이 있으니까 저도 반사적으로오오?!"

궁지에 몰려선 울부짖는 소년과 소녀의 모습에『제7소대』와『제3소대』학생들은 얼빠진 표정을 짓고 있었다. 특히 인스트럭터로서 어른스럽게 행동하는 레피야밖에 몰랐던 소대원들은 엄청나게 당황했다.

한편으로는 두 사람의 대화를 멀찌감치 떨어져 지켜보던 티오나는,

"역시 아르고노트 군이 있으면 레피야도 기운이 나서

좋아~."

그렇게 말하며 깔깔 웃고 있었다.

아이즈와 티오네도 따라서 웃었다.

레온 또한, 나이에 어울리는 표정을 짓는 레피야와 벨을 보며 눈을 가늘게 뜨고 있었다.

그 후에는 예정대로 리빌라 마을에서 하루를 쉬고, 『제7소대』와 『제3소대』를 호송했다.

던전에 남은 가레스와 【가네샤 파밀리아】가 거의 모든 루트를 회복시켜, 지상으로는 금방 귀환할 수 있었다.

레피야 일행의 긴 『소원정』은 겨우 막을 내렸던 것이다.

"잘 다녀왔다, 레피야."

『학구』로 돌아와 보고를 마치자 발두르는 미소를 지어주었다.

겨우 진정한 자기 자신과 재회할 수 있었다는, 그런 말을 보태주며.

아리사도, 어째서인지 포옹해주었다.

그 후로 『제7소대』의 『던전 실습』은 무사히 끝나 전원이 학점을 취득했다.

그것은 레피야의 인스트럭션이 끝났다는 뜻이기도 했다.

『학구』에서 헤어질 때, 『제7소대』 멤버들은 꼭 【로키 파밀리아】에 입단하겠다고 울면서 약속했다. 나노는 레피야에게 안겨 빼앵빼앵 울고, 밀리리아도 손을 잡고 눈물을 머금었다. 좀 요란스러운 것 아닌가 하고 쓴웃음을 지으면서도, 그들에게 무언가를 가르쳤던 사람으로서 가슴에 사무치는 것이 있는 것도 사실이었다.

콜도 따라서 우는 바람에 눈가에 눈물을 머금으면서도 웃음과 함께 고맙다는 인사를 했다.

루크는 무언가 말하고 싶은 눈치였으나, 역시 무뚝뚝한 표정을 짓고는,

"반드시 당신을 따라잡고 말 거야. 당신보다도 엄청난 모험자가 될 거야."

그렇게 선언했다.

"기다릴게요. 하지만 저도 지지 않을 거예요."

레피야는 웃으며 응원했다.

그리고.

레피야는【로키 파밀리아】로 돌아왔다.

푸른 하늘을 올려다보았다.

소중한 것을 잃어버린 후 우러러보았던 하늘과 똑같을 텐데도, 어쩐지 맑게 보이는 이유를 레피야는 알지 못했다.

다만 쌀쌀하고도 투명한 하늘과 같이 마음의 응어리가 사라진, 그런 기분이 들었다.

"이제 왔냐? 실력 무뎌지진 않았겠지."

"……베이트 씨."

홈 안뜰에서 기다리던 레피야의 앞에 베이트가 나타났다.

오늘부터 또 단련을 재개한다.『마법검사』의 움직임을 그와의 실전에서 배워나갈 것이다.

하지만 인스트럭트 이전까지의『조바심』은 사라지고 없었다.

팽팽한 긴장감도 없고, 그렇다고 넋을 놓고 있는 것도 아닌, 들러붙었던 것이 떨어져 나간 듯한 표정을 지은 레피야의 앞에서 발을 멈춘 베이트는 흥 콧방귀를 뀌었다.

"돌아왔나."

"……."

"딱히 네가 어느 쪽을 고르든 내 알 바는 아냐. 어느 쪽을 고르든 어차피 후회할걸. 그럼 짜증 나는 목소리로 꽥꽥 울어대지 않게 두들겨 패주면 그만이지."

베이트도 알고 있었던 것이다.

레피야의 위태로움을.

그리고 알고 있었으면서도 그는 레피야의 단련에 동참해주었다. 지금 막, 말한 것처럼, 이 이상 잃어버리지 않기 위한 힘을 길러주기 위해.

로키가 왜『학구』에 보냈는지 겨우 알 수 있었다.

레피야가, 레피야 비리디스가 되기 위한 여행.

피르비스의 환영을 좇던 레피야가 자신을 되찾기 위해 멀리 돌아온 길.

여기까지 생각한 레피야는 문득 떠오른 생각을 물어보았다.

"베이트 씨도 누군가를 잃어서 강해졌어요?"

순수한 의문.

눈앞의 웨어울프가 품은 과거를, 레피야는 알지 못한다.

그도 또한 자신과 같은 길을 걸었던 걸까.

그 물음에, 베이트는 잠깐의 침묵을 거치고는, 조소를 머금었다.

"무슨 상관이야. 누가 뒈지든 나는 나지."

분명 그 말이 맞을 것이다. 그리고 그는 자신의 몸에 『상처』를 늘려나간다.

그런 레피야의 투명한 눈빛이 마음에 들지 않았는지, 베이트는 조소를 얼굴에 갖다붙인 채 모멸의 말을 던졌다.

"그 음험한 엘프도 진짜 비참하게 됐지. 남은 네놈은 검도 마법도 제대로 못 쓰는 반푼이인 데다 여기저기 싸돌아다니기나 하고."

"우……!"

"심지어 자기 무기는 네가 멋대로 휘둘러대면서 허울 좋은 변명거리로 써먹었지. 진짜 마음에 안 드는 여자였지만 그거 하나만은 동정심이 들어."

가차 없는 모멸에 레피야의 눈썹이 질끈 치켜 올라갔다.

치켜 올라갔다── 싶었더니, 눈썹은 이내 흐늘흐늘 늘어져, 군청색 눈에는 금세 눈물이 차올랐다.

"……아아? 엑? 하아아?"

그 모습에 베이트는 우스꽝스러울 정도로 눈을 껌뻑거렸다.

"왜 그렇게, 나쁜 말을 하는 거예요오오오~~!"

"이 바보가, 야, 그럴 때는 확 고함을 질러야지?!"

"나도 피르비스 씨의 검을 멋대로 쓰는 거 마음에 두고 있었는데에~~!"

몇 번이나 눈가를 닦으며 울기 시작한 레피야를 보며 베이트는 엄청나게 갈팡질팡했다.

옆에서 보면 여자애를 놀리다 울려버린 어린이랑 전혀 다를 게 없었다.

너무나도 많은 일을 겪고, 레피야는 달라지겠다는 일념에 지배당해, 제대로 슬픔에 잠기지도 ──크게 통곡하기는 했으나── 못했다.

그랬는데『학구』일 때문에 좋은 의미에서 거북하게 행동할 필요가 사라지고, 딱딱하게 굳혀놓았던 갑옷의 이음매가 풀어졌다. 그리고 그것을 가차 없는 늑대의 펀치가 뽀각 부숴버리는 바람에, 자기도 모르게 감정이 새어 나오고 만 것이었다.

이러니 베이트는 당황할 수밖에 없었다.

한 꺼풀 벗어 성장했다고 생각해 도발해줬더니 이 꼴이다. 여기에 가레스가 있었다면 "그러니까 내가 비딱하게 굴지 말라고 했잖나"라고 크게 탄식했을 것이다.

훌쩍훌쩍 울기 시작한 레피야를 보며, 의도가 완전히 어긋나버린 베이트는 횡설수설할 뿐이었다. 그렇다고 포옹과 함께 머리를 쓰다듬어줄 수도 없는 노릇이라 그저 꼴사나운 모습만 보였다.

"……어, 야……."

"우우~…… 베이트 씨 바보오~~!"

"………………."

"바보오~……."

"…………그 녀석은, 너의 그런 꼴사나운 모습, 보고 싶지 않을걸, 아마……."

늑대 귀와 꼬리를 힘없는 각도로 구부린 베이트가 말할 수 있었던 것은 고작 그 정도였다.

오열하던 레피야가 고개를 들고, 눈에 눈물을 머금은 채, 이상한 얼굴이 된 베이트를 노려보고 있을 때.

"레피야 울리지 마 바보 늑대——!"

"끄아아악?!"

"레피야, 역시 이딴 썩을 늑대랑 훈련하는 건 관두자. 여자에 대해 요만큼도 모르는 짐승이나 마찬가지니까!"

티오나의 철권이 베이트를 후려쳐 날려버리고, 레피야를 껴안은 티오네가 등을 문지르며 보지도 않고 웨어울프의 몸통에 발차기를 꽂았다.

예전처럼 구름다리에서 지켜보다가 울음소리가 들리자마자 뛰어온 것이다.

아이즈도 레피야의 머리를 연신 쓰다듬어주었다.

"웃기지 마! 너희도 다를 거 없잖아 아마조네스들!"

"베이트 씨…… 저질이에요……."

"——쿠허억?!"

베이트는 금세 일어났으나, 아이즈의 진심이 담긴 영하의 시선을 받고 최대의 대미지를 입었다.

몸을 꺾으며 무릎을 후들거리는 웨어울프에게 티오나와 티오네가 이번만은 주먹질이 아닌 쓰레기를 보는 눈을 향하던 가운데—— 레피야는 후다닥! 달려나갔다.

"아…… 레피야!"

아이즈 일행의 목소리를 등으로 받았지만 폴짝! 하고 저택 담장을 대점프로 넘어버렸다.

입을 딱 벌린 문지기가 지켜보는 가운데, 레피야는 도주했다.

이유는 간단했다.

울어서 퉁퉁 부은 눈을 보이고 싶지 않았던 것이다.

다 싫어.

기껏 야무진 엘프가 됐다고 생각했는데.

하나도 안 달라졌어.

하나도 안 달라졌어!

울보 레피야가 돌아와 버렸다. 비참하고 한심하고 그리워서, 레피야는 팔을 휘두르며 시내를 달려나갔다. 대로를 오가던 사람들이 놀라서는 무슨 일인가 하는 표정을 지을 정도로, 뛰고 또 뛰어, 바람이 되었다.

눈가를 몇 번이나 닦았다.

정처도 없이.

무턱대로 뛰고 또 뛰었다.

그렇게, 눈에 익은 고지대에 도달했다.

누군가와 『광관』을 보러 가자고 약속했던, 찾아오는 것도 괴로운 장소였다.

지금까지는.

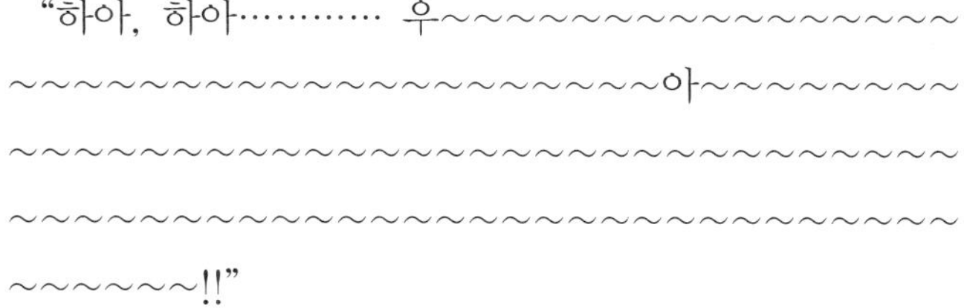

상급 모험자 주제에 숨을 크게 헐떡인 레피야는, 몸을 떨다, 단숨에 상체를 젖혔다.

"피르비스 씨 바보오~~~~~~~~~~~~~~~~~!!
거짓말쟁이, 사람도 아냐, 역시 새빨간 거짓말쟁이——!!
『광관』 보러 가자고 약속했으면서어!"

아무도 없는 틈을 타, 눈을 질끈 감고 머리 위의 푸른 하늘을 향해 고함을 질렀다.

그것은 슬픈 사건의 이면에 담아놓고 있었던 레피야의

불만 그 자체였다.

"괴로운 일이 있었던 건 이해해요! 하지만 조금쯤은 상담할 수도 있었잖아요! 그랬으면 뭔가 달라졌을지도 모르는데!!"

"게다가 뭐예요! 언제나 뭔가 있는 것처럼 어두운 표정 하면서 걱정만 끼치고! 피르비스 씨는 관심종자예요?!"

"그런가 하면 웃으면 엄청 예쁘고 귀엽고! 그런 사람을 어떻게 내버려두란 말이에요오오오오!!"

"게다가 날 걱정한다고 말했던 주제에 결국은 디오니소스 님의 부탁만 척척 들어주고! 로키가 말했던 못난 남자한테 끌리는 전형이에요오! 피르비스 씨 저질이에요! 실망했어요! ——거짓말이에요, 사실은 너무너무 좋아해요!"

"하지만 피스비르 씨는 역시 디오니소스 님을 따라갔으니까요—! 여자의 우정보다도 남자를 선택했으니까요—! 이젠 나도 몰라요—! 흥————!!"

중간부터는 부당한 생트집이 되었지만, 계속 하고 싶었던 말을 계속해서 다 토해냈다.

"피르비스 씨, 피르비스 씨이! 좋아해요! 너무너무 좋아해요! 계속, 언제까지고 당신을 잊지 않을 거예요! 절대 잊어버리지 않을 거라고요오!!"

하늘 저편에서 피르비스가 듣고 있다면 갈팡질팡했으면 좋겠다고, 그런 짓궂은 기분과 함께 외치고 외치고 또 외쳐서 자신의 마음을 전했다.

계속 하고 싶었던 말을 전했다.

그리고 넘쳐나던 눈물도 그쳤을 무렵.

어깨로 숨을 쉬던 레피야는…… 천천히, 미소를 지었다.

투명할 정도로 맑은 하늘을 올려다보며 말했다.

"그러니까…… 전 나아갈 거예요."

이젠 과거의 자신으로는 돌아가지 않는다. 돌아가면 자신을 용서할 수 없을 것이다.

그렇게 생각했을 텐데도, 마음은 어째서인지 홀가분했다.

울보 레피야는 졸업하고, 조금은 늠름한 엘프가 되고, 그래도 역시 어디선가 눈물을 흘리고.

그런 것을 되풀이하며, 다른 누구도 아닌, 강한 나 자신이 되어가자.

소중한 것을 잃고, 그래도 고개를 들고, 레피야는 그런 흔해빠진 답을 발견했다.

"베이트 씨한테도 한 소리 들었지만요…… 피르비스 씨의 검이랑 지팡이, 빌려주세요. 저한테도 거짓말 많이 했으니까 이 정도는 괜찮죠?"

웃으며 물어보자, 하늘은 바람 소리를 울렸다.

푸른 하늘을 반사하는 샘처럼, 마음은 어디까지고 맑았다.

계절은 이미 겨울. 이 차가운 산들바람도 그녀를 방불케 하는 새하얀 눈을 싣고 오라리오를 장식해 레피야의 마음에 또 변화를 가져오리라.

그때는 후배들이 늘어났을까?

그렇다면 레피야는 더 강해져야만 한다.

"계속, 함께…… 그렇게 말씀해주셨으니까요."

눈을 감으면 누군가가 고개를 끄덕이는 기척을 느낀다.

온기가 깃든 어깨에 자신의 손을 겹쳤다.

이제 누군가가 되는 일은 없을 소녀는, 칼집에 담은 단검을 가슴에 안고 맑디맑은 표정을 지었다.

© Kiyotaka Haimura

Status

Lv.4

힘	H120	내구	G221
기교	G199	민첩	G217
마력	E419	마도	H
내성	I	마방	I

마법 아르크스 레이

- 단발마법.
- 조준 대상을 자동추적.

마법 퓨절레이드 팔라리카

- 광역공격마법.
- 불꽃 속성.

마법 엘프 링

- 소환마법.
- 엘프의 마법에 한해 발동 가능.
- 행사 조건은 영창문 및 대상 마법 효과의 완전파악.
- 소환마법, 대상 마법만큼의 마인드를 소비.

스킬 페어리 카논

- 마법효과 증폭.
- 공격마법에만 강화보정 배가.

스킬 더블 카논

- 임의발동.
- 선행마법의 매직 서클 유지
- 스펠 키【카논】

Lefiye Viridis

레피야 비리디스

소속	로키 파밀리아
종족	엘프
직업	모험자
도달계층	59계층
무기	스태프, 완드, 단검
소지금	3,400,000발리스

© Kiyotaka Haimura

무기	티어페인

- 피르비스가 남긴 검.

- 가레스에게 방법을 배워 다시 갈아 레피야 자신이 정비했다.

- 이유는 확실치 않지만 듀랑달에 가까운 성질을 겸비하게 되었다.

- 날의 표면에는 살짝 하얀 재를 뒤집어쓴 것 같은 빛 입자의 흔적이 있다.

장비	빛과 불꽃의 콘체르타토

- 흰색과 붉은색을 기조로 한 마법의.

- 어떤 두 엘프 마을에서 나온 대성수의 섬유를 엮어 넣었다.

- 리베리아가 가진 《요정왕의 성의》만은 못하지만 강력한 마법 내성을 가졌으며, 배틀클로스의 유연성과 방어력을 겸비했다.

장비	마기우스 뱅글

- 특수한 힘을 가진 모험자용 액세서리.

- 평소 레피야의 마력을 저장하고 있다.

- 주로 결계 등을 이용할 때 기점 매체로 삼아, 레피야가 떨어져 있어도 마법효과를 유지할 수 있다.

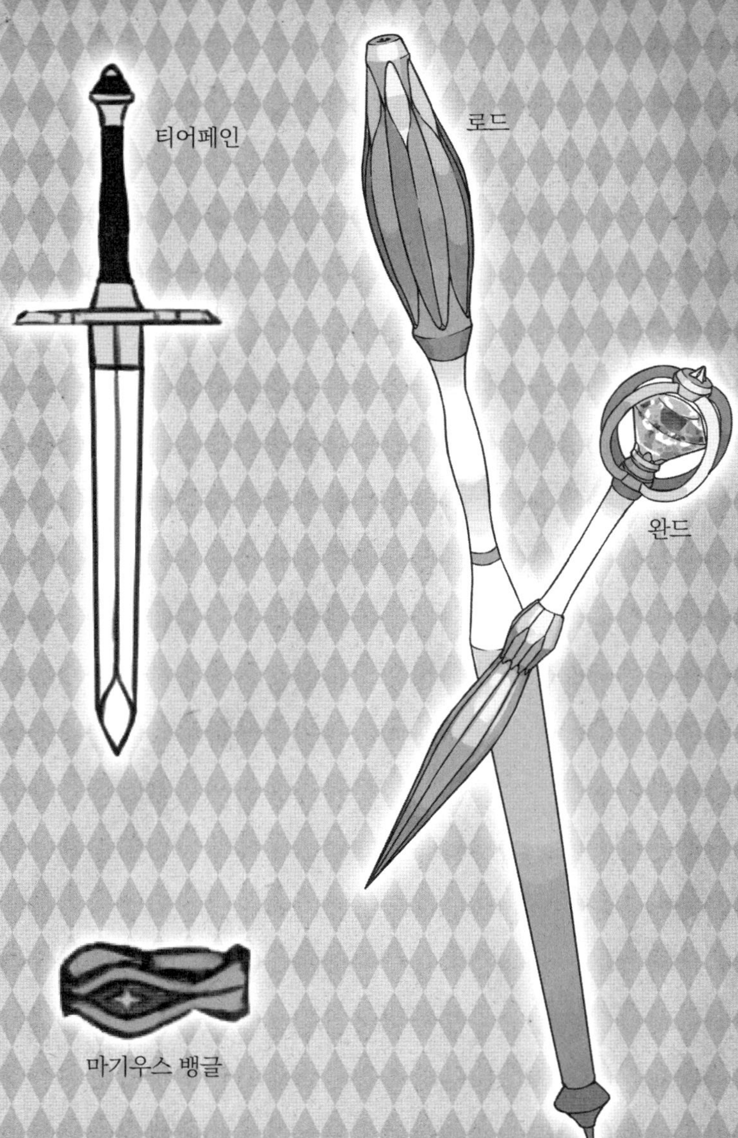

티어페인
로드
완드
마기우스 뱅글

<table><tr><td>무기</td><td>쌍장의 페어리 더스트</td></tr></table>

- 완드와 로드를 합체시킨 한 쌍의 마장.

- 오라리오 최초라 할 수 있는 『가변』 및 『연결』 기구를 탑재했다.

- 완드는 단일로도 사용 가능. 로드는 완드와 연결해 사용한다.

- 연결 시 두 지팡이의 마보석이 공명해 마력을 크게 증폭시킨다. 마법의 위력이 상승한다.

- 레피야는 『마법검사』로서 행동할 때는 완드를, 『후열 마도사』로서 포격이 필요할 때는 로드를 상황에 따라 사용한다. 그녀 자신이 오더한, 『모두를 지키고 모두를 구하는 지팡이』.

- 완드는 피르비스의 유품인 《수호자의 화이트 토치》를 베이스로 다시 만들었으며, 로드는 레피야의 지팡이 《숲의 티어드롭》의 잔해를 이용한 것. 두 지팡이의 특성을 물려받아 엘프의 마력에 높은 융화성을 보인다.

- 가격은 소재를 대신할 예전의 무기가 있었으므로 마보석을 포함해 24,000,000발리스.

- 작성자인 메이거스 레노아의 말에 따르면, 어째서인지 레피야가 쓸 때 마력이 가장 많이 올라간다고 한다. 사실상 레피야의 수페리오르 오더메이드.

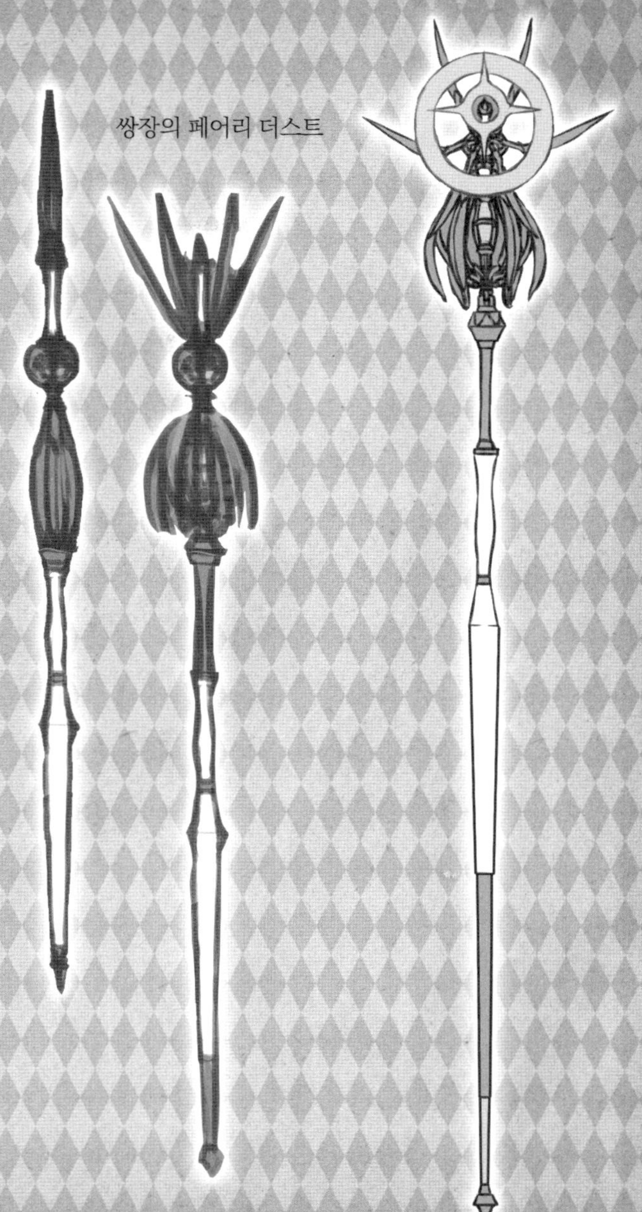
쌍장의 페어리 더스트

후기

　오래 기다리셨습니다. 외전 제13권을 보내드립니다.

　겨우 본편과 외전의 시간축이 맞아서, 본편 제19권과 이 외전 제13권부터는 『표면』과 『이면』의 관계가 되어 나아갈 예정입니다. 2023년 2월 현재, 여러 가지 사정에 따라 『이면』에 해당하는 외전 제13권이 먼저 세상에 나오고 본편 제19권의 스포일러가 조금 포함되기는 했지만, 부디 너그럽게 봐주시면 고맙겠습니다.

　지난 권의 예고대로 이번 권부터 새 챕터에 돌입했습니다.

　외전의 또 다른 주인공인 요정 히로인이 각성해서 외면도 내면도 싹 바뀌었습니다.

　외전 제12권의 결말을 처음 구상했을 때, 『그녀는 분명 다른 사람이 되겠구나』하고 제일 먼저 생각했습니다.

　그래서 편집자님이나 하이무라 키요타카 선생님과 많은 의논을 거쳐 지금의 그녀가 태어났습니다.

　그렇다 해도 집필 중 다른 사람을 쓰고 있다는 기분은 전혀 없었습니다. 옛날의 그녀와는 깜짝 놀랄 정도로 달라졌는데도, 이상하다고도 생각했지만, 에필로그까지 이른 후에는 수긍할 수 있었습니다.

　달라져가는 부분도 많았지만, 달라지지 않은 부분도 분

명히 있고, 그것은 현실에서도 창작에서도, 사람도 엘프도 마찬가지가 아닐까 싶었습니다.

본편 제12권에서 각성했던 그쪽의 주인공에게 지지 않을 정도로, 이쪽의 요정 히로인도 성장해나갈 것입니다. 분명 그녀도 작가의 손을 떠나 상상을 넘어설 정도로요. 만약 괜찮으시다면 부디 지켜봐주시기 바랍니다.

그리고 새 챕터에 돌입하면서 새로운 무대『학구』도 등장했습니다. 정보만은 여기저기서 조금씩 내고 있었으므로 드디어 내보낼 수 있겠다! 하는 기분으로 가득했습니다.

하이무라 씨가 그려주신 디자인이 또 굉장했어요.

언젠가 독자 여러분께 보여드리고 싶을 만큼 굉장해요!

처음에 봤을 때는 엄청 흥분했습니다.『학구』의 학생들이나 선생님, 신들도 포함해서 미궁도시 못지않을 만큼 설렘이 가득 차 있습니다. 이 설렘을 조금이라도 전해드릴 수 있도록 외전도 본편도 열심히 쓰겠습니다. 이번에는 찬밥 신세였던 검희 히로인이나 아마조네스 자매도 소홀해지지 않도록!

그러면 감사의 말씀으로 넘어가겠습니다.

담당 타카하시 님, 키타무라 편집장님을 대신해 우사미 씨, 이번에도 큰 신세를 졌습니다. 본편과 함께 거듭거듭 수정이 발생하는 바람에 정말 죄송합니다.『학구』라는 세계관을 더할 나위 없이 멋지게 그려주신 하이무라 키요타카 선생님, 이번에는 정말 감사했습니다. 『학구』를 비롯한 수많은 일러스트를 보여주셔서, 하이무라 씨께서 이 외전을 담당해주셔서 정말 다행이라고 새삼 생각했습니다.

뉴 레피야의 디자인도 최고였어요. 청장미를 가슴에 덧붙여주셨을 때는 저도 모르게 무릎을 쳤죠! 그리고 과거 최대라 할 수 있을 정도로 캐릭터와 설정의 러프를 준비하시게 만들어 정말정말 죄송합니다……!

그리고 애니와 게임에서 레피야 역을 담당해주신 키무라 쥬리 씨, 의논을 받아주셔서 정말 감사합니다. 등을 밀어주신 덕분에 쇼트헤어 각성 레피야를 탄생시킬 수 있었습니다. 앞으로도 레피야를 잘 부탁드립니다.

관계자 여러분께도 깊은 감사를 드립니다. 독자 여러분은 어쩌면 놀라셨을지도 모르겠지만, 앞으로도 동포의 마음과 함께 싸워나가는 요정 여자아이를 응원해주시면 기쁘겠습니다.

다음 외전 제14권은 『표면』과 『이면』의 이야기를 해나가면서, 벌써부터 조금 탈선할 것 같습니다. 구체적으로는 【파밀리아】를 지탱해온 고참 3명, 단장 일행의 과거 이야기가 되겠습니다.

이번 요정 히로인의 과거도 포함해서 검희 히로인을 제외한 주요 등장인물의 마지막 옛날 이야기가 될 것 같으니

읽어주시면 기쁘겠습니다.
  여기까지 봐주셔서 감사합니다.
  이만 실례합니다.

오모리 후지노

던전에서 만남을 추구하면 안 되는 걸까 외전
소드 오라토리아 13

2025 년 9 월 15 일 1 판 2 쇄 발행

저　　　　자　오모리 후지노
일 러 스 트　하이무라 키요타카
캐릭터원안　야스다 스즈히토
옮 긴 이　김민재
발 행 인　유재옥
담 당 편 집　정영길

이　　　　사　조병권
출판본부장　박광운
편 집　1 팀　박광운
편 집　2 팀　정영길 조찬희 박치우
편 집　3 팀　오준영 이소의 권진영 정지원
디자인랩팀　김보라 전세연
디지털사업팀　김지연 윤희진 장혜원
라이츠사업팀　김정미 이지현 유아현
영업마케팅팀　최원석 윤아림
물 류 팀　백철기
경영지원팀　최정연
인쇄제작처　㈜코리아피엔피
발 행 처　㈜소미미디어
등　　　록　제2015-000008호
주　　　소　서울시 마포구 토정로222, 502호 (신수동, 한국출판콘텐츠센터)
판매 및 마케팅　(070) 8822-2301
ISBN　979-11-384-2882-8 (04830)
　　　979-11-384-1653-5 (세트)